路地裏のほたる食堂

大沼紀子

講談社
タイガ

目次

イラスト――山中ヒコ
デザイン――坂野公一（welle design）

路地裏のほたる食堂

一品目

カレーライス

薄い藍色《あいいろ》のカーテンが一枚、また一枚と引かれていくように、空は少しずつひそやかに暗くなりはじめていた。西の端《はし》だけが、燃えるように赤い。

そんな空の下、少年はふらふらと仄暗《ほのぐら》い路地を歩いていた。住宅地の路地だが、ひと気《け》はない。家々の明かりは灯《とも》っているから、みんなもう家路に着いた後なのだろう。道の先には山々が見える。のどかだが、どこかうら寂しい田舎町《いなかまち》の景色だ。

ああ、腹減った。少年はお腹《なか》をさすりながら宙を仰ぐ。腹が減り過ぎて、気が遠くなりそうだ。食事は、昼におにぎりをふたつ食べたきりだった。自分で握った塩にぎり。食べたその時も物足りないと感じたが、ここにきていよいよスタミナ切れの様相を呈《てい》してきた。ああ、マジで限界だ……。

それならさっさと家に帰って、夕食でもとればいいような話だが、しかし彼は現在、道に迷っているのだった。この田舎町に越してきてまだ半月足らず。彼はいまだ町の道に疎《うと》いままだ。にっちもさっちもいかないまま、少年はどうにか見覚えのある道にたどり着けないかと歩を進める。ああ、腹、減った……。

ふいに彼が立ち止まったのは、甘酸っぱい匂《にお》いが鼻に届いた瞬間だった。どこかの家の、晩ごはんの匂いだろうか。香ばしさに、甘酸っぱさを纏《まと》わせたような濃い香り。だから少年は、ほとんど本能的に鼻をくんくんさせ、その香りのやってくる方向を探ってしまった。

匂いの元は、すぐ近くにあった。歩いてひとつ目の丁字路を、右に曲がった少し先。もう一枚カーテンが引かれたような、薄暗い空き地の入り口に、その屋台は小さな明かりを灯《とも》し、ひっそりポツンと佇《たたず》んでいた。

暖簾《のれん》で顔は見えないが、先客もいるようだった。カウンターの前に置かれた長椅子《ながいす》には、膝小僧《ひざこぞう》がむき出しになった細い足が並んでいる。やってくる甘酸っぱい匂いも、はっきりと濃くなったのがわかった。

膝小僧たちが屋台の暖簾をくぐって出てきたのは、少年が丁字路の角に立ち、しばし屋台を見詰めていた最中のことだ。彼らは、「ごちそうさまでした！」と口々に言うなり、ほくほくの笑顔で少年のほうへと駆けてきたのである。

「な？　言った通りやったろ？」

「うん！　マジでうまかった！」

「しかも、子供はタダとかヤバくね？」

少年とすれ違いざま、子供たちはそんなことを口にした。子供はタダ？　少年は、その言葉を頭の中で咀嚼《そしゃく》する。子供はタダ。タダ。タダ……？

少年は、人が作った料理が苦手な性質《たち》だった。飲食店の食事はもちろん、近しい人が作った手料理も、極力遠慮させて欲しいと願っているクチだ。だから昼間の食事だって、自作の塩にぎりだったのだ。同居中の叔母には悪いが、彼女が気まぐれに作った料理だって、正直なところ食べたくない。だから彼は自ら率先して、叔母のぶんの食事も作っている。そうして叔母の手料理を、ひそかに回避しているところもあった。

しかし、今は緊急事態と言えた。何しろひどく腹が減っていたのだ。その上所持金はゼロときている。そんな中、子供はタダの屋台にたどり着いてしまうとは。神のお導きか、はたまた悪魔の誘惑なのか——。

屋台は夜を纏ったような色をしていた。煤《すす》けたような、ぼやけた黒。壁面は板を継《つ》ぎ接《は》ぎして作り上げたような仕上がりで、ところどころに隙間《すきま》がある。暖簾も暗闇《くらやみ》に浸したような墨黒で、切れ間からは黄色い光が漏れている。その眩《まぶ》しさに、少年は思わず顔をしかめてしまったが、しかしすぐに目が慣れて、カウンターの向こうにある艶《つや》やかな鉄板が見えてきた。

鉄板の向こうには、店主と思《おぼ》しき男がいた。やはり暖簾で遮《さえぎ》られ顔は見えなかったが、調理をしている様子は確認出来た。

彼は左手にボウルを抱《かか》え、右手のヘラで中身をかき混ぜていた。その素早い動きに呼応して、リズミカルな金属音が聞こえてくる。カンッカンッカンッカンッ。

そんな小気味いい金属音をしばし鳴らしたのち、男はボウルの中身を鉄板の上に流しはじめる。白くドロリとしたボウルの中身は、ジュワーッという音とともに、湯気をあげ鉄板の上に円く広がっていく。

お好み焼きかな。そう思うなり、口の中にぶわっと唾が広がる。人が作った料理は苦手なはずなのに、空腹が彼の食欲を猛然と刺激してくる。それで少年は、しばし逡巡《しゅんじゅん》してしまう。さて、これはどうしたものか――。

いっぽう店主は、鉄板の上に広げたそれらを、ヘラでもって次々手早くひっくり返しはじめる。カシャンッ、パフッ！　カシャンッ、パフッ！　カシャンッ、パフッ！　その器用な手さばきに、少年は思わず見入ってしまう。ひっくり返されたお好み焼きは、こんがりキツネ色に焼きあがっている。ちょうどいい塩梅《あんばい》の焼き色だ。

続いて店主は、そのキツネ色に刷毛《はけ》で飴色《あめいろ》のソースを塗りだす。たっぷりと塗られたソースは鉄板の上にこぼれ、ジュワーッ！　と泡状になりながら大きな音をたてる。同時に勢いよく湯気があがり、むせ返りそうなほどの甘酸っぱい匂いが立ち込める。おかげで少年は、ほとんどくらくらしながら、墨黒色の暖簾に手をかけてしまう。

「――おっと……」

暖簾を摑《つか》んだ拍子《ひょうし》に、屋台へと顔をのぞかせる形となった彼は、そのまま屋台の店主と顔を合わせることとなった。

店主は屋台の天井に頭がつきそうなほどの大男だった。眉毛《まゆげ》は太く濃く、その下にある大きな目は鋭く吊《つ》りあがっている。鼻はがっしりとしていて高く、真一文字に結ばれた口はやはりやや大きめだ。黒々とした長い髪は、後ろでひとつに結わえられており、着古したような紺色の作務衣《さむえ》は、閻魔《えんま》が着ている道服のようにも見える。

「いらっしゃい」

強面《こわもて》な店主は、しかしあんがい柔らかな笑顔で言ってきた。それで少年は、一瞬考えて、けっきょく笑顔を浮かべてみることにしたのだった。

「……どうも」

すると店主は笑顔のまま、刷毛でソースを塗りだした。おかげで再び鉄板からは、ジュウジュウという音と湯気と、眩暈《めまい》がしそうなほどの甘酸っぱい香りが再び立ちのぼってくる。もしかして、わざとやってんのか？　香りに軽い眩暈《めまい》を覚えながら、少年は唾をのみ口を開く。

「俺、金ないんですけど」

その言葉に、店主はわずかに眉毛をあげる。口元は笑みをたたえたままだが、やはり眼光は鋭い。まるで閻魔が人の嘘《うそ》を問いただすような眼差《まなざ》しにも見える。しかし少年も、特に嘘はついていなかったので、わりに怯まず言えてしまった。

「けど、子供はタダだって聞いて……」

反応をうかがうように少年が言うと、店主はフッと鼻で笑い問うてきた。

「あんた、年はいくつだ？」

「十八になったばっかです」

受けて店主は、少年の頭から胴体のあたりまでをまじまじ眺《なが》めはじめる。彼なりの年齢確認か。そうして店主は、「ならいいよ」と、顎《あご》をしゃくって、長椅子に座るよう彼を促《うなが》した。かくして少年は暖簾をくぐり、屋台の席に着いたのである。

メニューは、カウンター脇《わき》の柱に貼《は》られた白い紙に記されていた。のたうったような毛筆で、「お好み焼き　六五〇円也《えんなり》」。なんともシンプルなお品書きだ。

店主は刷毛を鉄板の脇に置かれた銀色の容器に仕舞うと、身を屈《かが》め足元からまた別の銀色の容器を取り出す。中身はどうやら鰹節《かつおぶし》で、彼はそれを手に取って、並んだお好み焼きの上へと散らしはじめる。散らされた薄茶色の鰹節は、お好み焼きの上で踊るようにうねる。

「確かにうちの店は、金がない子供から代金は取らない。腹が減ってるなら、腹いっぱいになるまで食べていって構わない」

その説明に、少年は内心驚きを覚える。なんて太っ腹な。そう思ったのだ。採算は度外視なのか？　もしかしてボランティア？　それとも何か、裏があるのか？

店主はヘラ一本で、手早くお好み焼きを皿に載せる。そしてそのまま少年へと、湯気の立つ皿を差し出してくる。だから少年は、「あざーす」とその皿へと手を伸ばす。しかし店主は、少年が皿を受け取る寸前になって、スッと腕を引いた。そして、試すような笑顔で言ってきた。

「――その代わり、あんたの秘密をひとつ貰《もら》う」

思いがけない店主の言葉に、少年は思わず眉根を寄せる。

「は？　秘密？」

しかし店主は、少年の怪訝顔《けげんがお》など気にもせず、悠然と微笑《ほほえ》み言い継いだ。

「誰かから聞いた秘密でも構わない。もちろん、あんた自身の秘密でも結構だ。そのひとつを聞かせてくれたら、金はいらない。食ってけドロボーってヤツさ。それが、子供は無料の条件なんだよ」

男の目は、夜を纏ったような色をしていた。暗闇に長く浸したら、そんな色になるのではないかと思われるような、底の知れない漆黒。長く見詰められたら、こちらも黒く染まってしまいそうなほどの濃密な深い闇《やみ》の色。

しかし少年は、臆さず笑顔で応《こた》えたのだった。

「いいですよ。秘密、お話しします」

何せ彼には、秘密がたくさんあったのだ。出生にも生い立ちにも、他言無用だと親類縁者に口止めされている事柄がいくらもあった。

「これは、知り合いの話なんですけど……」

それに秘密というのは、不思議と誰かに話したくなるものでもある。

「――他人が作ってくれた料理を、食えなくなった男がいるんですよ」

思うに、秘密というのは毒なのだ。だから時々、無性に吐き出してしまいたくなる。

「それは、なんでかって言うと――」

空は群青《ぐんじょう》。燃えていた西の空も闇に落ちて、柔らかな夜が街を包みはじめていた。

＊　＊

人生は、五センチで変わる。

それは久住亘《くずみわたる》の個人的見解だ。とはいえ主張する気はない。公言だってしていない。押しつける気だって毛頭ない。あくまで個人的な見解だから個人の中に留《とど》めている。真珠を抱いた貝のように、しゃんと沈黙を保《たも》ったままだ。

しかしながら確信はある。人生は五センチで変わる。何せ彼の人生は、事実たった五センチで、はっきりと変わってしまったのだ。

四歳の夏の日のことだ。亘は思いがけず、人を殺しかけた。悪気も悪意も皆無だったが、殺しかけた事実に違いはない。四歳児だった彼は、友だちの家のベランダから、レンガをいくつも投げ落とした。

今でも亘はよく覚えている。青空の中、赤茶色の長方形が飛んでいく光景を。誤解を恐れずに言えば、それはとても美しい光景だった。澄んだ水色と、赤茶色の鮮やかなコントラスト。太陽の陽射しも眩しくて、まるで世界がきらめいているかのようだった。

しかしその後、亘は警察に連行された上、駆けつけた母親に張り倒された。

「――なんてことしたのっ⁉　アンタって子は……っ‼」

鬼の形相で母は叫んでいたが、亘としてはなぜそう怒られるのか、まるで意味がわからなかった。むしろ四歳児亘は、誉められてしかるべき行動をとったつもりだったのだ。

あの頃の亘は、レンガを危険物だと認識していた。傍《そば》に置いてはいけないものだと思っていたし、近くにあったら極力遠ざけねばならないと信じ込んでいた。

おそらく当時、レンガで誰かが殴られるだとか、あるいは崩れたレンガの下敷きになるだとか、そういった類《たぐ》いのアニメかドラマあたりを、目にした直後だったのだろう。それでそんな壮大なる思い違いをして、無邪気なる凶行に出てしまった。

つまり四歳児亘は、遊びに行った友だちの家のベランダで積まれたレンガを見つけ、よかれと思って次々それらを、景気よくベランダから投げ落としてしまったというわけだ。

亘がベランダから投げ捨てたレンガは、そのほとんどが花壇の植え込みに無事着地したのだが、しかしうちひとつだけが、たまたま通りかかった近所のご隠居の頭上をかすめた。その誤差、おおよそ五センチ弱——。

とはいえ、ご隠居自身はレンガの接近に気付きもしなかったらしいが、やはりたまたまそこに居合わせたご近所の奥様たちが、何者かがご隠居を殺そうとしていると警察に通報。亘はご用となり母に張り倒され、さらにはそののち、久住の悪童として町中にその名を轟《とどろ》かせることとなった。

田舎町だったことも、亘には不利に働いた。事件の内容は尾ひれをつけながら、あっと言う間に町中に広がり、亘はあからさまに後ろ指をさされるようになった。久住の悪童という呼び名はまだかわいいほうで、人殺しと陰口を叩かれることもままあったし、保育園で遊んでくれる友だちも激減した。そしてそれは、亘受難の道のりのはじまりでもあった。

　小学校では何か問題が起こるたび、重要参考人として職員室に呼ばれたし、中学にあがるとさすがにそんな仕打ちは受けなくなったが、しかし小学校から申し送りはいっていたようで、常に行動を見張られている気配はあった。一挙手一投足を、それとなく監視しているかのような教師たちの視線。そんなものに、遺憾ながら亘は延々晒《さら》され続けたのである。

　ただし、亘が言うところの「人生は五センチで変わる」という実感は、その部分の変化をさしているのではない。彼が思う「たった五センチ」とは、レンガがご隠居の頭をかすめた部分をさしている。何せあと五センチ軌道がずれていたら、レンガはご隠居の頭を直撃し、彼を亡き者にしていたかもしれないのだ。つまり「たった五センチ」で、亘は人を殺さずにすんだ。

　現在、亘は東京で、国立大学の三年生をやっている。住まいは大学にほど近い築三十二年のアパートで、部屋は十五平米ほどというなかなかの狭さだが、暮らし自体は快適だ。食事はコンビニと学食で十分まかなえるし、部屋の狭さもあまり動かずすむと考えればむしろ便利とさえ言える。大学生活にもバイト先にも特に不満はなく、友人にも恵まれているし、安定持続しないのは難点だが、定期的に恋人だって出来ている。久住の悪童の未来としては、まあ上出来と言える部類の現状だろう。

　しかしそんな現状も、あの時あと五センチずれていたら、きっと違ってしまっていたはずなのだ。田舎での暮らしはもっと深刻なものになっていただろうし、何より亘自身、今のようには笑えなかったような気がする。仮に、意図せず笑ってしまうことがあったとしても、拭《ぬぐ》いきれない罪悪感に、じんわりさいなまれていたのではないか。

最近では以前ほど考え込むことはなくなったが、それでもネットやテレビのニュース等で、人が殺されただとか事故にあって死んだなどという事件や事故を知った際には、必ずといっていいほど思ってしまう。ああ、そうやな。俺も、あと五センチで、こうなっとったかもしれんのやな。

それはやはり、途方もないような差異と言うしかないだろう。たった五センチで、亘の人生は明暗をわけた。今の亘は、くだらないテレビ番組のくだらないギャグにも笑えるし、他愛もない喜びはもちろん、下卑たような楽しさだって甘受出来る。だから思ってしまうのだ。これはきっと、すごいことなんだろう。それが出来ないことを思えば、普通の日々の、なんと素晴らしく尊いことか。

ただし明暗をわけたのは、単なる運だという思いも強い。四歳児当時の自分の行いが、特によかったとは思えないし、両親や祖父母、さかのぼってはご先祖様のいずれかが、取り立てて信心深かったという話も聞かない。金やコネも使いようがない。そこにあるのは虚しいほどに、純然たる、ただの幸運でしかなかった。

だから亘は、思っているのである。きっと人生は、紙一重《かみひとえ》なんだろう。自分がここでこうしているのも、ほんの五センチぶん運がよかっただけ。そしてだからこそ、教訓にもしている。たった五センチ。それだけで、人生なんていくらでも変わってしまう。それは多分、良くも悪くも――。

五センチぶん幸運だった亘の暮らしは、先の通り順風満帆で不満らしい不満もない。東京という場所が、肌に合ってもいるのだろう。冷たいだの砂漠だのと言われることも多い街だが、田舎での暮らしよりはだいぶいい。

愛の反対は無関心だという人もいるが、亘の考えは違っている。亘にとって愛の反対は憎悪であり、嫌悪であり反感であり拒絶であり否定だ。あの田舎町で、亘はそんな思いを塵《ちり》のように積もらせてきた。後ろ指をさされるくらいなら、無視されたほうがいい。嫌悪の視線を向けられるなら、ないものとされたほうがまだ断然マシだ。

だから亘は大学を卒業したら、地元に戻らず東京に残ろうと画策している。両親は帰ってくることを望んでいるが、彼にその気はまったくない。高校二年生の双子の妹、楓《かえで》と葵《あおい》が、大学卒業後は地元で公務員になると公言しているから、家のことは彼女たちに任せてしまう腹づもりでいる。

勝算もある。亘が東京で大手企業の内定でもとってしまえば、両親だって無理に地元に戻ってこいとは言わないだろう。それは亘にとって、一番現実的で、かつ一番穏当な、故郷との決別方法でもあった。

そんな亘が、二週間もの長期にわたり実家に帰ると正式に決めたのは、夏休みが明けてすぐのことだ。

亘は大学進学の条件として、教員資格を取るよう母親に言い渡されている。無論亘としては、教員になる気もねぇのに資格なんて取ってどうするんよ？　という思いが強かったが、しかし学費捻出《ねんしゅつ》のため、彼女がパート時間を延ばしたことも知っており、無下に条件を蹴るわけにもいかず、とりあえず教職科目をとることにした。そして迎えた三年次の秋、いよいよ教育実習へと赴くこととなったのだ。

教育実習というのは、大学四年の春先か、三年次の秋口に行われるのが一般的だ。さらに言えば四年の春に行う学生のほうが多い。しかし東京での就職を望んでいる亘としては、四年の春という就活で奔走しているであろう大事な時期に、教育実習を行うのは避けたかった。それで自ら進んで、三年次の実習を希望した。

実習先の学校は、大学の附属校か出身校を選ぶのが通例だが、しかし亘の大学には附属高校がない。それで必然的に、出身校が実習先となった。彼が二週間実家に帰ると決まったのは、つまりそれが理由なのである。

地元に二週間も滞在することは、亘としては少々気が重くもあった。それでもこれが、故郷との決別の第一歩になるのなら、行くしかないだろうと割り切った。さっさと実習を終わらせて、就活に備えるのが今のベストな選択であるはず。何より二週間程度なら、多少嫌な目にあったとしても、おそらく笑って受け流せるだろう。頑張れ、俺。やれるさ、俺。そんな後ろ向きな決意でもって、亘は二週間の帰郷を決めたのだ。

だがクラスメイトの酒田《さかた》丞《じょう》は、亘のそんな心境など知る由《よし》もなく、実に屈託なく言ってきた。

「いいなー。教育実習ー。俺も教職とっとくんだったわー」

学食での食事中、亘が何気なく実習について口にした時のことだ。

「あれって、元同級生との再会とかあるらしいよ？　高校時代の甘酸っぱい思い出が蘇《よみがえ》って、意外と盛りあがっちゃったりするって、ゼミの先輩が言ってたし」

冗談めかして言ってくる酒田に、だから亘も鼻で笑って返した。

「アホらし。実習中にそんな暇あるわけないじゃん」

「バカだな、亘くん。恋なんて、時間があるからするもんじゃないんだぜ？」

「知るかっつーの。そもそも高校時代、そんな甘酸っぱいことしてなかったし」

「でも共学でしょ？　気になってた子の、ひとりやふたりはさすがにいたでしょ？」

そんな酒田の言葉に、亘の脳裏を彼女の顔が過《よぎ》った。髪の長い、眼鏡《めがね》をかけた女の子。いつも無表情で、窓の外ばかり見ていた——。

けれど亘は首を振り、「いないね」と言ってのけたのだった。「そんなことより、とにかく俺は、平穏無事に実習生活を終えることが目標だから。恋愛とかむしろ邪魔だし」すると酒田はつまらなそうに、味噌汁《みそしる》をのみながら肩をすくめた。

「やっぱ冷めてんなー、亘は。で、亘の田舎ってどこなんだっけ？」

酒田の問いかけに、亘は一瞬の間を置いたのち、ごく平坦《へいたん》な声で告げてやった。

「岐阜だけど？」

すると酒田は三秒ほど黙り込んだのち、ああ、ともっともらしいような声をあげた。

「岐阜かー。はー、そうかそうか。岐阜だったのか。なるほどね、ギフ……」

そして彼はまた沈黙し、そののち亘が想像した通りの言葉を吐いた。

「――で、岐阜ってどこだっけ？」


岐阜は東海地方にある長靴形をした県だ。東海地方がわからなければ、日本地図の真ん中あたりにある、ちょっとでかめな海なし県を指させばいい。それの、長野じゃないほうが岐阜だ。

県内は大まかに言って、四つほどの地域に分けられる。ひとつは名古屋周辺及び名古屋の支配地で、ふたつ目はそのベッドタウン。三つ目はそこからあぶれた片田舎で、残る四つ目はほぼ山、山山山が続く山岳地帯。それが亘の認識だ。異論は認める。

亘の実家は、三つ目の片田舎に区分されるであろう地区にある。ただし名古屋からもその支配地からもほど遠く、山山山の山岳地帯に隣接しているようなド田舎だ。帰省の際、名古屋のあたりからうっかり鈍行列車に乗ろうものなら、その乗車時間に度肝を抜かれるし、電車に乗っている最中も、本当にこの先に人里があるのか？　と若干不安になってしまうほど、車窓には延々と緑の山々が映り続ける。おまけにダイヤもよく乱れる。鹿《しか》を轢《ひ》いたり猪《いのしし》を轢いたりと、まあ事故の多い路線なのだ。

ただし、ひたすらに続く緑を抜ければ、一応ちゃんと人里が見えてくる。そこにはもちろん駅があるし、国道もあればコンビニも用意されている。さらに言えば総合病院だって警察署だってある。大学などという御大層なものはないが、高校なら私立を含め、学区内に確か五校か六校はあるはずだ。

娯楽施設の類いだってなくはない。映画館はないが図書館はあるし、市営プールはボロボロだが、代わりに泳げる川がある。数年前には国道沿いに、ショッピングモールのばったもんのような、母体の知れない謎の商業施設だって完成した。つまり人々の生活は、それなりに担保されているのである。

そんな岐阜の片田舎に亘が降り立ったのは、教育実習開始前日の、日曜の夜のことだった。

「——あ、母さん？　俺俺。詐欺《さぎ》じゃなくて、亘。駅着いたで、迎え頼むわ。ああ、電車が遅延してさ……」

時刻は夜の十時四十分。亘は駅のロータリーのベンチに腰かけ、母親の携帯に電話を入れていた。「うん、鹿檪いたらしい。萩《はぎ》の手前くらいで、三十分ほど停車したで」この町の公共交通は、いっそ清々《すがすが》しいほどに発達していない。そのため、この町の住人たちの移動手段は、基本的に自家用車だ。だから亘も帰省の際には、基本、親の車で送り迎えをしてもらっている。「え？　萩で降りたほうがよかったの？　けどそんなん、俺わからんし——」

夜の駅前は、すでにひと気がなくなっていた。数軒並んでいる土産物《みやげもの》屋は、眠りに落ちいた老人のようにシャッターを降ろし、観光案内所やタクシー乗り場も、うたた寝をしている中年男のごとく、豆電球のような小さな明かりをわずかに灯しているだけだ。角地にあるビジネスホテルと、その隣のコンビニは煌々《こうこう》と光を放っているが、人の気配はまるで感じさせない。人工的な明かりを、ただただ人工的に放ち続けるばかり。東京都心が眠らない街なら、ここは大よそ午後九時あたりで、すでにおねむの眠れる町だ。

「えー。三十分後？　いや、けど荷物あるし。歩くの面倒くせぇし。メールなら萩で送ったって。だから、電話は電車の中からはかけづれぇでさ……」

亘の帰郷は、控《ひか》えめに言って不運の連続だった。本来であれば、彼は昨日の夜頃には、すでに実家に到着しているはずだったのだ。それなのに昨日昼前、バイト先の新人がバックレて、亘が急遽《きゅうきょ》シフトに入ることと相成った。それで帰郷日が、まず一日遅れた。

そうして迎えた本日明け方、アパートの上の階の住人が、何を思ったか酔っ払ったまま風呂《ふろ》に入るという暴挙に出て、結果水漏れ騒ぎを起こした。かくして亘は昼過ぎまで、部屋での足止めを余儀なくされ、またしても出発時間が大幅にずれ込んだ。

さらには帰郷途中、名古屋で乗り換えのホームを間違え、電車を一本見送ることとなった。それは亘のミスだったが、しかし彼の実家に向かう電車は、あろうことか約一時間に一本しか出ていない。つまりそこでも、だいぶ時間を食ってしまった。

それでもどうにか夜十時には、駅に到着出来る予定だった。だからその頃、母が車で迎えに来てくれる手はずになっていた。しかし不運はまだ続き、鹿による遅延が発生。待ちくたびれた母は今しがた、風呂に入るため服を脱ぎはじめたところだという。だからあと三十分ほど待てと、彼女は電話口で告げてきたのだ。「ちゃちゃっと入るだけやで。ちょっとそこで待っとりないよ」

無情な母の宣告に、亘は息をつく。ここまで不幸が重なると、さすがにイラ立ちが募《つの》ってくる。なんでただ実家に帰るだけなのに、こんな足止めくらわにゃならんのよ？　そんなふうに思えてきて、勢い頭を抱えてしまう。

まるで目に見えない大きな力が、自分の帰郷を阻《はば》んでいるかのようだった。ただでさえ気乗りしない帰郷なのに、こうも不幸が続いては、気持ちがいよいよ滅入ってくる。

「三十分かぁ……」

そう呟き空を仰いだ瞬間、亘はロータリーの向こうに灯る、小さな黄色い明かりに気が付いた。

「……？」

少し、風変わりな明かりだった。ポツン、ポツン、と重なり合うように光る、オレンジがかった黄色い光。ただしその周辺は、駅の薄明かりすら届いていない暗闇だったため、光源は判然としなかったのだが――。

だが暗闇の中だからこそ、明かりそれ自体はいやに目立った。一ヵ所に集まって、浮かびあがっている黄色い光たち。わずかにゆらゆら揺れているから、電球の類いではなさそうだ。まるで蛍の光のようで、どこか幻想的な雰囲気すら漂わせている。

それでじっと見詰めていると、だんだん目が慣れてきたのか、暗闇の中に薄《うっす》ら長方形の物体が浮かびあがってきた。闇の色に擬態しているかのような、黒い縦長の箱のような長方形。なんやろ？　さらに目を凝《こ》らすと、箱の傍《かたわ》らにベンチやテーブルが置かれているのに気が付く。その段で、やっと亘は当たりをつけた。

「屋台？」

思わず呟《つぶや》くと、電話の向こうの母が、「は？　何？」と言ってきた。だから亘は、「いや、なんでもない」と急ぎ応えた。そして母との電話を終わらせるべく、手短に話を進めてみせたのだ。「まあ、いいわ。とりあえず俺、駅前で待っとるでさ。ゆっくりでいいで、とにかく迎え来てよ」

ロータリーの向こうにある蛍の光は、紛《まご》うことなき屋台のそれだった。そのことを確信した亘は、あそこで時間を潰《つぶ》せばいいと判断したのである。

渡りに船とも言えた。何せちょうど小腹も減っていたのだ。久方ぶりの幸運だとも感じられた。とにかくツイていなかった昨日と今日、その最後にやっと巡ってきた、ささやかな僥倖《ぎょうこう》のようですらあった。

だから母との電話を切った亘は、脇に置いていたボストンバッグのショルダー紐《ひも》を肩にかけ直し、急ぎ立ちあがろうとしたのである。

心はすでに、屋台に向かっていた。腹というのは、空いていると自覚すればするほど空いてくる。何を食べさせる屋台なのか、亘は少しウキウキと考えはじめてもいた。おでん屋台か、ラーメン屋台か、はたまたたこ焼き屋台の類いだろうか。

か細い鳴き声が聞こえてきたのは、その瞬間だった。

「――ン、ニャァー」

その声に、亘は中腰のまま動きを止めた。止めて、あたりを見回した。

「ん？」

猫の鳴き声のように聞こえたが、断定は出来なかった。それほど小さな声だったのだ。しかも少しくぐもっていて、どうにも聞こえづらかった。それでキョロキョロと暗がりに目を凝らしていると、また声が届いた。

「ン、ニャァ」先ほどより、さらに弱々しい声だった。声の主の姿はやはり見えない。

空耳？ それでも亘はベンチの下をのぞき込み、体をひねってベンチの裏にも身を乗り出した。

「ン、ニャ」そしてついに、ボストンバッグの隣、つまりベンチの端っこに、小さな箱がちょこんと置かれているのに気が付いたのだ。

「んん？」

それは、クッキーか何かが詰められていそうな、おそらくアルミ製の、四角い箱だった。表面は赤と黄色と緑色で、デコラティブに装飾がされている。見栄えからして、外国製のそれのように見受けられる。色使いが、ちょっと日本的ではない。印字されているロゴも、すべてアルファベットだ。「ン、ニャァ」

ンニャァ？　亘はさらに首をひねる。今、この箱、鳴いたよな？

それで亘はジッとその箱を見詰めたわけだが、しかしなぜ箱が鳴くのかは判然としなかった。何しろ箱は、ティッシュボックスの半分程度の大きさしかなかったのだ。猫が入るのは、到底無理としか思えない。

そうして無言のまま、箱を見詰めること十数秒。今度は箱が、ニ、ニ、ニ、ニ、とうめくように鳴いたのを機に、亘は意を決して箱に手を伸ばした。ひとつ、大きく、深呼吸をして。

触れてみると、箱はやはりアルミ製だった。持ち上げると、大きさのわりに重量感があった。そして、妙に生温かかった。その段で亘は、ある程度の覚悟を決めた。この重さ、この生温かさ。もしかすると到底無理な代物が、無理やり詰まっているのかもしれない。息をのみつつ、亘は箱を膝《ひざ》の上に載せる。そして、うやうやしく蓋《ふた》を開けてみる。

「――おっ……」

案の定そこには、ぐったりとした白い仔猫が、ギュウギュウといったていで詰まっていた。

亘が母に再び電話を入れたのはその直後で、しかし母が電話に出なかったため、妹の楓のほうに続いて電話を入れた。そうして事情を説明すると、もうひとりの妹、葵も電話に加わり、矢継ぎ早にポンポン言ってきた。

「はあっ⁉　お兄ちゃん、猫缶見つけたのっ⁉」「かー！　帰りしなに見つけるとか、お兄ちゃん、相変わらず引きが強いな！」「そんで猫、生きとるの？」「生きとるなら、缶から出して服かなんかで包んであげて？」「温めるんやよ！」「うちら生物の先生に連絡するで！」「お兄ちゃんは、そこで猫温めて！」「とにかく温めて！」

けっきょく仔猫は、生物教師の友人の、父親の弟の恩師の教え子だという獣医師に引き取られ事なきを得た。映画館もファッションビルもないこの町には、人と人とのごく濃密な繋《つな》がりがある。ごく好意的に言うならば、深い絆《きずな》や情なるものに、満ち満ちた町とも言えるだろう。

しかしそんな町で、事件は起きていたのだった。

亘が見つけた白い仔猫は、たまたま箱に入り込み、身動きがとれなくなったドジ猫ではなく、人為的にそこに詰め込まれ、遺棄された仔猫であるらしかった。双子によるとこのところ、町ではそんな珍妙な出来事が、連続して起こっているのだという。猫は、金属製の箱に詰められて、裁判所や病院の待合室、図書館の駐車場等に、ひっそり置かれていたらしい。だから町の人々は、発見された猫たちを、戸惑いを込めて「猫缶」と呼んでいるんだとか。故《ゆえ》に、事件の俗称は、連続猫缶放置事件。

「――なんじゃそりゃ？」と亘が感想を述べると、「実際起きとる事件なんやで仕方ないわ」と双子がしかつめらしく語ってみせた。「まあ、事件っていうか、イタズラの域に近い感じはあるけど」「でもビックリやろ？　蓋を開けたらいきなり猫、なんて」

ちなみに久住家にも、飼い猫がいる。サビ猫のサビと、黒猫のクロだ。野良猫出身の彼らは、室内に留まるという観念がなく、窓が数センチ開いていれば、スルリと外へ抜け出す脱出名人だ。しかし猫缶事件の影響を受け、現在厳重管理のもと、室内に留められているとのこと。

「うちのサビクロが、猫缶にされたらかなわんでな」そう説明した楓に、葵も続いた。「昔、市内で猫殺しがあったやろ？　それでみんな、ちょっとナーバスになっとるのよ」「あの時の犯人、けっきょく捕まらんままやったし」「犯人が同じ人やったら、猫を殺すくらいなんとも思ってなさそうやしな」どうもそんなあたりに、サビクロ厳重管理の所以《ゆえん》があるようだ。

だが亘は、彼女らの発言を「あ、そう」と軽く受け流してしまった。そして、「じゃ、兄ちゃんはもう寝るで」と言い置き自室へと向かった。背後で双子が、「ちょっと、お兄ちゃん！　まだ話終わっとらんし！」「そうや！　猫缶の手口とかもっと知りたくないの？」などと叫んできたが、亘は「ないない」と手を振って足早に階段をのぼっていった。

何せ昨日からの不幸続きで、すっかり疲れ果てていたのだ。こんな夜更けに、双子の話に付き合うのはうんざりだったし、サビクロに対する家族の心配だって、杞憂に過ぎないことを亘は知っていた。

「――ああ、疲れた」

ベッドに倒れ込みながらそう口にすると、さらなる疲れがどっと体にのしかかってきた。

無理もなかった。災難続きのとどめのように、帰郷早々、猫缶事件などという謎の事件に巻き込まれたのだ。おかげで亘としては、いよいよ不安になってきた。

なんか今回の帰郷って、マジでちょっと呪われとるみてぇじゃね？　信心深さなど微塵《みじん》もない亘だが、そんなふうに思えてならなかった。俺、なんか悪いことでもしたっけ？どっかの祠《ほこら》に入ったとか、知らずに墓石踏んだとか……。

「……か？」

しかし、体にのしかかってきた疲れが、すぐに睡魔へと姿を変えたため、亘は深く考え込むこともなく、そのまま眠りに落ちてしまった。そうして眠りの淵で、ぼんやり思っていたのだった。なんか今回の帰郷、ロクなことが起こらんような気がする……。

その予感は、当たらずも遠からずというところだった。つまり亘のパンドラの箱は、その時すでに開いていたのである。ただし、彼がその事実に気付くのは、もう少し後の話だ。

亘には引きがある。久住家では、長年そう言われてきた。葵が「お兄ちゃん、相変わらず引きが強いな！」などと言ってきたのはそのためだ。彼はとかくトラブルを招く。それが久住家の人々の、ごく素直な認識なのだ。

しかし亘は、それは違うと思っている。俺のトラブルなんて、ほとんどが誤解の結果でしかねぇし。つまりレンガ事件の影響で、長らく誤解を受けてきただけだというのが亘の持論なのである。どれもこれも、もらい事故みてぇなもんや。断じて、絶対、俺が招いとるわけじゃねぇ。

かつてこの町では、西で泣いている少女がいれば、久住の悪童がやったのではないかと囁《ささや》かれ、東で給食費が盗まれたとなれば、久住くん、後でちょっと職員室に来なさいと呼び出されるという、実に理不尽な事態が生じていた。

だからいつもトラブルの渦中にいるように見られがちだったが、しかし当の亘はといえば、木の葉の裏に隠れた冬のテントウムシのように、じっと息を殺し身を潜めるという、ごく控えめな学校生活を概《おおむ》ね送っていたはずだった。

先生に反抗したことはほぼないし、他言はしていなかったが成績だってずっとよかった。だから高校時代には、そこまでひどい扱いを受けることはなくなっていたし、彼自身品行方正に、清く正しく粛々《しゅくしゅく》と、学校生活を送っていたつもりだ。

そして、地元を離れ早二年半。状況は多少なり改善されているだろうと亘は踏んでいた。レンガ事件からは、すでに十六年が経《た》っている。しかも彼はもう成人で、なんならそこそこの大学の学生だ。あらぬ疑いをかけられたり、無用に警戒されるようなことなど、さすがにそうそうはないだろう。

しかし、その読みは大甘だった。教育実習初日のことだ。

「——そう言えば久住くん。君、ゆうべ猫缶を見つけたそうやないか」

校長との顔合わせでそう告げられた亘は、少し驚き目をしばたたかせた。「え？　ええ、まあ……」すると校長は穏《おだ》やかな笑みを浮かべつつ、仏のような柔らかな口ぶりで続けたのである。

「なんや遅くまで、大変やったみたいやな？　それで、実習の準備は大丈夫なんか？　寝不足やったりしとらんか？　それと、妙な連中とはつるんどらんか？」

それ、最後の関係なくね？　と亘は思ったが、しかし校長という立場を鑑《かんが》みれば、その発言もいたしかたないのかなとすぐに思い直した。だから亘は割り切って、笑顔で返してみせたのだ。

「はい、もちろん大丈夫です。どうかご心配なく」

ちなみに、なぜ校長が猫缶の一件を知っているのかと言えば、白猫を引き取った獣医師の、奥さんの妹さんの旦那《だんな》さんの父親が、この学校の三年の学年主任であったかららしい。それで昨夜の出来事が、校長にまで漏れ伝わっていた模様。

「まあ、妙な事件が起きとるけど、ひとつ巻き込まれんように。みなさんは、無事、つつがなく実習生活を送ってください」

無事、と、つつがなく、の部分を強調して校長は語った。そしてその目は、はっきりと亘を見据えていた。だから亘は、作り笑顔を浮かべつつひそかに実感したのだった。ああ、そうかそうか、なるほどなぁ——。俺、まだまだバッチリ、警戒されとるな。

教育実習生は、亘を含め四名という話だった。もちろん全員同校の卒業生で、校長との顔合わせの際には、すでに三ノ瀬《さんのせ》さん、山田《やまだ》さんという女子学生も同席していた。英文科の三ノ瀬さんは英語教師、音大の山田さんは音楽教師を、それぞれ目指しているとのことだった。ちなみに経済学部の亘は、社会科、世界史を担当。残るひとりは数学という話だったが、しかしあろうことか実習初日、早々に遅刻をしてしまっているとのこと。

「家にも携帯にも電話入れてみとるんやけど、連絡がつかんくてな」

そう語ったのは、社会科教師の村正《むらまさ》先生だった。彼は亘たちが高校生だった頃から、この学校に在籍していた男性教諭で、年の頃はおそらく五十歳前後。理科系の教員ではないのに、なぜかいつも白衣をまとっていて、飄々《ひょうひょう》とした雰囲気が印象的と言えば印象的。ひょろりと背が高く、柳のように線が細い。

どうやらその彼が、教育実習生全体の指導員らしかった。亘たちは彼の案内で、校長への挨拶《あいさつ》をすませたのち、実習生の控え室となる会議室へと向かった。そしてそこで実習中の注意点などを軽く聞かされ、今度は職員室へと移動した。

そこで亘たちは再び名前を確認され、指導担当教諭と担当クラスを伝えられた。亘は一年四組で、山田さんが二年四組、三ノ瀬さんが二年六組。ちなみに亘の指導担当は村正先生ということで、亘としては内心ホッと胸を撫《な》で下ろした。気難しい先生が指導担当になると、実習そのものが一気に詰みになると先輩たちから聞いていたからだ。

かくして亘たちは、それぞれの指導担当に挨拶をし、そのまま担当教諭と実習生のペアになって、今日一日のスケジュール確認に入った。するとすぐに職員室内は、朝の職員会議へと雪崩《なだ》れ込んだ。それで亘ら実習生も、担当教諭に促される形で、急ぎ会議の輪の中に加わることとなった。

ちなみに遅刻しているという学生は、まだ姿を現していなかった。困り顔の先生たちは、腕時計を確認しつつ、コソコソ何やら言い合っていた。

教育実習生による教職員への挨拶は、あいうえお順で亘が先陣を切ることとなった。

ただし、不安はなかった。挨拶の内容は、バッチリ頭に入っていたからだ。教育実習生というのは、まず初日に、職員への挨拶、全校生徒への挨拶、そして担当クラスへの挨拶を行う。それが最初の大仕事だと、亘はあらかじめ認識していた。だからちゃんとその内容を考え、さらに言えば暗唱に暗唱を重ね、完璧《かんぺき》な挨拶が出来るよう、前もって備えておいたのだ。

「えー、おはようございます。I大学経済学部の久住亘です。本日から二週間、教育実習で、世界史を担当させていただきます。母校でこのような機会を与えてくださり、感謝しております」

若干緊張したような面持ちで亘は語ってみせていたが、しかし実際のところ緊張はまったくしていなかった。口もスムーズに動いていたし、話す内容が飛んでしまうということもなさそうだった。

「僕にとってこの学校は、忘れがたい思い出の場所です。たくさんのことを、先生方から学びました。教職をとろうと思った、キッカケの場所とも言えます」

嘘八百《うそはっぴゃく》だったが、しかし聞いている教師陣たちは、軒並み好意的な笑みを浮かべてくれていた。だから亘としては、完璧だ、と内心満足してもいた。第一関門は、無事突破。出だしとしては、まあまず上出来。

「至らない点も多々あるかと思いますが、教職を目指すべく、精一杯勉強させていただきますので、どうか……」

しかし亘のそんな慢心は、次の瞬間呆気《あっけ》なく挫《くじ》かれた。まだ挨拶をしている最中、職員室のドアが、ビシャン！　と乱暴に開けられて、赤い火だるまのような物体が、勢いよく職員室内へと飛びこんできたのである。

「——失礼します！　おはようございます！　申し訳ありません！　遅刻しました！」

火だるまに見えたそれは、赤いジャージを来た女だった。彼女は肩で息をしながら、しかしまったくの無表情のまま言葉を続けた。

「今日から教育実習でお世話になる室中結衣《むろなかゆい》です！　よろしくお願いします！　遅刻の理由は学校に来る途中田んぼに落ちて着替えに帰ったせいです！　水が抜いてあっても田んぼはやはりぬかるみますね！　以後気を付けます！　すみませんでした！」

誰に何を訊《き》かれたわけでもないのに、彼女は自ら端的に理由と反省を述べてみせた。しかし実際のところ、そんな事情は語らずとも、遅刻の理由は見てとれた。

彼女の顔や眼鏡には、田んぼ由来のものと思われる泥がベッタリとついたままだったし、振り乱した長い黒髪にも、やはり泥があちこちに付着してしまっていたからだ。どうやら赤ジャージ室中結衣は、着替えることは着替えたが、それ以外には一切頓着《とんちゃく》することなく、とりあえず学校にやって来たようだった。

そのため教師陣もすぐに笑い出し、「見りゃわかるわ」だの、「まあええで、顔洗ってこい」だのと言いだした。「このあと、全校集会あるで。そんな格好で生徒の前出たら、さすがにしめしがつかんでな」

受けて室中結衣は、「へっ?」と頓狂《とんきょう》な声をあげ、自らの顔を撫でたり髪を触ったりして、泥の付着の様子を確認。そしてそのまま、「顔洗ってきます!」と言い置くと、戸を再びビシャン! と開け職員室を出て行ってしまった。

そんな結衣の登場と退場を前に、もちろん亘はポカンとその場に立ち尽くしてしまったし、教師陣も笑いながら、「いやー、相変わらずですねぇ。室中結衣」などと話しはじめた。「アイツが着とったの、うちの学校のジャージでしたよねぇ?」「ええ、間違いなく」「よりによって、アレを着てきますかねぇ?」「ねぇ?」

しかし亘は、まったくもって笑えなかった。笑えず、目を見張り息をのんでいた。

「―――」

まさかアイツが、教育実習に来るなんて……。そんな思いでもって、呆然《ぼうぜん》としていたと言ってもいい。なんで、結衣が? どうしてアイツが、教育実習なんかに? 頭の中ではそんな言葉がぐるぐる旋回していた。

亘にとって、室中結衣は鬼門だった。彼女が実習生として現れたことは、このところ延々と続いていた、不幸のダメ押しのようでもあった。

なんでアイツと一緒になって、実習生なんてやらにゃならんのよ——？

伝統的に、亘の母校はのどかだ。

他学区の進学校から赴任してきた先生などは、まずそののんびりとした校風に戸惑うらしい。「本当にここは進学校なのかと疑ったよ。どいつもこいつも先生までも、文化祭だ体育祭だマラソン大会だ雑巾《ぞうきん》絞り大会だと、ぽわぽわのん気にやってたからなぁ」

亘が高三だった頃の担任の弁だ。彼の言葉通り、高校時代の亘たちも、まあのん気なものだった。三年次であってもほとんどの生徒たちは、夏まできっちり部活動をこなしていたし、受験勉強もそこそこに、文化祭や体育祭にだって普通に全力で臨んでいた。

おかげで担任は、たまりかねたように言っていたはずだ。「お前らが、悪いヤツじゃないのはよくわかってるよ？　わかってるけどさ。けどもう少し、危機感もって勉強しようよ！　他の学校は、もっと必死にやってるんだからさ！」

亘たちが通っていた高校は、一応地元では学区一の進学校ということになっているが、しかしその実態は、そこそこ出来ればみんな入れる準進学校に等しい。何せ高校の数が少ないため、受験生たちは少ない選択肢しか与えられておらず、そのためずば抜けて勉強が出来る生徒も、そこそこ出来るだけの生徒も、まとめて亘の高校に集まってしまうのが現状なのだ。

だからか、進学校として切迫したものがない。大学受験に関しても、まあみんなそれぞれ順当なとこに行くんじゃね？　というムードが終始漂い続けている。亘三年次の担任は、そのことを「コアラ現象」と呼んでいた。「お前らはコアラなんだよ。敵がいないのどかな土地で、のん気に暮らせているコアラなんだ。でもな、受験は捕食者のいる大陸で行われるんだよ！　お前らなんて、あっという間に食われるからな！」

しかし、コアラはコアラなりに、独自の進化を遂げるというもの。それが先の校風に繋がってもいるのだろう。のどかな亘の母校には、基本的に自由な風が吹いていた。だからコアラたちはごく自由に、実にのびのび暮らせていたのである。とどのつまり校内には、風変わりな生徒が多くいた。

亘の学年にも、だいぶアレな生徒が散見した。例えば、通年半袖シャツで登校してくる男子生徒や、机の中でダンゴムシを飼っていたやはり男子生徒。有精卵の孵《ふ》化に夢中になって、毎日腹の中に卵を忍ばせていた者や、理系のクラスのほうには、ＵＦＯと交信する会なるものを作り、日々空に向かって何かしている一団なんてのもいた。

ちなみに亘の友だちにも、俳句を愛するあまり、五、七、五でばかり喋《しゃべ》るという変人がいたし、自称エミネムの生まれ変わりの、重度の駄洒落《だじゃれ》偏愛者なんてのもいた。しかしその程度の不具合なら、もはや気にならない空気感が校内には漂っていた。変わり者のコアラたちには、ごくごく暮らしやすい校風だったとも言えるだろう。

そして室中結衣は、そんな校内にあってもなお、際立った存在感を示す生徒のひとりだった。

彼女は子供時代から、狭い田舎町の中のみならず、県内レベルで見ても群を抜いて勉強が出来た。そのため高校入学時から、それなりに名の知れた生徒でもあった。

天才っぽいエピソードにも事欠かなかった。授業中は決まって寝ているのに、テストでは余裕で百点を取るだとか、一度教科書を読んだだけで、内容がすべて頭に入ってしまったようだとか、そういった話は亘も耳にしていたし、全国模試の結果からも、彼女の学力が抜きん出ていることは見てとれた。

だからだろう。教師陣も彼女に期待を寄せていた。先に述べた通り、亘の高校は微妙なレベルの進学校で、そのため教師陣は、出来のいい生徒にはとかく目をかける。つまり結衣のような生徒には、当然のように東大受験を勧める。進学校としての面子《メンツ》を保つためには、隔年にひとりやふたり、東大合格者を出しておきたいという思いが、少なからずあったのだろう。

しかし、迎えた高校三年の夏。東大を見学しに行った結衣は、大学に向かう道の途中で、人と建物の多さに圧倒され卒倒。けっきょく大学を見学することなく、地元に帰ってきてしまったらしい。そうして、「あんな人の多いところには住めません」と東大受験を断固拒否し、志望大学を京都のそれにあっさりと変更してしまった。当時校内で、室中結衣夏の変、と呼ばれた一件だ。

かくして彼女は教師らが説得するのも聞かず、京都の大学をサクッと受験。もちろんサクッと合格し、落胆する教師陣をよそに、我関せずで高らかに仰げば尊しを歌いあげ、実に清々しく卒業していってしまった。そんな、ちょっと名の知れた生徒だったのである。

その結衣が、教育実習にやって来るとは——。

亘が結衣と次に顔を合わせたのは、体育館前の廊下だった。担当クラスでの挨拶を無事こなし、次に向かった全校集会で、同じくやって来ていた彼女と、必然的に出くわしてしまったのだ。

「——あ。亘くんや」

担当クラスの生徒たちが体育館へと入っていくのを見送っていた亘に、結衣は当然のように声をかけてきた。

「びっくり。亘くんも教育実習？　私もだよ。久しぶりだね。元気やった？　亘くん東京の大学なんだっけ？　東京、怖くない？　辛《つら》くない？　平気？　あ、でも東京でも色々あるのか。端っこのほうやったらのんびりしとるんやっけ？」

無表情なまま、結衣はつるつると話の穂を接《つ》いでいく。室中結衣は昔から、問答無用のマイペース女なのだ。「私は京都なんやけど。京都もあんがい都会なんだよね。建物も人もいっぱいで。でもお寺があちこちにあってそこは好き。あと道がいい。形式美。地図とか最高。山も緑も多いし……」

けっきょく結衣は、全校生徒が体育館へと入りきるまで、ベラベラ亘に話しかけてきた。亘が放っておいたら、そのまま延々ひとりで話し続けていたかもしれない。

「――つーか、ストップ」

体育館前廊下には、もう教育実習生四名しか残っていなかった。実習生は村正先生の指示があるまで、ここで待機するようあらかじめ言われていたのだ。だから亘は、もう忌憚《きたん》なく結衣をとめていいだろうと判断し、強めの言葉で彼女を制した。

「ちょっと落ちつけよ。お前は壊れたレコーダーか？」

すると結衣はピタッと喋るのをやめ、無表情のまま亘の顔を見詰めてきた。そしてやはり表情を変えることなく、うやうやしく眼鏡のブリッジを押さえたかと思うと、再び口を開いてみせたのである。

「よかった。亘くん全然反応せんのやもん。亘くんこそ壊れたのかと思って心配したよ」

は？　何それ？　嫌み？　と亘は一瞬思ったが、しかし結衣は嫌みを思いつけるタイプの人間ではない。ただ純粋に、そう思っただけの話だろう。それで亘はかすかにわきあがったイラ立ちを軽くいなし、「それは失礼しました」と応えたのだった。「けど大丈夫。俺は元気です。ご心配なく」受けて結衣は無表情ながら、「そう。それはよかった」とコクコク小刻みに頷《うなず》きだした。コクコククコクコク。

それは嬉《うれ》しい時に見られる彼女のクセだった。室中結衣は幼い頃から、常に表情を変えない子供だったが、しかし嬉しいと今のように、コクコク繰り返し頷くクセがあった。コクコクコクコクコク。そして頷きの長さは、喜びの大きさに比例する。亘が反応したのがよほど嬉しかったのか、結衣はそのまま興が乗った様子でまたつるつると話しはじめたのだった。

「さっきはごめんね。私、亘くんの挨拶の邪魔したんやってね。全然気付かんくて。ほら私遅刻したやろ？　そのことで頭いっぱいで。でもあれやわ。水を抜かれた田んぼがあんなにぬかるむなんてホント驚きやったわ」

ごく平坦な声で結衣は話していたが、頷きは続いていたので機嫌がいいのはうかがい知れた。

「そうや。亘くんも歩いてみん？　本当に面白いくらい普通に歩けんのやで？　一緒にやってみようよ。やろうやろう。今日の放課後一緒に――」

しかし亘が「やるわけねぇやろ」とあっさり返すと、結衣の頷きはピタリととまった。悲しかったのか。それで亘も少しバツが悪くなって、フォローするように言い継いでしまった。「ていうか、なんで田んぼなんかに落ちたんよ？　お前の通学路に、うっかりで落ちるような田んぼはねぇやろ？」

すると結衣は、パチパチッと瞬《まばた》きしてみせたのち、やや言葉を詰まらせながら語りはじめた。

「でいたらぼっちって、知っとる？　亘くん。私、あれに、かどわかされたんじゃないかと思うんやわ……。なんていうか、気付いたら、田んぼの中に、おったっていうか……？」

それは結衣が隠し事をしている時のクセだった。戸惑うと彼女は激しく瞬きをし、嘘をつくとたんに言葉が途切れ途切れになる。だから亘は黙ったまま、結衣の観察を続けたのだった。

眼鏡にはまだ、泥がこびりついていた。ジャージの腕のあたりにも、わずかばかり土の付着が見られる。着替える際、汚れた手のまま掴んだのだろう。ズボンの腰のあたりにも、同じような汚れがある。そして手首には、薄っすらと赤い傷があった。

「……?」

それで亘は、彼女の手首を注視した。そこには、幾重にも重なり合うように刻まれた、小さな切り傷が見えていた。

「――お前、それ……」

すると結衣は、バッと袖の中に手を隠した。隠して、「……で、でいたらぼっちに、掴まれたのかな?」と、目をパチパチさせながら言ってのけた。「多分、そう……。でいたらぼっちの、しわざ……」

山田さんと三ノ瀬さんが話しかけてきたのはその段だった。亘や結衣とは少し離れ、ふたりで何やら話し込んでいたはずの彼女らは、いつの間にか亘たちのすぐ傍《そば》までやって来ていたのだ。

「……あのー、ちょっといい?」

「久住くんって、室中さんと仲良かったの?」

好奇心に駆られたような目で彼女たちは訊いてきた。無理もない。高校時代、亘は学校でほとんど結衣と話したことがなかったのだ。仲の良かった友人たちにだって、結衣と知り合いだったことなど、一度も明かしたことがなかった。

だから、山田さんたちが興味を持つのも、当然といえば当然の流れだった。変人室中結衣と、レンガ事件犯の久住亘が、ここにきてざっくばらんに話をしているのだから、確かに少し、興味深い光景ではあったのだろう。

「いやいや、仲がいいっていうか。ただ、小中も同じやっただけで……」

亘が応えると、隣の結衣は眼鏡のブリッジを押さえつつ早々に訂正してみせた。

「仲良かったよ。小学校の時とかよく一緒に遊んどったし。中学から亘くんが全然話してくれんくなったけど。でも私はよく話しかけとったよ。ずっと。な？　亘くん」

そんな結衣の物言いに、亘も慌てて苦笑いで返す。「おいおい、室中。ちょっとそれは、人聞きが悪いわ。話しかけられたら、俺だって返事くらいしとったやろ？」何せ結衣の言い分のままでは、自分の心証があまりにも悪くなる。「けど、なんていうか。思春期的な？　女子に話しかけられても、対応に困る時期が男子にはあるっていうか？」

するとは山田さんと三ノ瀬さんは、それなりに納得した様子で頷いた。「へえ」「そうやったんや」そうして揃《そろ》って興味の目を、亘ではなくはっきりと結衣に向けはじめた。

「それで室中さん、教育実習に来とるってことは、教員志望なの？」

「室中さん、学校の先生になるつもりなの？」

受けて結衣は、「うん」とあっさり頷く。だから亘は、お前が教師とかマジでないんやけど、と内心思ったのだが、当然その声は結衣には届かず、彼女はしかつめらしく言葉を続けた。

「数学の先生になる予定」

その回答に、山田さんと三ノ瀬さんは顔を見合わせたのち、少し驚いたような声をあげた。

「そうなんや。私てっきり、室中さんは研究者にでもなるんやと思っとったわ」

「私も。だって室中さん、めっちゃ頭良かったし。大学だって……」

すると結衣は無表情のまま、しかしどこか神妙に頷き応えたのだった。

「確かに。私も私が教師に向いてないのはわかっとるんや。教員採用試験も厳しそうやし。でも、数学の教師なら倍率低いらしいからどうにかなるかなって。それで今の学部選んだところもあって――」

結衣のその言葉は、大学受験以前から教員志望であったことを示唆《しさ》していた。だからだろう。山田さんと三ノ瀬さんは、さらに意外そうに目を見開き、「じゃあ、昔から教員志望やったの？」「それこそ意外！　先生は先生でも、大学の先生とか、そういう感じなのに」などと言いだした。「うん。なんか、こんなこと言ったらアレだけど、なんかちょっと、もったいないっていうか……」

すると結衣は一瞬黙り込んだのち、機械仕掛けの人形のようにギーッと首を動かして亘の目を見詰めてきた。見詰めてきて、平坦な声で告げてみせた。

「――高三の冬に友だちが死んだんや」

唐突な結衣の告白に、山田さんと三ノ瀬さんは「えっ?」と声をあげる。しかし結衣は彼女らの戸惑いなど完全に無視して、まるで亘にだけ告げるようにして言葉を継いだ。

「それで私、先生になるって決めたの」

真っ直《ま》ぐ《す》な結衣の発言に、亘は少したじろいだ。まさか彼女が、そんなことを言いだすとは思ってもみなかったのだ。

しかし、すぐにザラリとしたイラ立ちも去来した。だからなんなんよ? そう反射的に思ってしまったというのもある。高三の冬に友だちが死んで、だからなんやっていうんよ? だからお前が教師になって、何がどうなるって話なんよ? 何がどう変わるっていうんよ?

しかし結衣は、さらにたたみ掛けてきた。

「亘くんも同じやろ? だからここに来たんやろ?」

室中結衣という女は、とにかく自分のペースで生きている女なのだ。昔からそうだった。亘の気持ちなどお構いなしで、あれこれ言いたいことを言ってくる。だから亘はついうっかり、強い言葉で返してしまった。

「は? 何言っとるんよ? 全然違うわ。お前と一緒にすんなよ」

誤魔化すことだって出来たのに、つい本音を漏らしてしまった。

「俺は親に、教員免許くらい取れって言われとって、それでここに来とるだけやさ。教員になる気なんて、さらさらねぇし。お前となんか、全然一緒じゃ——」

山田さんと三ノ瀬さんが、ギョッと目を見開いたのはその瞬間だった。彼女たちは揃って亘を見詰めたまま、引きつったような表情を浮かべてみせた。

それで亘は、ハッと慌てて口を噤《つぐ》んだのだ。彼女たちにとっては語気が強過ぎたのかもしれないと、若干焦ってのことだった。

「あ、悪い。ちょっと、言い過ぎたかも……」

しかし亘はすぐに、彼女たちの視線が自分ではなく、自分の背後に向かっていると気が付いた。それで山田さんに目配せすると、彼女は顔をひきつらせたまま、気の毒そうに小さくコクリと頷いた。

かくして亘は、ゆっくり後ろを振り返ったのである。するとそこには、ゆらり揺れる柳の影があった。

「——む、村正先生」

教育実習には、禁忌がある。受け入れ側の学校に、実は教師志望ではないと明かすことだ。だから亘は、ガバッと自らの口を両手で押さえた。

「あ、の……。今のは……」

実習生の受け入れは、学校側にとって大変な負担となる。何せただでさえ激務である通常教務に、実習生の指導まで加わるのだ。しかも指導したところで、教師陣には特に手当もつかない。だからそれは、あくまで善意と厚意で行われているのである。

　それでも学校側が実習生を受け入れるのは、ひとえに教員を目指す後輩たちを、無下にはできないという思いがあるからだ。かつて同じ職業を志した者として、力になろうとしてくれていると言ってもいい。だから教育実習生は、本音はどうあれ、教員希望であるというていでもって、実習に向かうのが大前提となっている。つまり亘は今しがた、見事にその禁忌を破ってしまったと言えた。

「先生……。いつから、そこに……？」

　引きつり笑いで言った亘に、村正先生もすぐに笑顔で返してくる。

「んー？　全然違うわ。お前と一緒にすんな。あたりからかなー？」

　おかげで亘は軽くのけ反《ぞ》りそうになったのだが、村正先生は特に表情を変えることなく、穏やかな調子で述べてみせた。「久住らしくない熱い口ぶりで、なかなか面白かったで？」

　そうして彼は、「さあ、これから全校生徒に挨拶してもらうでな。俺のあとについて来なさい」と、まるで何事もなかったかのように指示してきた。「挨拶の順番は、学年順のクラス順で久住からな。じゃ、行くぞ」

　かくして壇上に立った亘の挨拶が、練習の甲斐《かい》なくボロボロなものになったのは言うまでもない。壇上から降りてすぐ、屈託なく結衣に言われたほどだ。「大丈夫？　亘くん。なんかお葬式の挨拶みたいやったけど」

つーか、誰のせいやと思っとるんよ？　と亘は内心憤慨《ふんがい》したが、しかし結衣はコクコク頷いて、亘の反論を封じてみせた。

「でも内容はよかったよ。先生になりたいって気持ちがよく伝わってくる話やった」

瞬きもなく、口調も滑《なめ》らかだったから、おそらく本音で言っていたのだろう。だから亘は、吐き捨てるように思ってしまったのだった。全然違うわ、アホが——。

それは亘の、偽らざる思いだった。

俺は教師になんて、全く微塵もなりたくねぇわ。


実習初日早々に、危機を迎えたと思われた、亘と村正先生との関係性は、しかし意外な方向へと向かってくれた。全校集会後の話し合いでのことだ。

社会科資料室で彼とふたりきりになった亘は、もちろんすぐに詫《わ》びを入れた。

「さっきは、失礼なことを言ってすみませんでした！」

もとい、どうにか発言の内容を誤魔化せないか試みた。

「でも俺……、いや、僕は、全然教員になる気がないって思ってるわけじゃなくて。話の勢いで、そう口走ってしまっただけというか、なんというか……」

しかし村正先生は、思いがけないほどの笑顔でもって、あっさり亘を許してくれた。

「ああ、あれなら別に気にせんでええで？　こっちも学生みんながみんな、本気で教師目指しとるなんて思っとらんでな」

おかげで亘は、しばしポカンとしてしまったほどだ。そんな亘を前に、村正先生はヘラッと表情を崩して笑い、心配するなといった様子で亘の腕をポンと叩《たた》いてきた。

「教員免許取っておきたいだけの学生がおるのは、こっちやって百も承知や。ここだけの話、俺もそのクチやったしな」

聞けば村正先生も、もともと一般企業への就職を考えていたのだという。そのため亘同様、大学があった東京に、そのまま留まろうとしていたんだとか。

「向こうのほうが何かと便利やし、色々サラッとしとるやろ？　なんだかんだで、大学時代の人間関係も出来あがっとったし。そやでこのままここにおろうって、自然と思っとったんやけどな」

柳のようなこの人に、そんな過去があったとは意外だった。

「大学四年の時に親が倒れて、地元に戻らにゃならんようになったんやわ。それで、資格もあるし、仕方ないで教員にでもなるかってな」

そんな彼の告白に、亘は驚きと安堵《あんど》の息をついた。「そう、だったんですか」なんというか、人に歴史ありという心持ちでもあった。人というのはあれこれと、何かを選びながら進んでいるのだなと、考えさせられた一件でもあった。

村正先生は、教材用の資料を手に取りながら淡々と続けた。

「けど、後悔はしとらんで？　そういう運命やったんやろうなって、今では思うでな。教職を取っとったのも、親が倒れたのも、ここにくるための必然やったんやろうって」

そうして、にわかに世界史の教師らしく語ってみせたのだった。

「偶然と必然で、歴史は転がっていくもんやろ？　それと同じや。そやで久住がここに来たことだって、まったく無意味ってわけでもないと思うで？」

ただし亘としては、その言葉にはうまく反応できなかったのだが――。

「そう、ですかねぇ……？」

何しろ彼は、つつがなく平穏無事にこの二週間を終わらせたいだけの、エセ教員志望者に過ぎなかったのだ。教育実習に来た意味だって、もちろん微塵も求めていない。

その思いが、若干顔に出たのだろう。村正先生は小さく笑い、また亘の腕をポンと叩いてきた。

「大丈夫や。多分、理由も意味もあるよ。そやでお前は、教員志望でもないのに、ここに戻ってきたんやろ」

そうかな？　首をひねる亘に、村正先生はどこか楽しげに言い足した。

「――偶然と必然ってのは、まあそういうもんやで」

教育実習生活は、聞いていた通り忙しかった。

実習生は日々、指導担当の先生の授業を見学し、その感想をレポートにまとめ提出しなければならなかったし、その授業をもとに、自分だったらどんな授業を行うのか、指導案としてやはりレポートに起こし、毎日指導担当に意見してもらう必要もあった。

それだけでもけっこうな労力を要するわけだが、彼らの業務はそれだけに止《とど》まらなかった。生徒たちとの交流もそれなりに図らなければならなかったし、場合によっては担当クラスの昼食、清掃なんかに付き合うことも余儀なくされた。部活だって見なくてはならなかったし、イレギュラーで自習の見守りを頼まれることもあった。だから最初の三日間は、目まぐるしく時間が過ぎ、自由時間と呼べるようなものは、ほとんど持てないほどだった。

ただし亘は四日目あたりで、なんとなく実習生活に慣れてきた。当初の読み通り、担当教諭の村正先生が、ごく親切だったというのもある。あとは用意周到な、事前の準備もものをいった。彼はあらかじめ大学で、自分なりの指導案をいくつも作っておいたのだ。もちろん授業の進行度がわからないまま作ったものだから、それ自体を使うことは出来なかったが、しかし作り方の要領はなんとなく摑めていたので、村正先生からは案外あっさり合格点をもらえてしまった。

思いがけない援軍もいた。双子だ。現在高校二年生の彼女たちは、家族以外見わけがつかないほどそっくりな一卵性双生児で、その存在のものめずらしさから、校内でもずいぶんと名前の通った存在だったのである。そのため亘も、久住の双子の兄として、すんなり生徒たちに受け入れられた。まさに双子様々。あだ名も初日早々「お兄ちゃん」で統一され、生徒たちからもあれこれ相談を受けるようになった。

ちなみに村正先生は、亘と生徒の友好関係をごく好意的に受け止めてくれていた。

「生徒に好かれとると、それだけで授業はやりやすくなるもんやでな。まあ、好かれ過ぎるとナメられるで、塩梅《あんばい》っちゅうのが大事なんやけど――。お前やったら、そのへんうまいことやるやろ。その調子で、実習授業も頑張れよ」そんなふうに言って、早々に実習授業の時間割りを組んでもくれた。

亘の実習生活は、率直に言って順風満帆だった。出鼻こそ結衣や校長に挫かれたが、しかしそれ以降は特に嫌な思いもしなかったし、どちらかといえば、やや充実した毎日を過ごせている実感すらあった。

結衣を除く実習生三人は、実習生控え室で顔を合わせるうち、同窓生のよしみかすぐに馴染《なじ》んだ。控え室で一緒に指導案を書くこともあったし、タイミングが合えば一緒に昼食をとったりもしていた。結衣の話題があがったのは、そんな昼食時のことだ。

場所は校舎の屋上。指導案がうまく書けないと嘆いていた山田さんが、「そういえば」と思い出したように言いだしたのだ。

「私も大概やけど、室中さんもだいぶ大変みたいやな。控え室に来んで、どうしとるのかなとは思ってたんだけど。ずっと担当の先生に、マンツーで指導案見てもらってるみたいやよ?」

そんな山田さんの発言に、三ノ瀬さんも、「ああ」と気の毒そうに頷く。

「私も聞いた。なんか室中さんの作る指導案って、ほっとくと難しい数式の証明みたいになるらしくて。授業とは全然関係なくなっちゃうんだって。それで担当の先生も、だいぶ困ってるって……」

いっぽう亘は、そんなふたりの話を聞きながら、母親が持たせてくれた弁当をパクついていた。

空は秋晴れで、雲は遠くに薄いものがわずかに伸びているのみだった。給水塔の向こうでは、生徒たちの一団が集まって、空に手をかざしている。UFOと交信する会は、いまだ健在ということか。その隣では、応援部がなぜかブリッジの練習中だ。若干カオス。けれど、青春だなとも亘は思う。風はさほど強くない。山に囲まれたこの町では、あまり風が吹かないのだ。ただ、青空が心地いい。

山田さんと三ノ瀬さんは、話題にのぼった結衣について話を続けていた。「やっぱアレかな？　頭が良過ぎると、普通のことが出来んくなるのかな？」「そうかもな。担当の先生とも、言葉が通じ合ってないって感じで、お互い大変みたいやし」「凡人にはわからん苦労やな……」「うん……。うちらとは、違う次元の人やでな……」

気の毒そうにふたりは語っていたが、しかし亘としては、やっぱりな、という思いが強かった。何せ彼女が苦境に追い込まれることは、なんとなく察しがついていたのだ。

亘は子供時代、結衣が友だちに勉強を教える様子を目にしたことがある。分数の割り算がわからないと友だちがこぼした時のことだ。「なら私が教えてあげる！」と申し出た結衣は、計算ドリルを前に当然のように言いだしたのだ。

「えーっとな。三分の二割る五分の四は、六分の五やよ」

もちろん亘としては、お前、それ答え言っとるだけやねぇか、と目をむいたのだが、しかし結衣としては、そう答えるより他にないようだった。おそらく彼女の頭の中というのは、分母と分子をひっくり返して、だとか、分母と分子が両方とも二で割れるから、だとか、そういった過程のようなものが、一切生じてこないつくりになっているのだろう。だから三分の二割る五分の四は六分の五でしかなく、彼女にはそれ以外の答え方がわからないようだった。そのため、困惑する友だちを前に、結衣も首を傾《かし》げてしまっていた。

「ん? 何? 何がわからんの?」

だから亘としては、言わんこっちゃない、という感想を抱いてしまったとも言える。やっぱアイツには、教師なんて向いてないんやって。どう考えたって、変人科学者とか変人数学者とか、そういうののほうが断然お似合いやし。

三ノ瀬さんが言うことには、結衣は体調も思わしくないとのことだった。

「一昨日《おととい》くらいから、ずっとマスクしてて、顔に発疹《ほっしん》も出てるのよ。それで、大丈夫? って聞いたら、ただのアレルギーだからって言われたんだけど。でもすっごい鼻声でね。そのせいか知らんけど、室中さん、昼休みも家に帰ってしまっとるんやって。放課後も部活見んと、やっぱり急いで帰っとるって話やし」

そんな三ノ瀬さんの説明に、山田さんも心配そうに眉根を寄せる。「もしかして、ストレスで教育実習アレルギーになっとるのかな?」受けて三ノ瀬さんも、困り顔で息をつく。「そうかもね。でも、実習こなさんことには、教員免許は取れんしなぁ」

亘が給水塔に人影を見たのは、彼女らのそんなやり取りを、ぼんやり聞いていた最中のことだった。

「……？」

塔の上にある給水タンクの脇に、その人影は突然姿を見せた。ただし逆光だったため、男か女かも判然としないほどだったのだが――。

亘は目を細くして、その人影を見守る。すると人影は、ぼわっと丸く広がった髪をわしゃわしゃかきむしったのち、おもむろに両手をあげて伸びをしてみせた。亘が声をあげたのはその段だ。

「おーい！　給水塔にのぼるのは、校則違反やぞー！」

一応、教育実習生の務めを果たしておいたというわけだ。人影は亘の声が耳に届いたらしく、動きを止め亘たちのほうに顔を向けた。そしてわり合いすんなりと、給水塔のはしごを降りはじめた。人影の姿かたちが、はっきりと目に見えるようになったのはそのタイミングだ。

ただし、それには亘よりも早く、山田さんと三ノ瀬さんが反応した。

「え？　ちょと、あの子って？」

「もしかして、あれが噂《うわさ》の鈴井《すずい》くん？」

だから亘はふたりに訊いたのだ。「何？　担当クラスの生徒？」するとふたりはブンブンと首を横に振りつつ、若干興奮交じりで告げてきた。「違う！　あの子は三年生！」「けど、すごい有名人なの！」「久住くんも、見ればわかるから！」

それで亘は見たのだった。その、噂の鈴井くんとやらを。

「……？」

ただし、彼がはしごから降り立った段階で、亘は山田さんたちの言葉の意味を、なんとはなしに理解してしまった。何せ遠目でわかるほど、鈴井少年は整った顔をしていたのである。そしてしみじみ思ってしまった。なるほど、女は美形に聡《さと》いな。

しかもその美形は、こちらに向かって歩いてくるほどに、その美しさを如実にさせていった。黒目がちの大きな目。ツンと上を向いた小さな鼻。口角があがった薄い唇《くちびる》。それぞれに形の整ったそれらは、完璧な配置でもって顔の中に収まっている。わしゃわしゃの寝ぐせ頭も、美形にかかれば無造作ヘアだ。

体は華奢《きゃしゃ》で、手脚がごく長い。まるでバレリーナのような体つきの少年だ。顔も頭ももちろん小さい。身長はそう高くなさそうだが、しかしバランスがいいのでとにかくスラリとして見える。顔といい体つきといい、だいぶ中性的な少年だ。

かくしてそのあたりで、亘ははっきりと理解したのだった。なるほど。こんなのが学校におったら、そら有名人にもなるわなぁ。

ただし、ひどく気になる点もあった。炊飯器だ。一体全体どういうつもりなのか、彼は取っ手に紐を通した炊飯器を、肩からぶらさげていたのである。つーか、何あれ？　まさかと思うけど、ハイファッション的な……？

しかも、そんなものをぶらさげているというのに、彼はごくすました顔のままだった。そしてそんな顔のまま、ふらふら亘たちのほうにやって来たのである。

近づけば近づくほど、オーラか何かなのか、彼はキラキラと輝いて見えた。おかげで亘たちは思わず立ち上がり、直立不動で彼を迎えてしまったほどだ。

しかし当の鈴井炊飯器は、そんな一同を前にどこか眠たげだった。目をこすり鼻をスンとすすり、小さくあくびまでしてみせる。完全に寝起きの風情だ。そうして彼は、特に悪いとも思っていない様子でもって、気だるげに亘に詫びてきた。

「……すみません。……寝過ごしちゃって」

いや、そんなことは別に注意してねぇけど？　そう首をひねる亘を前に、しかし鈴井少年は炊飯器を差し出し、やはりどういうつもりか言ってくる。

「……教育実習生のみなさんですよね？　室中先生とは、少しお話しさせてもらいました。みなさんとも、お会いしたいと思ってたところです。では少々、占いましょうか？」

だから亘としては、さらに首をひねるしかなかった。は？　何それ？　話がまったく見えてこんのやけど……？

しかし傍らの山田さんと三ノ瀬さんは、素早い受け入れ態勢をみせた。「えー、ホントに？」「嬉しい！　ぜひお願いしまーす！」亘としてはもう、なにがなんだかわからなかったほどだ。

聞けば鈴井少年は、美形ながら占い名人でもあるらしい。「そういう意味でも、有名人なんだよね」と、山田さんはいつもより気取った笑顔で言い、「よく当たるって評判だから、私も見て欲しかったのー」と、三ノ瀬さんもちょっと甘えたような声を出した。

いっぽうの亘は、一連の流れがうまくのみ込めず、少なからず動揺していた。つーか、何これ？　なんで美形が占いを？　それより、なんでコイツ炊飯器を？　占いと炊飯器、関係なくね？　しかし鈴井少年のほうは、亘の動揺などものともせず、ごく淡々と告げてきたのである。「みなさん、手はきれいですか？」もう、わけがわからない。こちらもこちらで十分カオスだ。

けっきょく亘は、三ノ瀬さんから渡されたウェットティッシュで手を拭《ふ》いて、不承不承鈴井少年に臨んだ。いっぽう山田さんと三ノ瀬さんも、亘と同様に手を拭いて、笑顔で少年の前に立った。彼の炊飯器が、音をたてて開いたのはその瞬間だ。パカッ。中には、きらめく白ごはん。

「……じゃあ、おひとつ握ってください」

何それ？　呪文《じゅもん》？　そう面喰《めんく》らう亘をよそに、山田さんと三ノ瀬さんは、「はーい」と声をあげ、少年に渡されたしゃもじでもって、炊飯器の中のご飯を手に取りはじめる。

「出来ればひと口サイズで」という少年の言葉にも、「はーい」と笑顔で応える。驚くべき順応性の高さである。

そうして彼女らは、あれよあれよと言う間に、それぞれ小さなおにぎりを握ってみせた。その出来あがりに、鈴井炊飯器は満足げに頷き、スッと彼女らに手を伸ばす。するとふたりも勝手知ったるといった様子で、うやうやしく少年におにぎりを手渡す。もちろん亘は、口を開けたままその様子を見守る。見守るが、相変わらず流れはまるでのみ込めない。だから、なんなんよ？　これ……。

するると少年は、まず山田さんのおにぎりを口の中に放り込んだ。そして咀嚼すること約五秒。ゴクンとそれをのみ込むと、続けて三ノ瀬さんのおにぎりをパクリといった。咀嚼時間は、山田さんの時と同じく約五秒。それものみ込んでしまうと、今度は亘に向かってしゃもじを差し出してきた。

「え？」

「……さあ、握って」

鈴井炊飯器は、ごく整った顔でじっと亘を見詰めていた。状況は限りなく滑稽《こっけい》なのに、しかし彼の視線には有無を言わせない迫力がある。美形だからか。

それで亘も仕方なく、渋々《しぶしぶ》おにぎりを握ったのだった。傍らの山田さんと三ノ瀬さんに、ツンツン肘《ひじ》でつつかれたというのもある。明らかに乗り気なふたりを前に、こんなわけのわからないことはちょっと、と拒絶するのは気が引けた。なんだかんだで亘という男は、わりに空気を読む性質なんである。

亘のおにぎりも、少年は五秒ほどの咀嚼でのみ込んだ。そしてしばらく目を閉じて、フンフンフンと頷き続けた。その姿は、美形がやっているからまだ見られたが、普通の男子生徒がやろうものなら、女子という女子たちが、軒並み引いていきそうな奇態ぶりだった。肩からさげたままの炊飯器も、やはりどう見たって珍妙だ。

「……やりたいことを、やったほうがいいと思います」

やや唐突に、少年は言いだした。その目は山田さんを向いていた。そしてすぐに、今度は三ノ瀬さんに視線を移した。

「……今の人とは合わないかも。まずは自分を大事にしてください」

受けてふたりは、驚いたように目を見開き、「すごーい！　鈴井くん！」「なんで私の悩みがわかったの？」などと言いだす。「じゃあ私、留学していいの？」「やっぱり私、あの人とは合わない？」その様子は控えめに言って、大興奮といった様相だった。

しかし亘はその光景を、ひそかに鼻白んで見詰めていた。アホらし。こんなのただのバーナム効果やないけ。つまり少年の占いを、そう見切ったつもりになっていた。

誰に言っても当てはまることを、それらしく言ってみせるって古典的な手法や。おおかた炊飯器で警戒心解かせて、ハードルが下がったところをうまく言いくるめとるだけの話やろ。

だから余裕しゃくしゃくで、彼の言葉に臨んだという側面もある。どうせ汎用性《はんようせい》のある言葉で、もっともらしいことを言ってくるだろうとすっかり高を括《くく》っていたのだ。

しかしその考えは、驚くほどあっさり覆《くつがえ》されてしまった。

「……あなたは、友だちを大切にしたほうがいい」

亘に目を向け鈴井炊飯器は言い放った。「チャンスは、何度もめぐってくるわけじゃない。だから、今を大切にするべきです」

内容がやや限定的だったことに、まず戸惑った。それで思わず眉根を寄せると、鈴井少年は眠たげな目のまま亘を見詰め続け、その薄い唇をまたゆるく開いてみせた。

「……亡くなった彼女も、そのことを望んでるんじゃないかなぁ」

彼女、という単語に、亘は眉間《みけん》にしわを寄せたまま首をひねる。

「は？　彼女って誰よ？」

すると少年も、特に表情は変えないまま、少しだけ首を傾げてみせた。そして右手で頭をわしゃっとひとかきし、どうということもないふうに告げてきたのである。

「……あれ？　クロエって、女の子じゃなかったの？」

亘の体に鳥肌が立ったのはその瞬間だ。

どうして？

心臓が、ドクンと大きく鳴った。

どうして、その名前を――。

しかし鈴井少年は、亘がそう声をあげるより早く、ふらりと亘たちに背を向けて、「以上ー。俺の辻占《つじ》いでしたー」などと言いつつ、さっさと応援部のほうに向かいはじめてしまった。まるで亘の追及を、ひょいとかわしてみせるように。「おーい、誰かー。俺におにぎり握っておくれよー」

空が青かった。

薄ら寒いほどの、青だった。

亘が炊飯器少年について、双子に訊《たず》ねたのはその日の夜のことだ。

「お前ら、三年の鈴井ってヤツ知っとるか?」

すると双子は、マグロの刺身を見せられたサビクロのように、パッと興奮したような表情を浮かべ言いだした。

「——そんなん、知っとるに決まっとるわ!」「先輩は、うちの高校の王子様やでっ?」

おかげで亘は、炊飯器ぶらさげて何が王子様よ? と咄嗟《とっさ》に思ってしまったのだが、しかし現在学校内では、そういう認識になっているらしい。外観が整ってさえいれば、多少の不具合はあっさり補正されるということか。もちろん双子もご多分に漏れず、興奮しきりで言ってきた。

「何何何っ? お兄ちゃん、もしかして鈴井先輩と会ったのっ?」「喋ったのっ?」「おにぎり、握ったのっ?」そうして一の質問を、百で返す勢いで答えてくれた。

三年一組、鈴井遥太《はるた》。アンニュイさが魅力の、通称、炊飯器王子。牡牛座《おうしざ》のB型で、動物占いは黒ヒョウ。恋人はおらず、好きなタイプは好きになった人。好き嫌いは特になく、趣味特技は料理と睡眠、あとは占いを少々。

もともとこの土地の生まれではなく、先の夏休み明けに転校してきたばかりの転校生で、以前は東京の高校に通っていた、けっこうな都会っ子であるとのこと。転校の理由は正確には不明だが、親の都合で、だとか、痴情のもつれで、だとか、都会の暮らしに疲れて、だとか、美形過ぎていじめにあって、だとか、さまざまな憶測が生徒の間では飛び交っているらしい。

「私は痴情のもつれやと睨《にら》んどるけどな。先輩、めっちゃイケメンやし」楓の言葉に葵も続く。「私は東京暮らしに疲れたパターンかなって思っとる。なんか先輩、繊細そうやしー」葵の言葉には理由もあって、鈴井炊飯器は転校以来、遅刻、早退、欠席を、連日繰り返しているらしい。「学校休むって、やっぱ体か心が繊細やでやろ?」「わかるー。うちらなんて皆勤賞やもんなぁ?」

ちなみに辻占いを繰り出すようになったのは、転校して一週間ほどのちのことだそうだ。「最初は普通にしとったらしいけど」「なんか急にはじめたみたい」「でも、すごい当たるとかで、それはそれで評判になった感じやよな?」「うん。むしろミステリアスで素敵っていうか?」「わかる! 私もそう思っとった!」

無論亘としては、炊飯器にミステリアスもヘチマもねぇやろ、といった心持ちだったが、しかしそのいっぽうで、ものは言いようやなとひそかに感じ入ってもいた。女はあのトンチキぶりを、ミステリアスで片づけるのか……。

すると双子は、さらなる大甘な見立てをしてみせたのだった。

「多分、鈴井先輩、ちょっと寂《さび》しかったんやと思うわ」「わかる。この時期に転校してくるって、友だち作りにくいもんな?」「そやろ? だから占いなんてはじめたんじゃないかな？」「確かに、占いやったら人に声かけるキッカケ作りやすいもんな」お人好《ひとよ》しというのは、お人好しなことを思いつくものだと、亘は思わず鼻で笑ってしまう。

しかし双子はそんな亘の思いなど、どこ吹く風で続けたのだった。

「人間関係が出来あがっとる中に、ポンと入っていくって大変やもんな」

「しかも先輩イケメン過ぎて、ちょっと近寄りがたいところもあったし」

だからっておにぎり握ってくれって、ちょっとクセが強過ぎるやろ？　と亘は思ったが、しかし楓と葵のふたりは、納得しきりで頷き合っていた。「きっとそうやわ、葵ちゃん。先輩、友だちが欲しかったんやわ」

双子の知る鈴井遥太の情報は、それですべてのようだった。

それはそれなりの情報ではあったが、しかし亘の疑問は、依然解消されないままだった。何せなぜあの鈴井炊飯器が、亘に友だち云々《うんぬん》と告げてきたのか、そのあたりはまるでわからなかったし、あの名前を口にしたことだって、亘にはどうにも納得出来なかった。

あれは、どういうからくりやったんや？　なんでアイツ、あんな個人名を？　それでしばらく考えて、ひとつの可能性に行きついた。つまり誰かが、アイツに喋ったってことか……？

その可能性はなくもなかった。転校生だというあの炊飯器に、この町で起こった過去話を、面白おかしく話して聞かせる暇人なら、まあそれなりにいるような気もする。ただし、クロエの名前まで出すとなると、かなり数が限られてくるはずだが――。

双子が兄の顔を揃えてのぞき込んできたのは、彼がそんなことをじりじり考えていた最中のことだ。

「ちょっと！　お兄ちゃん？」「うちらの話聞いとるのっ？」それで亘はハッとして、「えっ？　何？」と声をあげた。「悪い。ちょっと、考えごとしとって……」

すると双子は揃って唇を尖《とが》らせて、「もー！」とユニゾンで言ってきた。「せっかくうちらが鈴井先輩のこと教えたんやで、お兄ちゃんもちゃんと答えてよ！」こちらも完璧なユニゾン。さすが一卵性双生児である。

かくして亘は姿勢を正し、「ごめんごめん。で、何？」とやや神妙に告げたのである。

「お兄ちゃんに答えられることやったら、答えますけども？」

受けて双子は、一瞬目配せし合ったのち、楓、葵の順番で切りだしてきた。

「だから、結衣ちゃんのことやって」「結衣ちゃん、大丈夫なの？」

おかげで亘は、「へっ？」と若干間の抜けた声をあげてしまった。何せ双子が、結衣のことを口にするとは、ちょっと思いもしなかったのだ。「結衣が、どうかしたんか？」

すると彼女らは、さらにズイと身を乗り出し、ほとんど詰め寄るように言いだした。

「どうかしとるで訊いとるんやろ？」「結衣ちゃん、ずっと具合悪そうやにか！」「今日なんて顔真っ赤やったで？」「熱でもあったんじゃないの？」

しかし亘は、今日の結衣の様子など知る由もなく、だから首をひねって返す他なかった。「えっと……。それが、俺には、ようわからんっていうか……」

さらに言えば亘は、実習初日以来結衣とはほとんど顔を合わせていなかった。知っていることと言えば、山田さんと三ノ瀬さんからの伝聞くらいのものなのだ。「なんか、大変そうみたいなことは、人から聞いたけど……」

そんな亘の頼りない返答に、双子は揃って無表情になった。そしてほぼ同時に、小さく舌打ちをかましてみせた。チッ。チッ。チッ。

「結衣ちゃんはお兄ちゃんの友だちなんやで、ちょっとは気にしてあげないよ」「そうや。結衣ちゃん、あんなに調子悪そうなのに。ようわからんとか冷た過ぎやわ」だから亘も、内心舌打ちをして返してしまった。知るかっつーの。結衣は別に、友だちじゃねぇし。

しかし双子は、まるで幼子《おさなご》に言い含めるように、こんこんと亘に言い募ってきたのだった。

「結衣ちゃんすごくいい子なのに」「そうや。うちらともよく遊んでくれたんやで?」「お兄ちゃんだって、子供の頃は一緒に楽しそうに遊んどったにか」「なのに、大きくなったら知らんぷり?」「それってちょっとひどくない?」

お人好しというのは、やはりお人好しなことを言うなと亘は思う。

「……それに。結衣ちゃんは、サビとクロの恩人やにか?」「恩のある人を、ないがしろにするのはやっぱりいかんよ」

しかし、言うことは、イチイチ正しい。

サビとクロは亘が拾った猫たちだ。山に捨てられていたところを友だちと見つけて、最終的に亘が引き取ることに決まった。亘が小三、双子が幼稚園児だった頃のことだ。

ただしその時のことを、双子たちは覚えていないはずだ。まだ幼児だったし、彼女らのかつての発言からも、そんな様子がうかがい知れる。

それでも双子が結衣びいきなのは、結衣が亘と一緒になって、サビクロを連れ帰ってきたと知っているからだろう。両親や祖父母らは、その時の話をよく双子たちに話して聞かせてやっていた。

その内容に、若干の誇張《こちょう》や改変はあったものの、しかし大筋で言えば間違いはなかった。子供だった亘たちは、ボロボロのドロドロになってサビクロを久住家まで運び、そして家の者たちを戦慄《せんりつ》させたのだった。だから家族も面白おかしく、双子らに話して聞かせていたという側面もある。

「亘なんて、半べそかきながらクロを抱えとったんやで?」「怖ぇとか臭ぇとか言いながらな?」「その点、結衣ちゃんは気丈やったわ」「サビを抱えて、この子たちを助けてくださいってちゃんと言ってきてなぁ」

結衣ちゃんはいい子。そんな双子たちの認識は、つまりそんな過去話に由来しているのである。

夕食後、亘はどうもまとまらない気持ちのまま、自室へと向かうため階段をのぼった。

「――お」

すると階段をのぼり切った二階の廊下に、サビクロが重なり合うようにしてとぐろを巻いていた。

野性味の強い彼らは、人の気配をもちろんすぐに察知する。だから亘が二匹の姿を確認した時には、とぐろを巻いた格好のまま、揃って亘のほうに目を向けていた。

「えーっと。ただいま。サビ、クロ」

亘の挨拶に、二匹は顔をそむけ目を閉じる。しかしそれは二匹にとって、まあいいから触りたまえ、の合図だった。触られるのが嫌な時、彼らは人の姿を目に留めるなり、逃げてしまうのが常なのだ。だから亘は小さく笑い、そのまま二匹に近づいた。

二匹の傍にしゃがみ込み、それぞれの額のあたりを指でこしょこしょ撫でてみる。するとどちらのものかは判然としないが、ルルル、と喉を鳴らす音が聞こえてくる。ルルルル。目を閉じたままの彼らは満足げだ。遠い昔、山に捨てられていた頃の面影《おもかげ》はもうない。

「……どうしたもんかね？　サビクロさん」

無論、彼らは答えない。ルルルル、とのん気に喉を鳴らすばかりだ。

「あー。どうすっかなぁ」

室中結衣は鬼門だと、亘はかねてより思っていた。あのマイペースに巻き込まれると、ロクなことが起こらない。

子供の頃だってそうだった。一緒に遊んで負った怪我は数知れないし、一緒に食べた草や実で、何度か腹を壊したりもした。女の子同士の密談の最中、おそらく好きな人の打ち明けごっこに加わっていた結衣に、「私亘くんと結婚する！」などと大声で宣言され、しばらくクラス中からからかわれ続けるという、ひどい仕打ちにあったこともある。とにかく結衣は自分勝手なのだ。自分が思うようにしか、発言しないし行動しない。

それに、あの時――。

あの時だって、そうだった。

クロエのことだって、アイツと一緒だったから――。

「――痛っ！」

撫で方が雑になったからか、クロのほうが噛みついてくる。サビもうんざりしたような目で、じとっと亘を見あげている。まるで、グチグチうるさい男だねぇ、と呆《あき》れ果てているかのようだ。

それで亘は、「すみません」と小さく詫び、また丁寧に彼らの体を撫ではじめたのだった。するとサビクロは、うむ、悪くない、といった様子で喉を再び鳴らしはじめる。ルルルル。

その声真似《まね》を、結衣もよくやっていたなと亘は思い出す。ルルルル。彼女はサビクロたちとは距離を置いて、でも楽しそうに言っていたものだった。ルルルル。ルルルル。「しつけぇわ」と亘が言ってもお構いなしだった。何せ彼女は、ひどいマイペースだったのだ。ルルルル。ルルル。

「…………」

でも、そういう彼女だから、亘に声をかけてもきたのだろう。亘はそのことも、ちゃんと理解している。

小学校一年生の頃だ。亘はすでに久住の悪童として有名で、だからわりに早い段階で、教室でも孤立してしまっていた。

コソコソと陰口《かげぐち》を叩いている者もいた。あの子、人殺しなんやろ？　違うよ、ミスイやよ。ミスイ？　うん、でも悪いヤツやよ。危ない子やって、お母さんも言っとった。そんな声も、ちゃんと耳には届いていた。こわいな。うん、こわい。幼い声たちは、楽しげにそんな言葉を繰り返した。こわいよな。触ったら、こわい菌がうつるかも。

しかし、つかつかとやって来た眼鏡の少女が、ふいに亘の手提げの名札を見て言ってきたのだ。漢字で書かれたその名前を、読んでみせたのは彼女が初めてだった。

「――クズミワタルくん。亘くん。亘くん……」

なんじゃこいつ？　と亘は思ったが、彼女は亘の怪訝な目を気にすることなく淡々と続けた。「亘くん。広がる感じのいい名前やね」

まったく意味はわからなかったが、声をかけてくれたことそれ自体は、正直なところ、純粋に少し嬉しかった。

それからも結衣は、実に躊躇《ためら》いなく亘に声をかけてきた。朝も、昼も、放課後も。春も、夏も、秋も、冬も。ずっと、ずっとだ。

ただし、今思い出しても、どうでもいいような話が多かったのだが――。「どうして毒蛇は自分に毒があるのに死なんのかな?」「しょう油をのむと熱が出るって、亘くん知っとった?」「セミはなんでお腹を見せながら死ぬんやろ?」「ほら亘くん、虹《にじ》!」「見て見て、亘くん。このダンゴ虫、足が十六本!」

それでもそのどうでもいい言葉に、時々思いがけず救われていたのも事実だった。

翌日、亘が結衣を見かけたのは偶然ではなかった。彼は意図して職員室周りをうろつき、途中、村正先生に指導案の質問をしてみたりして、結衣が現れるのを待ち続けたのだ。

彼女が職員室にやって来るであろうことは、山田さんたちから聞いて知っていた。なんでも結衣は実習初日より、担当教諭の席でもって、教諭にマンツーマンの指南を受けながら、授業の指導案を書いているらしかった。だから職員室周辺にさえいれば、結衣の様子を確認出来るだろうと、亘は踏んでいたのである。

案の定結衣は、わりにすぐに姿を見せた。二時間目が終わったあとの休み時間、彼女は担当教諭と連れ立って現れ、そのまま教諭の席でもって指導案作りをはじめた。山田さんたちの話通り、やはり相当指導案に手こずっているのだろう。村正先生のもと、生徒に関する軽い雑談をしながら、こっそり結衣を観察していた亘の視線に気付くことなく、彼女は無心に机に向かい続けていた。

亘の目から見ても、結衣はだいぶ具合が悪そうだった。山田さんや三ノ瀬さん、あとは双子が言っていた通り、マスクをした顔からは、少なからぬ発疹が見えていたし、首元などはもう、全体的に赤みを帯びていた。目もかゆいのか、時おり眼鏡の下に指を突っ込み、まぶたのあたりをゴシゴシこすったりもしている。クシャミもしばしば。よく額に手をやったりもしていたから、本当に熱っぽい状態なのかもしれない。

そんな結衣の様子を前に、だから亘は息をつき、仕方ねぇなぁ、とある決断をしたのだった。

結衣は鬼門だ。そのことは重々わかっている。あのマイペースに巻き込まれると、ロクなことが起こらない。昔からそうだった。嫌なとばっちりにもあってきた。だから、距離を置いてもきた。あの一件からは、特に。

でもそれも、過ぎたことといえば過ぎたことではあった。田舎を離れて二年半。亘はやや冷静に、そう思えるようになってもいた。あのことだって、別に結衣が悪かったわけじゃない。

だったらやはり、双子の言うことにも一理あるのではないか。結衣の姿を前に、そんな思いが過ってしまった部分もある。双子たちの言う通り、少しくらい、俺は結衣を気にかけるべきなんじゃないか。

空いた手のひとつやふたつ、差し伸べるべきなんじゃないか。友だちなんだから、そのくらいしたって、別に罰は当たらないはず――。

決めてからは早かった。亘はその日の放課後、室中家へと向かった。子供の頃よく行った場所だったからか、足はしっかりその道のりを覚えていた。

昔、見上げたはずのインターフォンのボタンは、目の位置よりも低くなっていた。時の流れを感じたのはそのことと、出てきた結衣の美人のお姉さんが、だいぶふくよかになっていたこと、あとは赤ん坊を抱えていたことくらいだ。

唐突に現れた亘を前に、お姉さんも目を丸くして、「あらまあ、亘くん？　大きくなって」と言ってきた。「昔はチビッ子やったのに。男の子は変わるわねぇ」

とはいえ、お姉さんもお姉さんでだいぶ大きくなっていたのだが――。それを口にするのは失礼かと思い、とりあえず触れずにおいた。「お姉さんは、相変わらず美人ですね。その子、お姉さんのお子さんですか？　お姉さんに似てかわいいっすね」そうしてあっさり、結衣の部屋の前まで案内してもらうことに成功したのである。

「――結衣、中におるのはお姉さんから聞いてるからわかっとるんやけど。今入っても平気か？」

ノックをしながらそう言うと、ドアの向こうから、ガタガタッ！　と音が聞こえてきた。続いて、結衣のうわずった声も。

「えっ？　わっ、わっ、亘くん？」声の様子から察するに、だいぶ動揺しているようだった。「あの！　その！　今は、ちょっと、絶対、ダメなんやけど！」

それでも亘はドアノブに手をかけた。「何がダメよ？」マイペースはマイペースで制するのが王道というもの。「お前の都合ばっかで、世界が回ると思うなよ？」

仮に結衣が着替えの途中だったとしても、さして動じない自信が亘にはあった。そして結衣のほうも、裸を見られたからといって、騒ぎ立てるようなタイプではないという思いが強かった。彼女とは、付き合いが長いからわかる。つまり今、彼女がドアの向こうで慌てているのは、もっと別の理由があるからに他ならない。

だから亘はそのドアを、躊躇いなくさっさと開けてみせたのである。

「はーい、そのまま動かないでー」ガサ入れに来た刑事のごとく亘が言うと、結衣は素直に固まった。おそらく混乱のあまり思考停止に陥《おちい》り、とりあえず言葉に従ってしまったのだろう。

結衣は動きを止めたまま、目をしばたたき亘を見上げていた。だから亘は息をつき、呆れ半分で言ったのだった。

「……やっぱりな。こんなことやろうと思ったわ」

目をパチパチさせたままの結衣は、ベッド脇にひとりしゃがみ込んでいた。控えめに言ってそれは、実に異様な光景だった。

彼女は大きなマスクをし、頭にはゴム製の水泳帽を被《かぶ》っていた。そして眼鏡の上には、大きめのゴーグルを装着。それだけでもだいぶおかしな風体だったが、さらに彼女は全身が隠れる青いサウナスーツを着、手にはピッチリとしたゴム手袋まではめていた。まるで手術着を着た外科医か何かのようだ。

「ニー、ニー、ニー」

　そしてその足元には、愛くるしいたんぽぽの綿毛。つまり小さな仔猫が、突然の闖入《ちんにゅう》者《しゃ》を警戒するかのように、実に可愛《かわい》らしく威嚇してみせていた。「ニー、ニー、ニー」

　それで亘はさらに深いため息をつき、頭をかきながら言ってしまったのである。

「アホかよ、お前。どうせ飼えんクセに、なんでほいほい猫拾ってまうんよ?」

　受けて結衣は、無言で返す。つまり、返す言葉もないのだろう。そんな結衣を前に、亘はたたみ掛ける。

「――重度の猫アレルギーのお前が、猫を保護するなんて土台無理な話なんやで?」

　そう。彼女の体調不良は、猫アレルギーによるものだった。先ほど職員室で見かけた際、亘はそう確信した。発疹も鼻声も、熱っぽそうな様子も、教育実習アレルギーなどという、謎の症状ではない。おそらく、猫によるものだろう、と。

「しかもお前、症状出まくりやないけ。学校でも評判になっとるんやで?　お前の様子がおかしいって」

　なぜ亘が、結衣の症状を猫由来のものかと思ったのかといえば、教育実習初日、彼女の手首に傷を見つけていたからだった。

　あの日、遅刻してきた彼女の手首には、猫のひっかき傷があった。だから亘は結衣の遅刻理由を、猫絡みの何かしらなのだろうと、その段階で踏んでいたのだ。さらに言えば、行き倒れていた猫を、拾った可能性もあると考えてもいた。彼女はそういったものたちを、放っておける性質ではない。

そしてその後、体調不良や家によく帰っているという話を聞き、まさかアイツ、拾った猫を保護しとるんじゃねぇやろな？　と疑いはじめた。

それで本日、職員室にて結衣の具合を確認した次第。これはまあ、確定やろな、と思うに至り、家に押しかけてみたら案の定、彼女は猫とともにいた。しかも、アレルギー対策を、彼女なりに講じた姿でもって——。

結衣は固まったまま、じっと亘を見あげていた。だから亘は息をつき、肩をすくめて言ったのだった。

「つーか、しかもなんで自分の部屋で保護しとるんよ？　そんな重装備するくらいなら、他の部屋に置いときゃええやろ」

亘の言葉に、結衣は無表情なまま答える。

「だって部屋余ってないんやもん。それにうちの家族、猫好きってわけじゃないし」

「なら里親探せよ。猫アレルギーのお前が飼うのは無理や」

「もちろんそのつもりやよ。ただ、今は実習中で忙しいし。親も仕事やしお姉ちゃんも子育て中やし、誰にも里親探しなんて頼めんで。そやで私が京都に戻ってから探せばいいと思って……」

その物言いを前に、亘は小脇《こわき》に抱えていた折りたたんだ段ボールを、手早く箱の形状に戻してみせた。そしてその場にしゃがみ込み、ポンとその箱を床に置いてやった。

「じゃ、その白いの、この中に入れろ」

亘の言葉を受け、結衣は目をぱちくりさせる。だから亘は、箱を結衣のほうにわずかに傾け続けたのだった。

「うちで引き取る。親にはまだ確認してねぇけど、ジイさんバアさんの許可はとったし、双子も大喜びやで多分大丈夫やろ。もしサビクロと合わんかったり、病気の問題があったとしても、うちの連中がなんとかすると思うで安心しれ。伝手《つて》はアホほどあるでな。学校や職場や老人会で、猫欲しがっとる人探せば……」

すると結衣は、ゴーグルの上からでもそうとわかるほど、盛大に目をしばたたかせはじめた。パチパチパチパチ。

あまりのしばたたきっぷりに、亘は言ってしまったほどだ。

「お前、露骨に驚き過ぎやぞ？　感じ悪い」

受けて結衣は、目をしばたたかせたまま、「だって……」と呟くようにこぼした。「だって、だって」そして壊れたレコーダーのようになる。「だってだってだってだってだって、だって、だって、亘くんが優し――」

その言葉を、亘はサッと遮り返す。

「別にこのまま、お前が世話するっつーならそれでもいいけどな？　それでアレルギーでお前がひいひい言い続けても、教育実習が惨憺《さんたん》たる結果で終わっても、その仔猫ちゃんがこの部屋でひとり寂しい思いをし続けても、お前の選択なら尊重してやるで」

たたみ掛けるような亘の言葉に、結衣の瞬きがようやくとまる。だから亘は、また段ボールを傾け言葉を続けたのだった。

「別に、今生《こんじょう》の別れにはならんでよ。うちで引き取りゃ、お前も会いに来れるやろ?」

ただし、その段で結衣の瞬きは、また盛大にはじまってしまったのだが——。亘としては、それがなんともむずがゆかったのだが、仕方ないので言ってやった。

「お前もガキの頃、ようぅち来とったんやで、うちの場所くらい覚えとるやろ? そやで、会いたくなったら来ればええんやで。今はとりあえず教育実習に集中しろや」

友だちというのは、まあそういうものだろうと思って口にした。


猫を拾ったことを、結衣が亘に隠していたのは、明かせば亘がその猫を、引き取ると言いだすと思ったからだそうだ。

白猫を家の祖父母と双子に託したのち、結衣を彼女の家まで送っていく道すがら、亘は結衣本人から、そのように告げられた。

「サビクロの時もそうやったし。私が猫拾ったなんて知ったら、亘くん、絶対そう言いだすと思って」

それで亘が「人を猫さらいみたいに言うなや」と言うと、結衣は「そうじゃなくて」と眼鏡のブリッジをあげつつ続けた。

「サビクロの時も亘くんに押しつけてまったのに。また同じことしたら悪いと思って」

だから亘は、鼻で笑って返したのだった。

「言っとくけどうちのサビクロは、押しつけられた捨て猫じゃなくて、かわいいうちのペットちゃんやでな？　誰も悪いなんて思ってねぇし、あの白猫も、多分同じような運命をたどるやろ」

するとは結衣は、目をパチパチさせたのち、「そっか」とコクコク頷きだした。コクコクコク。「それはありがたい」コクコクコクコク。コク。

ふたりは自転車を押しつつ、夜のアーケードを並んで歩いていた。時間はまだ八時だが、しかしどの店のシャッターもすでに降りていて、人の姿もほとんどない。もしかしたらこの町は、夜の九時ではなく、八時ですでにおねむの町なのかもしれない。

アーケードの下の電灯は灯っているから、周りはそれなりに明るくはある。しかしあまりに閑散としていて、どうも妙な雰囲気だ。まるで人間だけが、消え果ててしまった世界のようにも感じられる。隣にいるのが、変人室中結衣だから、余計そんな気がしてしまうのかもしれないが——。

亘がまたあの明かりを見つけたのは、そんなアーケードを過ぎ、川べりの道へと向かいはじめた頃のことだった。

「あ……」

明かりは、橋を渡った向こうにある、川沿いの駐車場に灯っていた。やはり、ポツンポツン、と重なり合うように光を放っている。先日と同じ、オレンジがかった黄色い光。

「ほたる?」

傍らの結衣も明かりに気付いたのか、ポツリと呟くように言う。

「違うか。なんやろ?　ロウソクの明かりかな?」

彼女の見立ては、おそらく正しかった。駐車場には外灯が灯っていて、今日は黒い屋台の姿がハッキリと目視出来ていた。そしてそのカウンターやテーブルに、どうやら明かりは灯っていたのだ。

「あんなところで屋台やっとる人なんておったんやな」

結衣の言葉に、亘は返した。

「この前は、駅前におったはずやけどな」つまり移動式ということか。

そしてそのまま歩き続けること数十秒。橋の三分の二あたりまで来たところで、フッと香辛料の香りが届いた。それは中々にパンチの効いた香りだった。さまざまな種類の香辛料が、絶妙に計算されブレンドされたような、濃く豊潤でスパイシーな香り。

亘の腹が鳴ったのは、その次の瞬間のことだ。グ——。我ながら正直な体やな、と亘は思う。いくらいい匂いやって、こんなすぐに反応せんでも。グ———。

ただし隣の結衣のほうも、無表情ながらも鼻をフンフンさせ、ずいぶんと興味深そうに言ってきた。「いい匂いやな」彼女にしてはめずらしい反応だった。何せ結衣という女は、あまり食べることに頓着するタイプではないのだ。しかしこの香りには、めずらしく反応を示していた。「なぁ？　亘くん」そう言って、ゴクンと唾までのんでいる。

だから亘も歩きながら、「あ、ああ」と若干うわの空の返事をしてしまった。何しろ匂いのほうに気をとられていたというのもある。しかも歩けば歩くほど、スパイスの香りもより濃くなっていくのである。グ――――。

結衣が言ってきたのはその段だ。

「……食べていこうか？　亘くん」

その誘いに、亘は一瞬躊躇いを覚える。何せここは高校からそう離れていない。下校途中の生徒たちに、結衣とふたり屋台に入っているところを、目撃されるのはちょっと嫌だ。それでとりあえず言ってしまった。

「……アレルギーが出とる時に、刺激物はよくないで？」

しかし結衣は、意外と鋭い指摘をしてみせたのだった。

「そうやって私だけ帰してひとりで食べるつもりやろ？　それはずるいで？　亘くん」

どうやらしばらく会っていない間に、人間の心の機微のようなものを、若干は理解できるようになっていたらしい。人というのはなかなかに、成長する生きものであるようだ。

屋台の前までたどり着くと、香りはほとんど扇情的な様相を呈してきた。おかげで亘も結衣も、フンフンと鼻をひくつかせながら立ち止まってしまう。

屋台には看板も何も出ていなかったが、しかしそれが何屋なのかは、その香りだけでわかってしまった。

カレー屋だ。間違いない。

屋台はごく近くで見ても、どこもかしこも黒かった。屋根から、壁面から、暖簾から全部だ。屋根や壁面は墨汁を塗ったような風合い。目を凝らすと黒の下に、薄らと木目が見えてくる。暖簾はだらんと長く、カウンターのすぐ上あたりにまで伸びている。

そのすき間からは、店内の明かりがほろりとこぼれて見える。まるで人を誘うような明かりだ。柔らかで温かみがあって、どこか蠱惑《こわく》的な気配も滲《にじ》ませている。

じっとその明かりを見詰めたふたりは、どちらからともなく顔を見合わせた。そしてそれから約数十秒後、ふたりは揃って自転車を駐車場の端に停《と》め、先を争うように暖簾をくぐった次第。

「——ごめんください」

「ふたりいいですか？」

するとそこには、ロウソクの明かりに囲まれた店主と思しき男がいた。

「どうぞ、いらっしゃい」

店主はがっしりとした体軀《たいく》の大男だった。そして、どちらかといえば強面。特に眼光が鋭い。眉も凜々《りり》しく、あごのあたりもずいぶんとしっかりした印象の男だ。

屋台と同じく、彼は黒っぽい作務衣を着ていた。腰には白いエプロン。ただし髪は長髪で、後ろでひとつに結わえていて、そんなあたりがそこはかとなく、彼にちょっと只者《ただもの》ではない風格を与えていた。

しかし店主は、やって来た亘と結衣に対し、あんがい柔らかな笑顔を浮かべてみせた。

「メニューはこちらです」

言いながら彼は、カウンター脇の柱に貼られた白い紙に目を向けた。そこには毛筆で、「カレー　大　並　小」と記されていた。店主が書いたものなのか、芸術と悪筆のはざまのような筆跡だった。ミミズがのたうった跡のようにも見える。

それで亘たちは、ベンチに座りながら早速注文にかかった。「じゃあ僕は、カレー大で」「私は並をお願いします」すると店主は、「かしこまりました」とまた口角をあげて微笑み、誰に言うでもなく高らかに告げた。「カレー大、カレー並、いっちょう」

いかつい風体とは裏腹に、店主の動きはごくしなやかだった。動きに無駄はなく、機敏ながらもどこか優雅にすら映る。

まずはその巨体でもって、足元から白い器を取り出す。そして反対の手でしゃもじを柔らかに握り、そのまま作業台の端にある水の入ったステンレス容器に浸す。そうして同じ手でもって、容器の隣にある炊飯器の突起部分を、撫でるようにスッと押す。すると炊飯器の蓋が開いて、白い湯気がもわっとあがる。その湯気の向こうで、彼は素早く器にご飯をよそっていく。

そんな店主の様子を、亘は思わずじっと見詰めてしまう。結衣も同様だ。店主がよそった白ごはんは、なんとも艶やかでふっくらしている。立ちのぼる湯気までわずかにきらめいて見えるほどだ。

店主はその器を作業台に置き、続いて寸胴鍋《ずんどうなべ》の蓋をパカッと開ける。瞬間、さらに濃いスパイスの香りが広がって、亘は反射的にゴクリと唾をのむ。隣からもゴクッと音が聞こえたから、結衣も同じく唾をのんだのだろう。そんなふたりを前に、店主は特に反応するわけでもなく、大きなレードルを手に寸胴の中身をかき混ぜはじめる。

そうしてよそわれた黄金色のカレーは、かなり煮込んであるのか具がだいぶ煮崩れていた。大きめにカットされたブロック肉は、ゴロンとその存在感を示していたが、玉ねぎはもう姿が判然としなくなっていたし、ジャガイモもニンジンも角が取れて丸みを帯びていた。その分ルーにはかなりのとろみがあって、溶けた具材と渾然一体《こんぜんいったい》となっているようだ。洒落っ気のない武骨なカレー。店主の外観を、滲ませているようでもある。

「はい、お待ち」

店主は両手でいっぺんに器を出してきた。その姿に、亘はまたゴクリと唾をのむ。隣からは小さくため息が聞こえてくる。おそらく結衣の嘆息だろう。そんなふたりを前に、店主は水とスプーンも出してくる。「どうぞ、カレー大とカレー並です」

かくして亘は、結衣とほぼ同時に手を合わせ、「いただきます！」と素早く告げたのだった。そしてすぐにスプーンを手に取り、輝く白と黄金色とにスッと入れてみせた。

「…………」

カレーとごはんを、大よそ四対六の割合にしてスプーンですくう。少し硬めに炊《た》きあがった白ごはんと、とろとろに煮込まれた艶やかな黄金色のコントラストが美しい。そしてその美しいものを、亘は早速口に運ぶ。ぱくり。

瞬間、口の中にスパイスの味と香りが広がった。香りからして察していたが、やはりなかなかに本格派なカレーの味だ。だから辛《から》さもそれなりだが、しかしフルーティーな甘みも強い。そしてかすかに、懐《なつ》かしさも覚える。例えて言うなら小学校の給食カレー。複雑でスパイシーな味わいの中、そんな面影がわずかばかり忍ばされている。

「ん、ま……」

隣の結衣が、宙を見上げるように小さく漏らす。

「おいしいね亘くん。これ、おいしいカレーや」

受けて亘も、「ああ」とほぼ無心で頷き、またすぐにカレーをスプーンですくう。結衣も同様だ。そうして彼らはほぼ無言のまま、おのおのカレーを食べ続けたのである。

「あ、食べちゃった」

先にそう言いだしたのは結衣だった。そうして彼女は、まだ二口ほど器にカレーを残していた亘を横目に、「カレー小、頼もうかな」などと言いだした。だから亘は結衣を制し、「並にしんか？」と告げたのだ。「そんで、それを半分こに――」

屋台に妙な音が響いたのは、その瞬間だった。亘や結衣はもちろん、特に店主も動いていなかったにもかかわらず、ガタガタッ！　という謎の金属音が、三人の間に響き渡ったのである。ガタガタガタッ！

だから亘たちは、揃ってビクッと肩を持ち上げ、それぞれ顔を見合わせた。互いに、身に覚えはないという顔だ。それで亘は眉根を寄せ、怪訝にあたりを見渡したのである。

「あ？」

するとカウンターの向こう、作業台の端っこに、白い箱が置かれているのに気が付いた。丸い形の、クッキーかキャンディーが入っていそうな、缶。

その姿に、亘は既視感を覚える。

「それは……？」

呟くように亘がその缶を指さすと、店主もややキョトンとした表情でもって、その缶を見おろしてみせた。「え？　これですか？」

白缶が再び、ガタガタッ！　と音をたてたのはそのタイミングのことだった。瞬間、またしても三人の肩が、揃ってビクッとあがってしまう。どうやら間違いなく、音の主はあの白缶のようだ。

だから亘は、息をのみつつ店主に訊いたのだった。

「それ……。中身、なんですか？」

すると店主は眉根を寄せ、怪訝そうに答えてみせた。「さあ？　お客さんの忘れ物なんで、中身まではわかりませんね」それで亘は重ねて問うた。「忘れたお客さんって、どんな人でした？」

店主が遠くを見詰めはじめたのはその段だ。彼は記憶を手繰《たぐ》り寄せるように、目を細くしてじっと星空を眺めたのち、ごく神妙な表情を浮かべ亘に告げた。「………すみません。全然見当がつきません」思わせぶりなわりに、まったくの役立たずである。

「開けてみたらどうですか？」

マイペースな結衣が、やはりマイペースなことを言いだす。「よければ私が開けますけど」そのため亘は結衣を制し、「いや待て俺が開ける！」と宣言した。「中身、猫かもしれんで。お前は、とりあえずちょっと離れとれ」

そんな亘の発言を受け、結衣は目をしばたたく。「へ？　猫？」すると役立たずの強面は、ポンとひとつ手を叩き言いだしたのだった。

「――ああ！　もしかして、これが噂の猫缶ってヤツ？」

受けて結衣は、「猫缶？」と首を傾げる。「何それ？　なんのことですか？」そんな結衣に、店主はどこか悠然と微笑み言いだす。「おや、知らないんですか？　お嬢さん。この町で起こってる事件のこと」

亘は彼を止めようとしたが、しかしそれより早く店主は立て板に水で言葉を続けた。

「連続猫缶放置事件。何者かが野良の仔猫を缶に詰めて、あちこちに放置するっていう事件です。まだ死に猫は出てないが、いずれそうなってもおかしくないって、町の人はよく話してます。まったく、ひどいヤツがいるもんだってね」

白い缶が、ガタガタッと音を鳴らす。

まるで、ひどく何かに怒っているかのようだ。

「確かにひどい話だ。誰かが早く見つけてやらなきゃ、缶の中の猫は死んでしまうわけだから。猫にとっても、とんだ災難だ。どういう人間の気まぐれなのか知らないが、そんな缶の中に閉じ込めるなんて」

店主の口ぶりに、亘はわずかな違和感を覚える。彼の目は、闇の中を見据えるようにどこか虚《うつ》ろだ。

「まるで密室に閉じ込められた、憐《あわ》れな子供たちみたいだ。誰に気付かれることもなく、光を見ることもなく、腹をすかせて死んでいく——」

結衣がベンチに立ちあがり、カウンターに膝をつけ作業台に手を伸ばしたのはその瞬間だった。

「ちょっ!? 結衣っ!?」亘が叫ぶも、彼女は微塵も動じることなく、そのまま白い缶を掴み取った。そしてそのまま白缶をカウンターに置くやいなや、「待て、結衣! お前、アレルギー……!」と亘が制止するのも聞かず、あっさり蓋を開けてみせた。

「——!」

白缶の中にいたのは、やはり仔猫だった。今度のは、白と黒の綺麗《きれい》なハチ割れ猫。しかも月齢はそれなりのようで、乳離れした直後程度の大きさはあり、さらに言えばずいぶんと元気だった。何せハチ割れは、蓋が開けられたとたん、「フギャ————ッ!」と大きな叫び声をあげ、勢いよく缶の中から飛び出してきたのである。

おかげで亘や結衣は思わずのけぞってしまったのだが、ハチ割れのほうもパニック状態だったらしく、そのまま作業台へと飛びうつり、逃げ出すべく地面へとジャンプした。

「ニギャ――――――ッ！」

しかしその瞬間、店主がハチ割れの後ろ脚をはっしと摑み、彼の逃走を事もなげに阻んだ。そして反対側の手でもって、素早くその首元をムギュッとつまみ、仔猫の動きを瞬《また》く間《ま》に封じてみせたのだ。

「ニ……？」

つまみあげられた仔猫は、ややポカンとした様子で、すべての脚をだらんとさせ動きを止める。そんなハチ割れに、店主は微笑み告げる。

「逃げるなって、仔猫ちゃん。お前はお客様の大事な忘れ物なんだから」

そして目をやや細くして、いやに意味深に続けたのだった。

「……安心しろって。とって食やしないからさ」

二品目

餃子

最初に猫缶が発見されたのは九月三日。そこに意味があるのかないのかは定かではないが、ドラえもんの誕生日にそれは起こった。

裁判所でのことだ。業務が終了し、館内には職員しかいなくなった夕刻過ぎ。書記官室の前廊下で、女性職員が床に置かれたクッキー缶を発見した。調停のため訪れた市民の忘れ物だろうか。そう考えた女性職員は、特に不審とも思わずクッキー缶を拾いあげた。それともただのゴミやろか？

それで彼女は、中身の有無を確認するべくクッキー缶を軽く振った。瞬間、「ニギャッ！」「ブギャッ！」という鋭い叫び声が缶の中からあがり、彼女は缶を手にしたまま、書記官室へと駆けこんだ。

かくしてクッキー缶は、職員数名が見守る中その蓋を開けられ、中からまだ月齢の浅い二匹の仔猫が発見された。それが、猫缶連続放置事件のはじまりとなった。

次に猫缶が発見されたのは、市内唯一の総合病院。その一階にある待合所のソファに、第二の猫缶は置かれていた。発見者は腰痛で通院中だった老婦人。閉じ込められていたのは二匹の仔猫で、小さな缶にギュウギュウ詰めにされていたわりに元気がよく、ご婦人が蓋を開けてくれたことをこれ幸いに、缶から飛び出し院内を逃げ回り、それなりの騒ぎを巻き起こしたらしい。

第三の猫缶は、市内で一番大きな図書館の、駐車場に放置されていた。発見者は本を返しに来た主婦で、発見されたのはおとなしく人懐《ひとなつ》っこい三毛《みけ》の仔猫だった。そのせいもあるのか、三毛はそのまま発見者に引き取られた。

そして第四の猫缶が、亘が駅前で見つけた缶だったというわけだ。あの日保護された白猫は、今ではもうすっかり元気になり、近々獣医の友人宅にもらわれていく予定なんだとか。

あー、そうかー、そりゃよかったなー、と亘は思ったが、しかしこんな状況下では、そう聞きたくもなかったけどなー、と、同時にそんなこともぼんやり思った。

土曜の朝だった。朝といっても十時近かったが、亘にとってはまだ十分朝だった。彼はベッドの中にいた。布団にくるまったまま、まだ少しうつらうつらしていた。

「――で、第五の猫缶が昨日私たちが屋台で見つけたあの猫缶。以上がこれまでに発見された猫缶で発見された猫の数は総勢七匹。どれも仔猫で雑種で多分野良猫。それが現時点での猫缶事件の概要」

報告者はもちろんと言うべきか結衣だった。彼女は昨日の亘同様、有無を言わさず人の部屋に入り込み、しかし亘以上の傍若無人《ぼうじゃくぶじん》ぶりで、語りたいことを語りだした。

「一応警察にも話はいっとるらしいけど事件化はしてないんやって。缶に入っとったのが猫の死骸《しがい》やったら威力業務妨害になるかもしれんけど猫はどれも生きとったし。衰弱しとったのもおったけど外傷等の虐待の痕跡《こんせき》は見当たらんかったで、動物愛護法でも処罰の対象になるかどうかだいぶ微妙みたいでな」

彼女の情報源は父親だった。結衣の父という人は、市役所勤務の役人で現在助役。この町の助役最年少記録を打ち立てた人物でもあり、その優秀さは彼と同世代の両親から、亘もそれなりに聞き及んでいる。だからまあ、猫缶事件のことも、ちゃんと把握しとらはるんやろうなぁ、と亘は寝ぼけ半分で思っていた。立派なもんや、結衣の親父《おやじ》さんは、本当に……。

「でも逆に、犯人はわざと外傷が残るような虐待は与えんと、ただ缶に詰めるっていうぃたぶりかたをしとっただけかもしれんって話もあるの。つまり犯人は犯罪行為にならんようなところをギリギリ狙《ねら》って動物虐待をしとるクズなんじゃないかって。ただやっぱり憶測に過ぎんで今んとこ市役所で注意喚起だけしとるのが現状なんやって。お父さんが言っとった」

助役の仕事は、まず間違いなく忙しいだろう。大学生の亘にだって、そのことは容易《たやす》く想像出来る。

それなのに彼の末娘は、猫まっしぐらの勢いでもって、猫缶事件について父を問いただしたに違いない。結衣の話の情報量を鑑みても、その様子はすぐに目に浮かんできた。仕事で疲れて帰った父親に、問答無用のなぜなにどうしてを繰り出す結衣。いったいどういう罰ゲームなんだか……。結衣の父親の労を思って、亘はひそかに同情する。気の毒に、助役……。娘のこんな話に、多分長々付き合わされて……。

そしてその思いは、自分にも若干向けられていた。つーか俺もな……。なんでせっかくの休日に、コイツに叩き起こされにゃならんのよ……。別に俺は、猫缶事件のことなんて、マジでどうでもいいんやけど……。

結衣がやって来たのは、今から約三十分ほど前のことだった。亘がまだ完全に眠っている最中、彼女は「おはよう！　亘くん！　猫缶のこと調べてきたで！」と高らかに宣言しながら意気揚々と入室。そのまま亘のベッド脇を占領し、先の猫缶事件について滔々《とうとう》と語りだした次第。

おかげで亘は寝ぼけ眼《まなこ》で、気だるく思うより他なかった。確かに俺、猫触りに来ていいとは言ったよ？　言ったけど、こんな報告まで許可した覚えはないっづーか……。

しかし実のところ、嫌な予感はかねてよりあった。昨日、カレー屋台で猫缶を発見した際のことだ。

あの店の強面店主が猫缶事件に言及した際、結衣はわかりやすく強い反応を示した。亘の制止を完全無視して、猫缶を開けたことなどその端的な例だろう。つまり彼女はあの事件に、はっきり関心を持ったものと思われた。

そして亘が知る限り、室中結衣という女は思い込んだらまっしぐら、自分がやりたいようにやる、問答無用のマイペース女なのである。彼女が抱いた関心が、なんらかの形で走り出すおそれは、少なからず感じていた。

ただしこんな猛スピードで、事件について調べた上、報告までしてくるとは思っていなかったが——。

「……話はそれだけか？」

布団にくるまりながら亘が言うと、ベッドの傍らに座っていた結衣はグイと身を乗り出し告げてくる。

「ううん、まだある。あとはお誘い。今日の十五時に神《じん》さんと会うことになっとんやけど、亘くんも一緒に行ってくれん？　神さんも亘くんも一緒のほうがいいって言っとったで」

亘の枕《まくら》を押さえつけんばかりの勢いで言ってくる結衣に、亘は顔をしかめて返す。

「は？　ジンさん？　誰よ？　それ」するとは結衣は、思いがけないことを当たり前のように言ってのけた。

「屋台のご店主の人やけど？」それで亘は結衣のほうに寝返りを打ち、眠い目をこすりつつ問いただした。

「はあ？　なんでお前、あんなヤツと？」受けて結衣は亘の顔を見詰め、つるつると流れるように述べてきたのだった。

「私、ゆうべあのあともう一回屋台に行ってみたんや。缶に入っとった猫のことも心配やったし、神さんに色々訊きたいこともあったで。でも店にはお客さんがおったし時間も遅かったし長く話せる感じじゃなくて。そやで日を改めようってことになって名刺もらったの」

それで昨日の今日で待ち合わせとは、なんというか本当に、どこまでもまっしぐらな女である。それで亘が少々面喰らっていると、結衣はスカートのポケットから名刺を取り出し、「これ、神さんが亘くんにも渡しといてって言っとったで」と悪びれる様子もなく渡してきた。

名刺には小さな明朝体《みんちょうたい》の文字で、「ほたる食堂　店主　神宗吾《じんそうご》」と印字されていた。ちなみに住所は「津々浦々」で、電話番号は090からはじまるおそらく店主、もとい、神宗吾の携帯番号。

「じゃあ私、これから病院でアレルギーの薬もらってくるで、またあとでね。待ち合わせの時間前までには迎えに来るで」

亘の返事を待たずして、亘が同行する前提で結衣は言った。そしてそのまま、さっさと立ちあがりベッドの亘に背を向けた。だから亘は少し慌てて、結衣を引きとめようと声をあげたのだ。

「ちょっと、待った！」

ただし、出てきた言葉は、一緒に屋台に行くなんて気ねぇからな、というものではなく、もっと根本的な疑問だったのだが——。

「……なんでお前、猫缶事件のこと調べとるんよ?」

その問いかけに、結衣はややきょとんとした様子で返してくる。「なんでって……」そしてすぐに言い継ぐ。「猫缶事件の犯人見つけるためやけど？」

だから亘は若干嫌な予感を抱き、重ねて問いただしたのだった。「だから、そんなん見つけてどうするんよ？」

すると結衣は不思議そうに首を傾げ、「どうするって……」とまた短くおうむ返しをしてきた。そして今度は反対側に首を倒し、眼鏡のブリッジをあげて言ってきたのだ。

「猫を缶に閉じ込めるなんて馬鹿《ばか》な真似、やめさせるだけやけど？」

それで亘は、小さく息をつき言ってしまった。

「だから、なんでお前がそんなことする必要あるんよ？　猫缶なんて、お前に別に関係ないやろ？」

少し強い口調だったかもしれない。けれど結衣はまったく動じず、真っ直ぐ亘の目を見て返してきた。

「だって止めんかったら、そのうち缶の中で死んでしまう猫が出てくるかもしれんのやよ？　そんなことになったら猫がかわいそうやし」

そして彼女は一瞬だけ目を伏せて、少し間を置き言い足した。

「……それに殺してしまった人だって、きっと辛いと思うでさ」

その回答に、亘は内心、ああ、と息をついてしまった。ああ、やっぱ、そういうことか。何しろ亘には、なんとなくわかっていたのだ。結衣はきっと放っておけない。人の勝手に振り回される猫たちも、それを傷つける人間のほうも――。

彼女にはそれらを放っておけない、深い罪悪感があるのだろう。

昨日カレー屋だったほたる食堂は、今日は餃子屋《ぎょうざ》になっていた。

「営業前だけど、サービスしてやるよ。気に入ったら、SNSかなんかで店の情報拡散してくれ」神宗吾はそう言って、現れた亘と結衣を前にさっさと餃子を作りはじめた。

今日の出店場所は、駅の裏手にあるだだっ広い臨時駐車場、もとい、普段は単なるオープンスペースとなっている野原だった。青空と草原と、黒い屋台のコントラストが、なんとも言えず不可思議な塩梅。屋台の隣に並べられたテーブルや椅子も、どことなくピクニックのそれを連想させる。

「何屋なんですか？　ここは」

足元のクーラーボックスから、バットに重ねられた餃子の皮と、ボウルにたっぷりの餃子の餡《あん》を取り出した神を前に、思わず亘がそう訊ねると、彼は事もなげに返してきた。

「俺が作れるものを、気分次第で作る屋さん」

言いながら彼は、ごく手早く餃子の餡を包みはじめる。そしてチラッと亘らに目を向け、顎でしゃくるようにベンチをさし言ってきた。

「突っ立ってないで座りなよ。俺に訊きたいことがあるんだろ？」

それで亘と結衣は、並んでベンチに座ったのだった。ただし、目の前の神の動きに気をとられ、訊きたいことも切りださず、ポカンとその様子を眺めていたのだが――。

昨日同様、神の動きは機敏だった。餃子の皮を手のひらに置き、スプーンですくった餡をサッと載せる。そして皮を半分に折ったかと思うと、彼のゴツゴツとした太い指は、目を見張るほどのスピードで、クイクイクイッとひだを折っていく。ひとつの餃子が出来あがるまで、二、三秒ほどしかかからない。しかも仕上がりはごく美しい。背中を丸め寝そべる赤ん坊さながらに、ふくふくとバットの上で横たわっている。

だからだろう。亘の隣の結衣が、目をパチクリさせながらやはり訊いた。「もともと餃子屋さんだったんですか？」

しかし神宗吾は手を動かし続けたまま、「んー？」と首をひねり曖昧《あいまい》に答えた。「どうかなぁ？　わかんないけど。とりあえず作れるから、昔から作ってたんじゃないかなぁ」からかっているのかはぐらかしているのか、どうも判然としない男である。「でも味は保証するから、期待しててよ」

かくして超特急で餃子を作り上げた神宗吾は、続いてその焼きに取り掛かった。バットに横たわっていた餃子たちは、手早くフライパンの上に並べていく。いつの間にコンロの火がついていたのか、フライパンに載せられた餃子は、ジューッ！　と勢いよく音をたてはじめる。ジュー！　ジュー！　ジュー！

続いて神宗吾は、はねる油もなんのそので、フライパンに水を投入。すると、ジャ――ッ！　という叫び声のような音があがったが、神が、パンッ！　と蓋を閉めてみせると、その叫びはやや落ち着き、そのままグツグツという沸騰音へと変わっていった。

グツグツグツグツ……。

その様子を確認した神は、続いて隣のコンロの寸胴の蓋を開け、中のスープをお椀《わん》によそいはじめる。どうやら餃子の付け合わせのようだ。

「――はーい。中華スープでーす」

レンゲをお椀にあらかじめ入れた形で、彼はふたりの目の前に、トン、トン、とお椀を置いてくる。中には澄んだ飴色《あめいろ》のスープ。ささやかに浮かんでるのは刻みネギと、ひげを取った細もやし。こんな露天で出されるものとしては、少々ちゃんとし過ぎている感すらある。「さ、まずはスープから召しあがれ」

それでなんとなく狐《きつね》につままれたような気持ちでもって、亘はスープに手を伸ばしたのだった。「……いただきます」隣の結衣も同様だ。「いただきます」

ただし結衣のほうは、スープを口にするやいなや、「おいしい！」とすぐ断言し、カウンターの向こうの神宗吾を、あっという間に笑顔にした。「お、そうかい？」彼はその吊りあがった目と眉を、あからさまなまでににへにゃっとさげてみせる。

「なんていうか結衣ちゃんは、なんでもおいしく食べてくれるいい子だよねぇ」否、笑顔というより、ニヤケ顔と言ったほうが正確か。「いい子だから、おじさんが撫で撫でしてあげようかな？」強面のクセに、ずいぶんなチャラつきようである。

だが結衣も結衣で、神が伸ばしてきた手を拒《こば》む気配はまるでなかった。おそらく彼を、いい人認識してしまっているせいだろう。なぜなら神は昨日の夜、猫缶から飛び出してきたハチ割れを、引き取り家に連れ帰ってくれた猫の恩人。そして結衣という女は、そういった簡単な事柄で、簡単に人を信頼してしまうごく単純なタイプの女なんである。

だから亘は、結衣の頭の直前まで伸びていた神の手を、ぴしゃりとはね除《の》けて切りだしたのだった。

「そういうのいいんで。コイツからも話がいってると思いますけど。とりあえず、昨日猫缶を置いていった可能性のある客について、教えてもらえませんか？」

そう。ゆうべ結衣が店に戻ってまでして神に訊こうとしたのは、猫缶が置かれたであろう時間帯に、どんな客が屋台に来店していたかについてだった。

ゆうべの時点で、どの客が猫缶を置いていったか、全然見当がつかないと神は語っていたが、しかしどんな客が来店したかくらいのことは、さすがに覚えているはずだ。そしてその客の中には、確実に猫缶を置いていった人物がいるはずで、つまり神の証言を引き出しさえすれば、猫缶事件の容疑者をかなりの範囲まで絞り込めるはずと、彼女は踏んでいたのである。

亘の問いかけに対する神の説明は、餃子が焼き上がったタイミングではじまった。

「昨日は、移動しながら店をやってたから、あの場所に着いたのは六時くらいだったかなぁ。君らが店に来たのが八時少し過ぎだったと思うから、猫缶が店に置かれたのは、多分その約二時間の間だろうね」

カウンターに出された餃子は、こんがり艶やかなきつね色だった。ごま油とにんにくのこうばしい香りも、湯気と一緒にやってくる。どうにも食欲を誘う香りだ。

皿の上で縦長に配置されたそれらに羽はなく、ひとつひとつが独立している。薬味は黒酢と刻みショウガ。あとは、「これ、自家製海老《えび》ラー油。好みで使って」と神が差し出してきた、具だくさんのラー油だった。

亘はひそかに唾をのみつつ、その餃子に箸《はし》を伸ばす。隣の結衣も同じくだ。いっぽう神宗吾はといえば、使用したフライパンを、クッキングペーパーで丁寧に拭きつつ話を続ける。

「その二時間の間に来た客っていったら――。まず君らの学校の柔道部の連中だったな。六、七人で来るなり、全員カレーの大盛りを頼んで、あっという間に平らげてった。あれはもう、のんでたな」

餃子を小皿にとった亘は、そこに刻みショウガを載せ、ちょっとだけ黒酢につけてパクリとやる。頬張《ほおば》った餃子は当然熱々で、亘はほぼ反射的にハフハフと盛大にやってしまう。ハフッハフハフッ。結衣も同じく、アガガ、アガガ、と言いながら、口をぱくぱくさせはじめる。アガガ。湯気のせいか、彼女の眼鏡は少し曇りはじめているが、そんなことはお互いお構いなしだ。ハフハフハフ。アガ、アガガガガ。

「次に来たのは野球部だったな。やっぱり六、七人で来て、全員大盛りを食っていった。この場所は運動部員ホイホイでね。パッと集団で来て、イナゴみたいに出されたもん食べ尽くして帰ってく少年たちが多いのさ」

神は冗談めかして話していたが、しかし今の亘に、その話を楽しんで聞く余裕はなかった。何せ出された焼き餃子に、すっかり意識がいっていたのだ。ハフハフ、ハフ。

率直に言って、神の餃子はおいしかった。それも、思いがけないほどに。

カリカリでモチモチの皮を、ひとたび口の中でガブッと破ると、たっぷりの汁が溢《あふ》れ出てくる。そのガツンとしたうまみに、たまらず咀嚼を続けると、さらに餡の中から、うまみ汁がにじみ出てくる。ハフハフハフ。肉の脂と、野菜の甘み。それにショウガと黒酢がよく合う。ハフハフ。口の中は、もう大騒ぎの様相だ。ハフハフハフ。

「あとは、バドミントン部だっていう女の子三人組が来て、その子たちとは楽しくお喋り出来たんだけどさ。男子バスケ部の一行が後ろに並んだら、大急ぎで食べて帰っちゃってね」

神の餃子は少し特徴的だった。亘が家や店で食べるものより、肉の量が多い。だから口の中に広がる汁も、肉のうまみがごく強いのだが、しかし咀嚼を続けていると、思いがけず海老の食感に出会う。ハフハフハフ。つまり海老入り餃子なのだろう。ただし、海老を感じることで、肉のうまみがより伝わってくるのだから不思議だ。ハフハフ。不思議だが、とにかくうまい。ハフハフ。

「それと、あとは、子供だな。兄妹《きょうだい》か友だちかはわからんかったが、小学校一、二年生くらいの男の子がひとりと、幼稚園児くらいの女の子三人が、一緒に来てサッと食べてサッと帰ってった」

ただしその段で、隣のアガガという音がピタリと止まった。

「子供？」

その点に引っかかったらしい結衣が、おそらく餃子を頬張ったまま、神の話に割って入ったのだ。

「子供だけであんな時間に食べに来たんですか？」

結衣の問いかけに、神は悪びれたような素振りも見せず、事もなげに言ってくる。

「ああ。うちには、子供無料のシステムがあるからな。それを聞きつけた子供たちが、ちょいちょい食いに来るんだよ」

だから亘も、つい手を止めてしまった。「子供無料システム？」何せ少し、聞き捨てならない内容のような気がしたのだ。「つまり、ただで食事を振る舞ってるってことですか？」

そんな亘の疑問に、神はやはりシレッと返してくる。「そうだよ。金がないって言ってきた子供だけだけどな。ちょっとした条件も付けてるし」そして、どこかおどけたふうに肩をすくめてみせた。「でも、大概食わせちゃってるかな。うちの審査基準はゆるゆるだから」

その口ぶりに、亘はやはり違和感を覚えた。別に、とがめるようなことではないのかもしれないが、しかしやはり引っ掛かる。それで、若干遠慮気味にではあるが訊いてしまった。

「……なんで、子供を無料になんて？」すると神も、なぜそんなことを訊かれるのかわからない、といった様子で返してきた。「なんでって？　タダで食わせちゃいけないわけ？」だから亘も、なぜわからないのだ、という気分でやや意味ありげに返す。「いや、別に、そこまでは言ってませんけどね？」しかし神も引く様子がない。「じゃあ、なんでそんなこと訊いてくるの？」「いや、だから……。なんかちょっと、変わってるなぁと思って……」

亘のそんな反応に、神はどこか釈然としない様子で腕組みをしてみせる。そうしてしばし思案顔を浮かべたのち、やはり納得がいかないといった様子で訊いてきたのだった。「じゃあ逆に訊くけど。腹を空かせてる子供がいたとして、そいつらにメシを食わさない理由って何？」

それはあまりに真っ直ぐな質問だった。おかげで亘は一瞬たじろいでしまったほどだ。しかし、すぐに心の態勢を立て直して答えた。何せ亘にだって、まったく見当外れなことを言ったつもりはなかったのだ。

「だって、子供の食事なんて、そもそも親が与えるべきもんでしょ？　アレルギーだってあるかもしれんのやし。だからやっぱ、他人が勝手に食わせてやるようなもんじゃねぇっつーか……」

そんな亘の発言を前に、神は一瞬目を丸くして、しかしすぐに納得した様子で、ポンと手を叩いてみせた。「あー、なるほどね。確かに確かに」そして、また腕組みをし直して、「うんうん、そういうことね。なるほどなるほど」としきりに頷きはじめた。

だから亘は、わかってもらえたのかと一瞬息をついたのだが、しかし眼前の神宗吾は、決して納得したわけではなかったようだ。何せそうしてしばし頷いてみせたのち、ごく平坦な声で告げてきたのである。

「それが、アンタの理由ってわけだ?」

まるで、何かを見透かすような目でもって、彼は亘を見詰めてきた。

「確かに一理あるよ。そう言われたら、躊躇うヤツもいるだろうし、考えを改めるヤツだっているかもしれない。まあ、それなりによく出来た理屈だ」

そうして、片方の口の端だけを持ち上げて、どこか挑むように言ってみせたのだ。

「でも、俺に言わせりゃ、そんなもん豚に喰われろって話だ。だからこの店じゃ、子供は原則無料なんだよ。わかったかい? お坊ちゃん」

バッサリと言われ、もちろん亘もカチンときた。だから思わず身を乗り出しそうになってしまったのだが、しかしそれよりわずかに早く、結衣が話に割りこんできたため、憤《いきどお》りはそのまま鞘《さや》に収められた。

「ゆうべお店に来たお客さんはそれで全部ですか?」

無論、亘の憤りは消えないままだったが、しかしここで神と言い合いをしたところで詮《せん》無《な》きこと。そういう意味では、結衣のマイペースに助けられたとも言える。いっぽう神のほうも、結衣の問いかけに対し、パッとそれまでの態度を切り替えて、明るく答えはじめた。

「ううん。まだもうひとりいるよ」彼は調理台にもたれ掛かるようにして、結衣に体を傾け続ける。「そいつも、君らの学校の生徒だな。制服が同じだったから。ただ、部活帰りって感じじゃなかったな。ひとりでフラッと来て、小カレーだけ食べてサッと帰っていった」

受けて結衣は、眼鏡のブリッジを押さえつつ、「その生徒に何か特徴はありませんでしたか？」と問いただす。「少しでも個人特定出来るような特徴を教えてもらえるとありがたいんですが」

神妙な結衣に対し、神はやにさがった笑顔のまま答える。

「特徴ならありまくりだったよ。線が細くてスラ〜ッとしてて、色白で髪もクリクリッとした栗毛《くりげ》で、まるで女の子みたいな顔した美少年だったから」

亘と結衣が顔を見合わせたのはその段だ。線が細い色白の、女の子みたいな顔をした美少年。それだけでもう確定したようなものだったが、それでも念押しで彼らは異口同音に訊いた。

「その生徒、炊飯器持ってませんでした？」

ほたる食堂を出てすぐ、亘は嘘の見破り方を結衣から伝授された。

「まず落ち着きがなくなったら嘘をついてる可能性があると考えられるんやって。例えば眉をひそめたり鼻や口元を触ったりあとは瞬きの回数も増えたりとか。視線を右上にやるのも嘘をついてる時の特徴って言われとる。過去の記憶を思い出す時は左側を、作り話をする時は右側を見るっていうのが定説らしいで。それと、嘘をついとる時は多少なり緊張するもんやで体や表情が硬くなるのも特徴」

すらすらそんなことを語る結衣は、つまりそんなことを観察しながら、日々人との対面に臨んでいるのだそうだ。人の気持ちを察するのが苦手な彼女の、どうやらそれが処世術であるらしい。「外れることもあるけどそれなりに役には立っとるで」そして亘はその術でもって、嘘を見破れと言われていたのだった。

神宗吾の証言を受け、結衣は早速本日の部活の実施情報を学校に確認した。そこで現在柔道部と野球部が練習中であると聞いた彼女は、すぐに屋台の席を立ち、「これから学校に行ってくる」と言いだしたのだ。「亘くんはバスケ部とバドミントン部の生徒に昨日の状況を確認してもらえるかな? 私も柔道部と野球部の聞き込みが終わったら亘くんのほうに合流するで」

とにかく猛スピードだった。口を挟む暇もなかった。かくして彼女は、伝えるべきことは伝えたと自分勝手に判断するやいなや、「じゃあまたあとでね! 亘くん!」とひとり学校へと向かってしまったのである。

いっぽう取り残された亘はといえば、呆然としつつ少々憤ってしまった。はあ? なんで俺が聞き込みなんて? しかし、言いつけられた事実は事実で、それを素早く断れなかったのは、やはり自分の責任なのだろうと、けっきょく亘は双子に情報提供を呼びかけ、バスケ部員とバドミントン部員の調査にかかった。なんだかんだで昔通り、結衣のペースに巻き込まれていたと言ってもいい。

部活生たち全員の証言をとれたのは、夜の九時過ぎだった。亘と結衣は合流した国道で、互いに自転車を押しトボトボ歩いていた。もちろんそんな時間だから、当然陽は落ち、町からもひと気がなくなっていた。山の向こうの空では、ギラギラ星が輝いて見えたほどだ。

「けっきょく無駄足やったな」

自転車を押しながら亘が言うと、同じく自転車を押していた結衣は首を振った。

「無駄ではなかったよ。柔道部員も野球部員もバスケットボール部員もバドミントン部員も、多分みんな猫缶事件とは無関係だってわかったんやで。それはそれで成果やろ?」

それで亘は、深いため息をもらしたのだった。「そりゃ、そうやけど」何せ得られた成果より、徒労感のほうが大きかったのは純然たる事実だったからだ。ため息くらい、いくらでもこぼれる。

しかし徒労の根源である結衣のほうは、いやに充実感に満ちた様子で言いだした。

「これで犯人は絞り込めたな。四人組の子供たちか、それとも三年一組鈴井遥太か」

そう。神宗吾が最後に挙げた来客は、十中八九鈴井遥太だった。容姿に関する証言はもちろん、炊飯器という謎の持ち物も一致していたから、まず間違いはないだろう。

しかし亘としては、鈴井炊飯器が猫缶事件の犯人とは、にわかには信じがたかった。あのボヘーッとした雰囲気の、いかにも眠たげな美少年が、いくら仔猫とはいえそれなりに俊敏な生きものたちを、次々自力で捕まえているなどという状況が、どうにもピンとこなかったというのもある。

なんつーか、妙に気《け》だるげやったし。そんな面倒くさそうなこと、あの炊飯器がするやろか？　ただし亘とて、猫を簡単に捕まえる方法くらいそれなりに想像はついていた。例えば、野良猫に与える餌《えさ》に睡眠薬でも混ぜてしまえば、仔猫の一匹や二匹や三匹や四匹、易々《やすやす》と手に入れられるはずだ。

けれどそういった行為と、鈴井遥太という少年のイメージも、やはり合致はしなかった。そんなマジっぽいことするかね？　あの炊飯器が。どうもそんなふうに思えてならなかったのだ。それにあの炊飯器、確かにだいぶおかしなヤツではあったけど、でもヤバい感じのおかしさは、なかったような気がするんやけどなぁ。

だが傍らの室中結衣は、そんな亘の思いなど知る由もなく、粛々と推理を進めていった。

「神さんが言っとった子供っていうのは、小学校低学年と幼稚園児くらいやったってことやでまだ本当に小さい子供ってことになるよな。そんな子らに猫を捕まえるのなんてさすがに難しいやろうし。消去法で考えて猫缶犯人の本命は鈴井遥太ってことになると思う」

しかし亘は、やはり首をひねってしまうのだった。別に子供だって、餌に睡眠薬を混ぜるなどの工夫をこらせば、猫を捕まえることくらい可能だからだ。それなのに子供が無実ってのは、なんか腑《ふ》に落ちんっつーか、ちょっと判断早過ぎじゃね？

しかしそうして悶々《もんもん》と考えること十数秒。けっきょく亘も、けど幼稚園児程度のガキにそこまでの知恵は回らんか、と思うに至ってしまった。つーことは、やっぱ本命は鈴井炊飯器ってことか……。

それでもどこかスッキリしない亘に対し、結衣はそれを気取ったわけでもなかろうが、ひとつの符号を示してきた。

「それに鈴井って子、二学期からこの土地に来た転校生やろ？」

受けて亘は、「ああ」と頷く。「それがどうかしたか？」すると結衣は夜道を見据えたまま、特に表情を変えず告げたのだった。

「猫缶事件が起こりはじめたのも、ちょうど九月からやでさ」

だから亘も、そのあたりで納得するしかなかった。

「なるほど。そりゃまあ、アイツが限りなく黒に近いグレーってことになるわな」

足元からは、リーリーリーという虫の鳴き声が聞こえていた。頭上には、眩暈がしそうな星空。ふたりの自転車の点灯ライトは、ぼんやりと頼りなく夜の道を照らすばかりで、少し先にある暗闇さえもさして明るくしてはくれなかった。

結衣が鈴井遥太の家に行くと連絡を寄こしたのは、その日の深夜のことだ。

風呂上がりに亘が携帯を確認すると、結衣から四件の着信があり、さらに一件、やはり彼女からのメールが届いていたのである。

（こんばんは亘くん。明日ですが鈴井遥太くんのお宅に伺うことに決まりました。神さんの助言もあって、家の人ともうまく交渉が出来た次第です。約束の時間は十四時なので、十三時三十分に亘くんちに迎えに行きます。じゃあまた明日。おやすみなさい）

またしても、亘の了解を取らないままの決定だった。しかも内容が腑に落ちない。うちに行く？　家の人と交渉？　それ、どういう意味よ？　それで亘は取り急ぎ、結衣の携帯を鳴らしたのだが、しかし彼女に繋がることはなかった。おやすみなさいの言葉通り、さっさと寝てしまったのだろう。さすがのマイペースぶりである。

それで亘は舌打ちをし、続いて神の携帯にすぐさま電話を入れたのだった。あの野郎、結衣になんの入れ知恵しやがったんよ？　そんな思いが募ったというのもある。あのマイペースは、下手すりゃ暴走特急になるっつーのに！

神は一回のコールで電話に出た。そして開口一番、思いもよらぬセリフを口にした。

「はいはーい、神でーす。どうした？　亘くん」だから亘は、「なんで俺からってわかったんよ？」と敬語をスッ飛ばし言ってしまったのだが、神は特に気にする様子もなく、へらへらとした口調で告げてきた。

「結衣ちゃんから、君の番号聞いて登録しといたんだよ。備えあれば憂《うれ》いなしってね」無論亘としては、なんの備えよ？　と喉元まで言葉が出かかったのだが、しかしそれより、今は鈴井遥太の件が先だと、文句をのみ込み彼を問いただした。

「つーか、アンタ結衣に何吹き込んだんよ?」受けて神宗吾は、やや意外そうな口ぶりで返してくる。「え? 俺、結衣ちゃんに何かしたっけ?」それで亘は語気を強める。「したやろ! それで結衣のヤツ、明日鈴井遥太んちに行くって!」すると神は、「ああ、そのことね」と笑うように声をあげ、ごく楽しげに続けたのだった。「結衣ちゃんが炊飯器くんのこと調べたいって言うからさ。ちょっとしゃもじを貸してやったんだよ」

にわかには理解し難《がた》い回答である。だから亘は「は?」と顔をしかめさらに訊いた。

「どういう意味や? それ」しかし神は、「だーかーらー」と若干亘をおちょくるような声を出してみせた。「お宅の遥太くんが、立ち寄った屋台にしゃもじ忘れてったから、お届けしたいんですがって、保護者に連絡入れてみたらって助言したわけ。ついでに、折り入って出席日数のこともご相談したいとかなんとか言えば、向こうも断れないんじゃないのって」

そんな神の説明に、亘は思わず声を荒らげてしまう。

「はあっ? なんよそれっ? 保護者って? 俺らはただ、鈴井遥太にちょっと話が聞ければそれだけで……!」

だが電話の向こうの神宗吾は、落ち着き払ったような声でごく淡々と言ってのけた。

「甘いな。鈴井遥太は、他の容疑者と違って、断然あやしい犯人候補なんだぜ? 正面切って、猫缶のこと知りませんか? なんて訊いたって、どうせ大した成果はあがんないって」

「だからって、嘘ついて保護者に会うなんて！　俺ら、鈴井遥太の担任じゃねぇんやぞ？　つーか！　そもそも教師ですらないんやでっ？　単なる教育実習生でしか……！」

「真実を突き止めるためには、多少のリスクはやむなしでしょ？　だからちゃんと周りの人間からも証言集めて、外堀から埋める形で、彼が犯人かどうか追及していかないと」

しかし亘の憤りは収まらなかった。

「――それもアンタの入れ知恵か？」

むしろ、余計怒りに火がついたとも言える。何せ結衣は、単純な女なのだ。鈴井遥太がより犯人に近い存在であったとしても、彼女ならば他の容疑者たち同様、奇をてらうことなく直接会って素直に話を聞こうとするはずだ。つまり外堀から埋めようなど、どう考えても彼女の発想ではない。それは誰かが、結衣に示した危険な橋に違いない。

案の定、神も特に隠し立てすることなく答えてきた。

「そうだよ？　だって猫缶の犯人、特定したいんでしょ？　少なくとも結衣ちゃんからは、そういう気概が感じられた。だから俺は、年長者としてちょっとアドバイスしただけ。いけなかったかしら？」

どこか人を小馬鹿《こばか》にしたような物言いに、亘は内心カッとなる。コイツは、何もわかってない。そんな思いが込み上げて、思わず携帯を投げそうになる。しかし、そんなことをしても意味がないとわかってもいたので、彼は努めて冷静に、むしろ先ほどよりずっと穏やかに言葉を続けた。

「……学校にバレたら、俺ら実習の単位フイにするかもしれんのやけど?」

あるいは神妙な口ぶり、とでも言うべきか。しかし対する神のほうは、変わらずおどけたままだった。

「だーかーらー、言ったよねぇ? 俺はアドバイスしただけだって。決めるのは結衣ちゃんだし君なんだよ。鈴井遥太の家に行かない選択肢だって、君らにはまだ残されてる」

だから亘も言うしかなかった。

「わからんヤツやな。結衣に選択肢はねぇんや。アイツは行く。絶対に行く。猫缶の犯人を絶対に見つける気になっとるし、何よりアホやで。多少の無茶をしても、アイツは行ってしまうんや」

神の口調にわずかな変化が見られたのはその段だ。彼は「ふうん?」と不思議そうな声をもらしたのち、何か考え事でもしたのか、少し間を置き言ってきた。

「君は、違うのかい? 猫缶の犯人なんて、どうでもいい?」

その問いに、亘は一瞬声を詰まらせた。

「それは……」

詰まらせるのも当然だった。何せ亘にとっても、猫缶事件はどうでもいい事柄とは言い難かったからだ。

彼だって、出来ることなら犯人を止めたかった。止める理由だって、十分にあるはずだった。結衣と同じだ。亘の胸底にも、どろりと貼りついている後悔がある。

それでも亘は、逆の答えを口にしたのだった。

「……ああ、そうや。猫缶なんてクッソどうでもいいわ」

犯人を止めたいと願うことと、実際止めることは別問題だ。亘はそのことをよく理解していた。理想と現実はたいてい乖離《かいり》している。だったら自分がするべきは、無為に理想を追うことではなく、理想に折り合いをつけながら、うまく現実を渡り抜くことだろう。

「そんなもんより、平穏無事な実習生活が俺には大事や」

すると神は、「へえ」と平坦な声で返してきた。だから亘は、また言われるのかと咄嗟に思った。それが、アンタの理由ってわけだ？

しかし神は、そう言わなかった。黙り込んだ亘に対し、どういうつもりか無言で返し、それから数十秒、じっと沈黙を保ってみせた。それで亘は、もうええわ、と電話を切ろうとしたのだが、しかしそれより一瞬早く、神のほうが口を開いた。

「――じゃあ君には、結衣ちゃんとは違うアドバイスをやろうかな」

何を思いついたのか、そんなことを言ってきた。しかも神は、んなもんいらんわ、という亘の返答を〇・五秒ほど手前でかわし告げてきたのである。

「影っていうのはさ、いつまでもついて回るから影なんだぜ？」

はあ？　なんやそれ？　その言葉も、やはり絶妙の間合いで封じられた。

「逃げようったってそうはいかない。逃げたつもりになってたって、日なたに出りゃあ気付かされる。だから影なんだ。君はそのことに、もっと自覚を持つべきなんじゃないかな？　俺はそう思うけど」

だから亘が言葉を発せたのは、神がそう言い切った直後のことだ。

「意味わからんのやけど」

反論が溜《た》まっていたせいか、声には相当な険がこもった。

「そんなこと、猫缶にも明日の話にも関係ねぇやろ」

しかし、次に携帯から届いた神の声は、ごく楽しげなものだった。「ありゃ？　そうだった？　そりゃまた失礼」そうして彼は、絶対に失礼などとは思っていないであろう口ぶりで続けてみせた。

「でも、客商売なんてやってるからかな？　人が抱えてるものには、俺、ちょっと敏感でさぁ。まあ、心当たりがないなら、聞き流してくれてかまわないけど――」

何もわかっていないクセに、すべて見透かしているかのように言ってのけた。

「君には、濃い影がある。暗い所にいる間はいいけど、お天道様《てんとさま》の下に立ったら、ちょっとまいっちゃうんじゃない？」

結衣はメールの予告時間より、小一時間ほど早く久住家へとやって来た。

「わーたーるーくーん！　あーそーぼっ！」

小学生のごとく彼女は叫び、結果亘ではなく、双子とシロ、並びにサビクロとで遊びはじめた。予定より早い来訪は、つまりシロの様子うかがいを兼ねていた模様。

「昨日もらった薬の効きがいいみたいやで。これならシロに触れるなと思って」とマスクに眼鏡、ゴム手袋という重装備で彼女は悠然と言い、持参した釣りざお猫じゃらしでもって、シロやサビクロたちを延々翻弄《ほんろう》し続けた。

そしてそれから三十分ほどののち、ようやく亘の部屋へ顔を出したのである。

「――鈴井遥太宅に行く前に、彼に関する予備知識を亘くんにも伝えておこうと思って」

聞けば結衣、午前中の空いた時間でもって、両親や姉、姉婿《むこ》、果てには祖母に至るまで、鈴井遥太について何か知らないか訊いて回っていたんだとか。

「最初はみんな、誰やそれ？　って感じやったけど。夏の終わりに越してきた美貌《びぼう》の転校生って説明したらちゃんと知っとって」

無論亘としては、そんなこと調べる暇あったら指導案書けよ、と思わざるを得なかったが、しかし今の結衣にそんな進言はおそらく無駄だ。彼女はこうと思い込んだら、気がすむまでそのようにしか動かないマイペースの権化。

「今あの子な、叔母さんとふたり暮らししとるんやって」

それは、短くも複雑な、鈴井遥太の人生語りのはじまりだった。

「もともとご両親がおらんくてお祖父《じい》さんお祖母《ばあ》さんの所で育ったみたいなんやけど、だいぶご高齢やったとかでお祖父さんは亡くなってお祖母さんは施設に入られてしまって。それで高校にあがる頃東京の伯父さんに引き取られて、でも、そっちには馴染めんくてけっきょく叔母さんちに越してきたって」

さして長くもない説明だったが、そこには単純とは言い難い生い立ちがあった。

ちなみに叔母さんなる女性は、数年前にこの町にやって来た移住者であるとのこと。「天見《あまみ》街道のほうの温泉場で仲居さんやっとらはった時にオーナーに気に入られて、こっちで店持たんかって誘われて越してきたみたい」

なかなかにやり手感の漂う移住理由だった。それで亘はなんとなく、「なんの店？」と訊いてみたのだが、結衣の答えは曖昧だった。

「それがよくわからんのよ。突っ込んで訊いてみたんやけど、夜の飲食店的な？　としかお父さんもお義兄《にい》さんも教えてくれんくて」だから亘は、なんとなくその業種とやらを察したのだった。「あ、そ……」、要するに、夜だけの営業に特化した、男性客主体の飲食店なのだろう。

結衣がもたらした鈴井遥太に関する情報はそこまでだった。「そやで彼の家に行ってもご両親はおらんで。そのあたりあらかじめご承知ください」仰々しく結衣は語り、そのまま腕時計に目を落とした。

それで亘も、同じく壁時計に目を向けた。時計の針は、一時三十五分をさしていた。待ち合わせの時間まで、もう三十分足らずだ。

「そろそろ行くか」

言いだしたのは亘だった。「今出れば、時間ぴったりくらいに着くやろ」

つまり亘は、もうすっかり諦めていたということだ。いくら自分が言葉を尽くしたところで、どの道結衣は鈴井遥太の家に行く。その猛進を止めることは、おそらく自分には出来はしない。

だからこそ彼は、一計を案じていた。鈴井遥太宅への訪問には、自分も同行する。そして何か問題が起きた際には、自分が首謀者であると名乗り出る。そうすれば結衣のほうは、さほど重い処分を受けずにすむかもしれない。やり方によっては、教育実習の単位のほうも、無事取得出来るはず。つまり亘の鈴井家訪問の裏には、そんな計算がなされていたのである。

そもそも結衣は教師になりたいと希望して、現在教育実習にやって来ているわけだが、亘のほうはそうではない。単に親に命じられて、渋々実習をこなしている偽教員志望者に過ぎない。だったら自分の単位のほうは、ドブに捨ててもさして痛くはないだろうと、ゆうべのうちに亘は思い至っていた。

まあ、アイツが教師に向いとるとは、今の今でも思えんけど。でも頭はいいんやし、なればなったでどうにかなるやろ。ああいう変人タイプにしか、救われん人間だっておるかもしれんし。それやったらやっぱ、俺がアイツの盾になるしかねぇわな。

とはいえ、彼女の希望を叶《かな》えてやりたいだとか、そんな殊勝《しゅしょう》な気持ちでもって、結衣をかばおうと思っているのではなかった。ただ亘は、単純に自分の気持ちのために、そうすると決めただけだった。

「ほら、行くぞ。はよゴム手外して」

「あー、待って！　なんか汗かいてて外しづらくて……」

友だちを見放して、どうしてこんなことになってしまったんだろうと、あとあと思い悩むのはもう嫌だった。

そういう類いの後悔は、もう、二度としたくなかった。

亘たちの来訪を、鈴井遥太の叔母、八反《はったん》まりんは、やや面倒くさそうに迎えた。

「どうも。遥太の叔母です」

まりんは、叔母さんと言うより、お姉さんと言ったほうがしっくりくる、ずいぶんと若い女だった。無論、実年齢はわからないが、パッと見たところ二十歳そこそこ。じっと見て粗《あら》を探しても、やはり二十代半《なか》ばほどにしか見えない。

おそらくすっぴん、いや、薄化粧はしているかもしれないが、しかし化粧で化けている様子はない。それでもまりんは、はっきりそうとわかる程度の美人だった。ごく整った形のパーツが、ごく整った配置でもって顔の中に収まっている。肌も透明感があり艶やか。そして叔母であるのだから当然かもしれないが、全体的な雰囲気がどことなく遥太に似ていた。つまり美形は、家系的なものなのか。

「話があるんでしたよね？　まあ狭いですけど、どうぞ」

まりんが言った通り、遥太の家はそう広くもない、古い木造のアパートだった。もしかするとひとり暮らし用のまりんの部屋に、急遽甥《おい》っ子である遥太が越してきたということなのかもしれない。玄関から見える廊下には備え付けのキッチンがあって、三和土《たたき》も靴が数足並んだら、もう足の踏み場はなくなるだろうといった小ささだった。

ここでふたり暮らしはさすがにちょっとキツくないか？　そんなことを考えながら、亘は結衣のあとをついて玄関の三和土に足を踏み入れる。

アパート内は廊下や三和土から想像出来た通り、やはり単身者用の部屋のようだった。六畳ほどの居間と、その隣におそらくもう一室。そちらはきっと寝室だろう。そう物が多いわけでもないが、いやに部屋が窮屈に感じられるのは、五十インチほどあるであろう、大型の液晶テレビが鎮座《ちんざ》しているせいかもしれない。まるで、テレビに支配された部屋のようだ。

とはいえ、まりんにもその自覚はあるのだろう。彼女は結衣が手土産として持参した豆大福の包みを開けながら、ローテーブルの前で小さくなって座っている亘と結衣に対し、「これでも、ひとりで住むにはいい広さなのよ～？」などと言ってきた。「問題は、居候がやって来ちゃったってところにあるだけで」

そうしてまりんは、まんざらでもなさそうに豆大福を手に取ると、そのままかじりつき話をはじめたのである。

「ごらんの通りの部屋だから、遥太はほとんど家にいないわ。アタシが仕事に出る頃に、フラッと帰ってくる感じ。仕事終わりは私もベッドに直行だから、遥太がどこで寝てるかなんてあんまり気にしてないけど。多分そのへんで、丸くなってんじゃない？」

豆大福を頬張りつつ、まりんは部屋の隅《すみ》に置かれた座布団に目をやった。そこは高校生男子の寝床としてはあまりに小さく、拾われてきた犬猫が、急遽居場所として与えられた程度の大きさしかなかった。

それで亘たちが黙り込んでしまうと、彼女はそれが不満だったのか、キュッと唇を尖らせ言葉を続けた。「仕方ないでしょ？　屋根がある部屋で寝られるだけ、ありがたいと思って欲しいくらいだわ」

だから亘もある程度覚悟はしていたが、遥太の登校状況に関しても、まりんは気にする素振りを見せなかった。

「サボりたいなら、別にサボっててていいんじゃない？」指についた白いもち取り粉を舐《な》めながら、どうでもよさそうにまりんは言った。「どうせ大学だって行かないんだろうし。アタシも中退組だし、あの子の母親もそうだから。ま、血筋よ、血筋」

しかし結衣は、そんなまりんの冷めた口ぶりを、ぶった切るように口を挟んだ。「その決めつけはいかがなものかと思います」何せ彼女は、言いたいことは口にしてしまう女なのだ。「大学に関してはちゃんと本人に確認してみてください。遥太くん成績はいいはずですから」

するとまりんは、一瞬虚を衝《つ》かれたようなポカンとした表情を浮かべたが、しかしすぐに笑顔になって、結衣の顔をさして言ってのけた。

「やっだ～、お嬢さんったら～。頭はいいのに、世間のことはよくご存じないのねぇ。あの子が大学なんて行けるわけないんですよ～？　先立つものがなきゃ、進学なんて出来ないんだから。それが、世の中ってモンなんですよ～？」

だが結衣も引かなかった。「奨学金や特待生制度を利用すれば学費の捻出はある程度可能ですが」まりんにまりんの世間があるように、結衣には結衣の知る現実が、一応あるからなのだろう。彼女はごく断定的に、おそらくまりんの本音のようなものを、微塵も考えず言い切った。「ご存じありませんでしたか？　でしたら学校から資料を届けさせるようにしますが」

まりんから余裕の笑みが消えたのは、そのタイミングだった。彼女は美しい顔をわずかに歪《ゆが》め、若干イラ立った様子で言いだしたのだ。

「アンタ、バカなの？　そこまでして進学したい子が、学校をサボるわけないでしょ？　教育実習生が聞いて呆れるわ。生徒のこと、なんにもわかってないんだから。ま、でも教師なんて、もともとそんなもんよね。恵まれたお坊ちゃんやお嬢さんが、お就きになられるお仕事なんでしょうし」

だが残念ながら、結衣に皮肉は通じなかった。無論、心が折れた様子も皆無だった。彼女は額面通りにまりんの言葉を受けとめ、おそらく彼女なりの誠実さでもってまりんへの説得をはじめたのである。「理解が及んでいない部分はこちらの力不足です。申し訳ありません。しかし叔母さんにもご理解いただきたい。学校をサボることと学習意欲がないことはイコールではないんです。諦めが先だって目の前の現実をおろそかにしているだけの可能性もありますから」

しかつめらしく語り続ける結衣に、まりんはどんどん表情を曇らせていく。まるで、エイリアンか何かを見ているかのような顔だ。それでも結衣は、怯まず言葉を続ける。「人というのは困難な状況に置かれた場合ひどく刹那《せつな》的な欲求に従う傾向があるんです。例えば破産寸前の人が無駄な豪遊などをして散財するのもそのひとつで――」

そしてその結果、まりんはついに、「あー、わかったわかったわかりました」とこめかみあたりを押さえはじめ、「訊きますよ、訊けばいいんでしょ」などと言いだした。「アンタと話してると、なんか頭痛くなるわ」

そうして脱力したように息をつくと、彼女はテーブルに置いてあった煙草《タバコ》の箱に手を伸ばした。伸ばして、亘たちに断りを入れるでもなくその一本を口にくわえた。

「ま、答えはわかってるけどね。うちの経済状況で、大学に行きたいなんて言うほど、あの子ってバカじゃないし」

「ですからそこは決めつけず金銭的な問題は度外視した上で本当のところどんな希望を持っているのかをちゃんと訊いていただきたく……」

するとまりんは、やはりテーブルの上に置いてあったライターを手に取り、ごく慣れた様子でくわえた煙草に火を点《つ》けた。そしてひと口大きく煙草を吸い込んだかと思うと、スッと結衣に顔を向けた。

それで亘は、もしや？　と思ったのだが、案の定まりんは、そのまま結衣の顔に向かい、ぶふーっと勢いよく煙を吐きだした。

「――うがっ……！」

煙を浴びた結衣は、そのまま机に突っ伏し、ガハハッ！　と軽く咳《せ》き込むような声をあげる。アレルギー体質の彼女は、煙草の煙にもひどく弱いのだ。

いっぽう浴びせたまりんのほうは、どこか勝ち誇ったような表情でもって、結衣を見おろし言い放った。

「問題を度外視した希望なんて、訊く必要はないの。叶わない夢や希望は、毒と同じだから。早めに捨てさせたほうが、あの子のためってものなのよ。わかったぁ？　お嬢さん」

どうやら、まりんがいったん黙ったのは、この攻撃に出るためのストロークだったようだ。彼女は咳き込む結衣を横目に、ごく満足げに話を続けた。

「そりゃあの子、東京じゃそこそこの学校に行ってたらしいし？　その頃は普通に大学進学も希望してたのかもしれないけどぉ。でも、状況は変わったの。ボクのほうは、わかるわよねぇ？」

急に話を振られ、亘はぎこちなく頷く。「え？　あ、まあ……」何せここでまりんにマジ切れされたら、それこそ学校にあらぬクレームがいってしまうかもしれない。だから亘は努めて穏便に、まりんの意見に乗っかろうと試みた。

「確かに、大学がすべてじゃありませんし。そんなに頭ごなしに、進学進学って言うこともないんじゃないかなーって、僕なんかは思いますけど」

するとまりんはテーブルに身を乗り出し、「ほら〜、ボクのほうはわかってるんじゃな〜い」と言ってきた。「ホントそれ！　別にいい学校なんか行かなくったって、立派にやってる人なんて掃いて捨てるほどいるしぃ。逆に、学歴をかさに着た役立たずだって、この世にはいっぱいいるわけじゃな〜い？」

だからもう亘としては、赤べこのごとく頷き続けるよりなかった。「ですね。ですねですね」「でっしょ〜？　アタシだって、学はないけどぉ。お店はちゃんと切り盛りしてるしぃ」「ええ、確かに」「電卓のメモリー機能も使えるしぃ」「素晴らしい」「売り上げだって、そこそこなんだからぁ」「そりゃ大したもんだ」

そうしてそのあたりで、まりんは少し気が晴れたのか、遥太の話題に話を戻した。「それにあの子だって、今の状況で進学したがってるなんて、やっぱりどうしたって思えないわ。ちょっと前にも、将来は故郷の宮崎に戻って、猟師になりたいって言ってたくらいだし……」

まりんの説明がちょっと意外で、亘は思わず言ってしまう。

「え？　猟師って、なんで……？　向こうじゃ、そういうのが盛《さか》んなんですか？」

しかしまりんの返答は、やや想定外のものだった。「知らな〜い。アタシ宮崎なんて行ったことないしぃ」それで亘は、彼女の言葉の意味を量りかねたまま、さらに重ねて問うたのだ。

「あれ？　でも、宮崎は遥太くんの故郷なんですよね？」

そんな亘の言葉に、まりんは一瞬目を泳がせた。「ん〜？　まあ、そうだけど……」そうしてしばらく言葉を濁《にご》したのち、どこか開き直った様子で小さく笑い、「別にいっか。言っちゃって」と肩をすくめ言葉を続けた。

「そうよ。あの子の故郷は宮崎のどこか。アタシもよくは知らないけど、相当な山奥だったって話。子供の頃、家の近くで遭難して、仕方ないから蛇捕まえて食べたとか言ってたから、相当な野性児だったんじゃな〜い？」

しかし亘としては、さらに混乱してしまうばかりだった。何せ遥太は子供の頃、祖父母に育てられたという話だったのだ。そしてその祖父母というのは、叔母であるまりんの両親に当たるはず。それなのに、まりんは両親が住んでいた宮崎に、行ったことがないというのは、いったいどういうことなのか？

そんなことを思うに至り、おそらく亘は面妖《めんよう》な表情を浮かべてしまっていたのだろう。まりんは吸っていた煙草を灰皿に押しつけるとまた新たなる煙草を手に取り、どこか決まりが悪そうに言い継いだ。

「だから、つまり……。遥太は、うちで育てた子じゃないの。親戚《しんせき》の家に引き取られて、そこで育ててもらった子なの。ま、親戚っていっても、血の繋がりなんてほとんどない、すご〜い遠縁らしいけど」

言いながらまりんは、くわえた煙草にまた火をつける。

「要するに、うちの姉も両親も、生まれてすぐのあの子のこと、早々に手放しちゃったってわけよ。いや……、捨てたって言っちゃったほうが、表現としては正しいのかもね。身内のこと、こんなふうに言うのなんだけど、うちの姉も両親も、けっこうなクズだったから」

それは複雑というのとは、また少し毛色の違う人生だった。少なくとも、亘にはそう感じられた。複雑に入り組んでいるというよりは、あるべき糸のようなものが、破れ、綻《ほころ》びている人生とでも言うべきか――。

遥太の母親が遥太を産んだのは十代後半。家出中に遥太を身ごもり、堕胎出来ない頃合いで実家に顔を出したらしい。

「うちの姉はだらしない人でねぇ。親は激怒してたわ。どっかでなんとか堕ろせないのかって、臨月になっても言ってたくらい」

そこまで言ってまりんは、「って、あなたたちには、ちょっと刺激が強過ぎるかしら?」とおどけたような笑みを浮かべてみせた。それで亘は、確かに内心怯むところはあったものの、動じていないふりをして首を振ったのだ。「いえ、別に」

いっぽう結衣のほうは、まだ時おり小さく咳き込んだりしながら、「確かに刺激は強いですがどうぞお気になさらず」と率直に応えてみせていた。「むしろぜひ傾聴させていただきたいので嫌でなければ続けてください」それはまあ、結衣らしいと言えば結衣らしい反応だった。

ふたりのそんな言葉を受け、まりんは煙草の煙をくゆらせながら、ごく淡々と話を続けた。その視線は主に左上を向いていて、だから亘はその話を、おそらく事実なのだろうなと受け止めていた。過去を思い出す時、人は視線を左に向ける。そんな結衣の言葉を、まだ覚えていたからだ。

「ただ、アタシとしては、姉は子供を望んでるんだと思ってたんだけどねぇ。だから親に何を言われても、堕ろさないでいるんだって。でもそれは、妹の欲目っていうか、ひどい買いかぶりだったのよね」

まりんの話によると遥太の母は、生後まだ間もないような遥太を、従兄弟《いとこ》の家に置き去りにし、そのまま行方をくらましたのだという。そしてそれからしばらくの間、親類縁者の間でもって、遥太の押し付け合いが繰り広げられた。

「うちの親は、絶対に引き取らないって言い張ってたわ。その頃、アタシまだ中学生で。親と一緒に住んでたから、よく覚えてるの。うちにはまだ子供がいるんだから、赤ん坊なんて引き取る余裕はないって、父も母も言って――」

そこまで言ってまりんは、フッと皮肉めいたような苦笑いを浮かべ、「あ、ちなみに子供っていうのは、アタシのことね?」と言い足した。「あの人たち、アタシを盾にして、遥太を捨てようとしたのよ。アタシの面倒だって、ロクに見てなかったクセに。よく言うわって感じだったわ」

左上をぼんやり見詰めながら、まりんは続ける。

「……ま、あの人たちの言う通り、実際うちに余裕なんてなかったんだけどね。うちの親も親で、本当に色んなことに、だらしない人たちだったから」

本当に、の部分に、力を込めてまりんは言った。そこにはまだ、拭《ぬぐ》い切れていない怒りのような、軽蔑《けいべつ》のようなものがこびりついているようだった。

「だから遥太にしてみたら、うちの親や姉に捨てられたことは、もしかしたらラッキーだったのかもしれない。時々いるでしょ？　あー、この人、親にならないほうがいいのになーって人。うちの家族って、漏れなくそんな感じだったから」

かくして母親に捨てられ、祖父母に引き取りを拒否された遥太は、結局遠縁の夫妻に引き取られた。それが、宮崎の老夫婦だったというわけだ。

「赤ん坊をどうするかで、親族一同がごちゃごちゃやり合ってたのを知って、その家のご主人が言ってくれたんですって。うちで引き取るって。遥太にとっては、恩人みたいなもんよねぇ」

まりんが遥太の育った場所を詳しく知らない裏には、つまりそんな事情があったらしい。

「だから遥太は、ずっとそのご夫婦を本当のお祖父ちゃんお祖母ちゃんだと思ってたみたい。さすがに今は、血が繋がってなかったって気付いてるみたいだけど」

じりじりと短くなっていく煙草を吸いながら、まりんは淡々とそう語った。

「でも、本当の孫みたいに、大事に育ててもらったのは確かなんじゃないかしら。その頃の話する時だけ、あの子すごく生き生きしだすから。だからいつか山に帰りたいって言ってるんだろうし。ご主人は、農業と狩猟で暮らしてたって話だから、あの子もそういう生活に、また戻りたいって思ってるんじゃないかしら」

その口ぶりは、まるで自分とは遠い世界の、幸せなおとぎ話でも読み聞かせているかのようだった。

ちなみに、遥太の東京のおじさんなる人物は、まりんとは面識もない、老夫婦のご子息だったとのこと。

「ご主人が亡くなって、そのあとおばあさんのほうも認知症が進んじゃったとかで、施設に入ることになったの。それで今度は、息子さん夫婦が引き取ってくれることになったってわけ。思うに、底抜けに善人の家系なんでしょうね。そんな子を引き取ろうなんて、普通だったら思わないもの」

結衣が再び口を挟んだのはその段だ。彼女はまりんの煙草から流れてくる煙を手で払いながら訊いた。

「なら、どうして遥太くんはあなたのところへ？　底抜けの善人なら彼をそのままずっと育ててくれたのでは？」

直球の質問だった。しかしまりんも、特に動じずあっさり返した。

「さあ？　詳しくは知らないけど。ただ向こうのお宅には年頃の娘さんがいたそうだから、遥太のことが邪魔になったとか、そんなところじゃないかしら？」

しかし結衣にとって、それは答えになっていなかったのだろう。彼女は三秒ばかりまりんの言葉の意味を考えたのち、しかしすぐにまた質問を投げかけた。「どうして娘さんがいると遥太くんが邪魔になるんですか？」

受けてまりんは、煙草をくわえたまま大きく息を吸い込み、そのまま再び結衣に煙を吹きかける素振りをみせた。だから結衣は、煙を避けようと慌てて妙なポーズを取った。

「えっ？　あの？　私また失礼なこと言いました？　だとしたらすみません。ですから煙はちょっと――」

しかしまりんはふっと笑い、煙を横に吐き出した。そしてそののち、やや気だるげな表情でさらりと告げた。

「あの子、あんななりだから目立つし。よくも悪くも人が寄ってきちゃうから。普通のご家庭の方々には、手に余る子だったんだと思うわ」

そうして短くなった煙草を灰皿に押しつけ、ひどく疲れた様子で言い継いだ。

「……そういう意味では、ひとところに留《とど》まりづらい子なのかもしれないわね」

それはどこか、実感がこもったような言葉でもあった。

結衣がしゃもじをまりんに渡したのは、帰り際直前のことだ。「そういえばお嬢さん、しゃもじがどうとかって言ってたわよね？」そんなふうにまりんに言われ、結衣は慌ててスカートのポケットから、木製のしゃもじを取りだした。「そうそう！　そうでした！　忘れるところでした！　失礼！」

完全に目を泳がせ言う結衣に、まりんは少し眉をひそめてみせたが、特に追及はせずしゃもじを受け取った。すると結衣は、何を思ったか唐突に切り出した。

「――あの、最後にもうひとつ質問していいですか？」

その言葉に、まりんは仕方ないわねぇといった様子で応える。「短いヤツなら」受けて結衣は小さく頷き、また単刀直入に訊いたのだった。

「猫缶事件をご存じですか？」

「ええ、知ってるわよ」

「では、どうして犯人は猫を小さな缶に閉じ込めたりするんだと思いますか？」

結衣の問いかけに、まりんはわずかに眉根を寄せる。なぜそんなことを訊かれなければならないのだ？　という顔だ。しかしそれでも、彼女はしばしの沈黙ののち、普通にそう思いついたといった様子で答えてみせた。

「……ストレス解消かなんかじゃないの？」

ひどく疲れた目をしたまま、彼女は続けた。

「小さな箱に閉じ込められて、苦しんでる猫を見るとスッキリするんじゃない？　ザマァミロって。苦しいのは、私だけじゃないわって――」

鈴井遥太宅への訪問をすませた亘と結衣は、揃って自転車を押しながら、来た道を歩いて戻った。

自転車があるのに歩いていたのは、結衣がそれにまたがろうとしなかったからだ。それで亘も仕方なく、彼女に合わせて自転車を押しはじめた。すると歩きはじめて少しした頃、結衣のほうから切り出してきた。

「どうやった？　亘くん」もちろん、訊かれるだろうとは思っていたが、やはり彼女は訊いてきた。

「鈴井遥太、あやしいと思った？」

それで亘は率直なところを述べてみせたのだ。「わからん」もとい、お手上げの構えを示してみせた。

「あの叔母さん、家での鈴井の様子とか、全然把握してなかったし。外に出て行ってしまっとる間のことだって、けっきょくなんもわからんかったやろ？　それなのに、鈴井があやしいも何もねぇっつーか……」

隣の結衣はチラッと亘を一瞥《いちべつ》し、しかしすぐに顔を前へと向き直し歩き続ける。それがなんとなく気まずくて、亘は咳払いをし言葉を継ぐ。なぜこんな言い訳じみたことを言わなければならないのかと、心の中で少々憤りながら。

「そりゃあ、アイツの生い立ちみてぇなもんは、よくわかったけどよ。でもあんな話聞いたところで、鈴井が猫缶の犯人かどうかの参考にはならんやろ？　もっとこう、猫に並々ならぬ執着心を持っとる子で、とか、ひどい猫嫌いで時々野良猫に石投げとるんですよ、とか、そういう話が聞けたんやったら、考えようもあるけどよ」

結衣が立ち止まったのはその段だ。彼女は唐突に立ち止まり、そのままじっと亘を見詰めてきた。それで亘も、結衣に倣《なら》って足を止めたのだ。少しばかり、嫌な予感を抱きながら。「なんや？　どうかしたか？」

予感は的中した。彼女は亘を見詰めたまま、眼鏡のブリッジをスッと指で持ち上げたのち、無表情なまま言いだしたのだ。

「亘くん、今、鼻の頭を指でこすっとった自覚ある？」

ただし、発言の内容それ自体はやや想定外で、亘は思わず「えっ？」と声をあげてしまう。「マジで？　そんなこと、俺、しとったっけ……？」

返答がひどくへどもどしてしまったのは、結衣の教示を覚えていたからだ。人は嘘をつく時、落ち着きがなくなり眉をひそめたり鼻や口元を触ったりする。しかもその詳細を思い出してなお、彼の口調ははっきりと落ち着きを失ってしまっていた。「気の、せいじゃね？　俺、鼻こするクセなんかねぇっつーか、なんつーか……」

すると結衣は深いため息をつき、「亘くん、嘘ついとったんやな」と亘の弁解を完全に無視して断言した。そして核心に迫るようなことを言いだしたのだ。

「やっぱり亘くんも、あやしいと思ったんやろ？　鈴井遥太のこと」

ただしその結衣の言葉を、全肯定することは出来なかった。

「そこまでは思ってねぇよ。さっきの話だけじゃ、アイツが猫缶の犯人かどうかなんて、見当がつかんってのも本心や」

「じゃあどうして鼻の頭こすったりしたの？」

「さあ？　ただ鼻が痒《かゆ》かったんじゃねぇの？」

「今度は眉毛が寄ったけど？」

「よう見とるなぁ、お前」

茶化すように亘は言ったが、しかし結衣は立ち止まったまま、じっと亘を見詰めるばかりだった。おそらく彼の言い逃れを、見逃すつもりがないのだろう。だから亘は仕方なく、ちょっとした覚悟を決めたのだった。隠していても仕方ないという思いもあるにはあった。何せ結衣だって、きっと同じようなことを思っているはずなのだ。

「……確かに、でも、あの叔母さんの話を聞いて、思うところはあるにはあったよ」

その言葉に、結衣の目にわずかばかり力がこもる。いや、こもったように、亘には見える。それで亘は小さく息をついたのち、ほとんどひと息で言ってやった。

「——生い立ちが少し、クロエに似とるなって……」

気付くと太陽は、もう傾きかけていた。鈴井遥太の家に、少し長居し過ぎたのかもしれない。結衣は弱い陽射《ひざ》しを受けながら、故障したロボットのように、ガクンと小さく頷いてみせる。

「私も、同じこと思った」

抑揚《よくよう》のない声で結衣は言った。

「だから、鈴井遥太が犯人かもしれんって思った。クロエと同じように、あの子が……」

しかし亘は、結衣の言葉をやや強めに遮った。

「おいおい、ちょっと待てや」何せ結衣の発言は、発想の飛躍が過ぎているように感じられたからだ。「それとこれとは話が別やろ？　生い立ちが似とるだけでそんなん決めつけられたら、鈴井遥太だってやっとれんで？」

するとと結衣はわずかに目を見開き、少しハッとした様子で口をつぐんだ。そしてそのまま、わずかに顔を伏せてしまった。発想も言葉も過ぎたと、彼女自身思ったのかもしれない。

俯《うつむ》いたまま彼女は、しばらくして「そやな」と呟くように口にした。「ごめん。言い過ぎやった」その姿はまるで叱《しか》られた小学生のようで、彼女は昔もよくこんなふうにしていたなと、亘はぼんやり思い出す。

結衣はかつてこんなふうに、よく俯いていたものだった。まだ本当に幼かった頃のことだ。小学校の教室で、彼女は周りとペースが合わせられず、注意されたり怒られたり、時々仲間外れにされたりして、ひとりいつまでも床の木目を見詰めていることが多かった。

ふたりが再び話をはじめたのは、川沿いの道に出たあたりからだった。太陽はさらに傾いていて、夕暮れに近い光の色があたりを包みはじめていた。水面は太陽の光を含み、鱗《うろこ》のように輝いている。川べりや中州に茂ったススキは、淡いような白い陽射しの中、のどかに風に揺られわずかながらに音をたてる。

そこは小学校の通学路で、だからふたりにとっては馴染み深い道でもあった。それで話しはじめたというのもある。彼らは先ほどの気まずさを、なんとはなしに振り払うように思い出話に興じはじめた。

「覚えとる？　亘くん。昔あのへんから給食のパンよく投げたよな。鯉《こい》にエサやりたくって」「お前、全然届かんかったけどな」「亘くんたちはちゃんと届くのにな」「そんでお前、川べりまで行くってきかんくてよ」「でも近くでやったほうが楽しかったやろ？」「まあ、面白いっちゃ面白かったけど」

話せることは、いくらもあった。何せ結衣とは子供時代、何かとずっと一緒にいたのだ。

「そんなもんじゃなかったやろ？　亘くん餌やりに夢中になって溺《おぼ》れたことあったに」「お前、嫌なこと覚えとるな」「忘れるわけないよ。亘くんパン摑んだまま、たーすーけーてー、って流れていって」「俺はマジで、あの時死ぬかと思ったんやで？」「知っとるよ。亘くん、私が木の枝投げたら、殺す気か！　って叫んできたし」「そうやった！　お前、助けるつもりやったか知らんけど、でっけー棒っ切れ投げつけてきてよ」「それはごめんて。でも私は助けるつもりやったんやで？」「どこがよ？　あん時、俺マジでヤバかったんやぞ？　クロエがおらんかったら――」

亘が言うと、結衣はわずかばかり口角をあげ、「……うん。そうやよな」と頷く。「確かにクロエがおらんかったら、マズかったよな」

結衣とは、本当にいくらでも話が出来た。何せ楽しい思い出がたくさんあったのだ。学校からの帰り道や、本当は禁止されていた寄り道。鯉に餌をやったり、野良猫を追いかけたり、他所《よそ》の家の飼い犬にこっそりお手を仕込んだり。ランドセルを玄関に投げ置いて、山に集まって遊ぶことも多かった。木に登ったり、崖《がけ》でターザンごっこをしたり、自生しているアケビやビワをとって食べたり、花の蜜《みつ》を一緒に吸ったり。夕陽《ゆうひ》が沈んでいくのを、惜しむように眺めたこともあった。教室では笑えなくても、そこではいくらでも笑えていた。結衣は無表情なままだったが、俯いて黙り込むようなことはなかった。亘たちのくだらない話を、コクコク頷きながら聞いていることも多かったはずだ。それは、幸せな記憶と呼んで、差し支えないもののようにも思える。

それでも亘が中学高校時代、彼女と長らく口を利いていないままでいたのは、話をすればこうやって、クロエの名前が出てくるとわかっていたからだ。

川の水面が、太陽の陽射しを反射させキラキラと光ってみせる。結衣はその水面に顔を向けながら、どこか眩しそうに眼《め》を細くする。

「……私な、亘くん」

彼女が何を口にするのか、亘にはなんとなく想像がついてしまう。

「どうしてあの時、クロエのこと置いて逃げたんやろうって、今でもよく思うの」

亘も同じことを思っているから、わかってしまう。

「──あの時逃げんかったら、何か変わっとったかなって、今でも考えてしまうんや」

亘の携帯に着信があったのは、結衣と別れてすぐのことだった。

薄暗くなった夜の道を、自転車にまたがり進みはじめて間もなくポケットの携帯が震えだし、亘は自転車を停めて携帯を確認した。するとそこには「神宗吾」の名前が表示されており、だから亘は躊躇《ちゅうちょ》なく携帯をポケットに仕舞った。早い話が、無視を決め込もうと試みたのだ。

しかしそれから数分間、携帯は震えたり止まったりをしつこく繰り返し続け、それで亘は信号待ちのタイミングで、渋々また携帯をポケットから取り出した。すると今度は、八件の着信と八件の留守番電話の表示がされており、だから亘は息をついて神へと折り返しの電話を入れたのだった。何せ着信はまだいいとして、これ以上留守電を入れられるのはたまらない。どう考えても消去が面倒だ。

神はもちろんと言うべきか、すぐに電話に出てみせた。「はいはいはいはい！　こちら、ほたる食堂、神宗吾！」しかもご陽気な大声ときた。おかげで亘は携帯を耳から離し、チッと舌打ちをしてしまう。ったく、このオッサンは――。

だが神は、亘のそんなイラ立ちになど気付く様子もなく、嬉々として言葉を続けてきた。

「どうだった？　亘くん。鈴井遥太んちへの家庭訪問！　何か手掛かりになりそうなことはあった？」明るい神の声に、亘のイラ立ちはさらに募る。「あれっ？　もしもーしっ？

亘くーんっ？　聞こえてるーっ？」

携帯を手にした腕を伸ばしてもなお、神の声は十分過ぎるほどに聞こえてきた。それで亘も、つい声を荒らげて言ってしまった。「聞こえとるわっ！　つーか、声でか過ぎやっ！　耳痛くなるやろっ！」

受けて神は、「ごめんごめーん」と明るく応え、「で、どうだったのよ？　炊飯器王子の自宅訪問」と興味津々といった様子で訊いてきた。「なんかわかった？　家の人と、多少なり話は出来たんだろ？」どうも様子が前のめりだ。

それで亘は、若干の違和感を覚えてしまったのだった。つーか、なんでコイツ、こんなに鈴井のこと聞きたがるんよ？　それでそのまま言ってしまった。「アンタ、鈴井遥太にそんなに興味があんのかよ？」

すると神は一瞬の間ののち、「へっ？」とやや間の抜けた声をあげてみせた。「俺が気にしてるのは、どっちかっつったら君らだけど？」その返答に、思わず亘も「へっ？」とやはり間の抜けたような声で返してしまう。「なんで、俺らを？」神が思いがけないことを告げてきたのはその段だ。

「そりゃ、まあ……。俺、ちょっと気軽に君らのことけしかけちゃったじゃない？　だから、実は心配してたんだよ。下手したら教育実習の単位がヤバくなるって、君も言ってたしさ。無事に家庭訪問すませられたのかなーって」

どこか神妙な様子で告げてくる神に、だから亘は「ああ」と返す。なるほどそれで、こんなふうに連絡を寄こしたのか、と腑に落ちた部分もあるにはあった。

それで一応、報告してやったのだった。「そういうことなら、まあ、ご心配なく」もしかしたら彼は彼なりに、今日一日気を揉《も》んでいたのかもしれない。「家族の人とは、わりと穏便に話が出来ましたから」

亘のそんな返答に、神は「そう」と比較的明るい声で応える。「そりゃよかった。若人の将来をぶち壊しにしなくてすんで、オジサンとりあえず一安心したよ」ただし、彼の追及は、どういうわけかまだ続いたのだが——。

「——それで、どうだった？　鈴井遥太の家族の話のほうは。なんか、気になることとか言ってなかったか？」

神も神なりに、猫缶の犯人が気になっているのだろうか？　そんなことを思いつつ、亘は言葉少なに返す。「いや、それは別に」何せ猫缶の犯人に繋がる情報など、まりんからは訊き出せなかったからだ。「とりたてて、気になるような話はなかったですけど」

無論、遥太の生い立ちに思うところは多々あった。しかしそれはまた、別の話だという思いが強かった。さらに言ってしまえば、神に明かしてしまうような内容ではないという判断もあった。あれはどちらかといえば、結衣と自分のふたりの中に、留めておくべき事柄のはずだ。「もちろん、絶対犯人じゃないとは言い切れないですけど。でも、疑わしいようなところも、別になかった感じですかね」

亘がそう曖昧に告げると、神は、「う〜ん？」とうなり声をあげ、「ふ〜ん？」と今度は納得がいかないような声を漏らした。そしてなおも、食いさがってみせたのである。

「ホントに？　何もなかった？　ちょっとヘンだな〜って程度の話でもいいんだぜ？　例えば鈴井遥太が、他人の作った料理を食いたがらないとか、そういうのは吐いちまうとか、そういうエピソード的なものでも……」

それで亘も、さすがに訊き返してしまった。「は？　なんすか？　それ」何せ神が繰り出したエピソードが、具体的、かつ若干突飛《とっぴ》だったからだ。「他人の作った料理を吐くって？　神さんこそ、誰かに何か聞いたんですか？」

すると神は、「ふぇっ？」と少しうわずったような声をあげ、「いや、だから、単なるたとえ話だけどね？」などと取り繕《とつくろ》うような回答をしてみせた。「ままま、ないならないで、いいんだけどさ。ちょーっと、気になったっていうか？」どうも様子がおかしい。あからさまに、何かを誤魔化しているようでもある。

しかし、よくよく考えてみれば、彼はもとよりおかしな男。だから亘は、まあ気にするほどでもないか、と思うに至り、とりあえず答えてやった。

「そういう話は、特にありませんでしたよ。わかったことは、鈴井遥太がけっこう苦労人だったってことくらいで。それ以外は本当に、取り立ててこれといった話はなかったですって」

すると電話の向こうの神は、「へ〜」と、やはり釈然としない様子の声を漏らした。「そっか。なかったんだ……」おかげで亘は、だったら逆に、そんなおかしなエピソードがあると思ってたんですか？　と問いただしたくなったほどだ。

しかし神は、亘がそんな言葉を述べるより早く、「ま、いっか！」などと自分で勝手に気持ちを切り替えたらしく、明るい声で言ってきた。「じゃあ、アレだ！　しばらくは、鈴井遥太の様子見ってトコだな！」

そんな神の言葉に、亘は思わず眉をひそめてしまう。「え？　それ、どういう意味ですか？」受けて神は、嬉々として明るく返してみせた。

「だーかーらー、様子見！　炊飯器王子のところには、本日しゃもじが渡ったわけだろ？　ってことは向こうだって、今後なんらかのアクションを仕掛けてくるかもしれないじゃん？」

ただし亘は、その回答の意味をにわかには理解出来なかった。それで首をひねり考えたのだ。しゃもじでアクション？　何言っとるんよ？　このオッサン。しかし続いた神の説明で、ハッと息をのむに至った。

「なんせ身に覚えのないしゃもじが、わざわざ家に届けられたんだ。普通だったらそれなりに、不審を抱くはずだよ。とはいえやましいところがなければ、そのまま受け流すかもしれないけど。でも、何か後ろめたい部分があれば、彼は必ずなんらかの手を打ってくるはずだ」

亘が再び声を荒らげたのはその段だ。

「――アンタッ!?　まさかそれで結衣にしゃもじをっ!?」

すると神宗吾は、「ピンポーン！」と楽しげな声をあげてみせた。「しゃもじはリトマス試験紙なんだよ、亘くん。鈴井遥太が沈黙を守るか、それとも攻撃をしかけてくるか、乞《こ》うご期待！」

そこで亘は生まれて初めて「テメェ、覚えとれよっ！」という捨て台詞《ぜりふ》を吐き、急ぎ電話を切ったのだった。そしてすぐに、結衣に電話をかけた。

「もしもしっ⁉　結衣かっ⁉」

ただし、彼女にすべてを説明するのは面倒だったので、「今日はとにかく戸締まりをしっかりと！」「あと夜道は絶対ほっつき歩くな！」「自転車ならいいとかでもねぇでな！」「夜間外出禁止！　わかったな！」ときつく言い置き電話を切った。そしてそののち、とっぷり日の暮れた道を急ぎ帰ったのだ。

怒りにまかせてペダルを漕《こ》いだせいか、自転車は猛スピードで進んでいった。ライトの明かりは、夜道を切り裂いていくかのようだった。しかも漕げば漕ぐほどに、さらなる怒りが沸々と湧《わ》いては募っていく。

なんなんよっ？　あのオッサン！　何が、君らが心配でー、やっつーの！　全然、こっちの心配なんかしとらんやないかっ！　もし鈴井遥太が犯人で、マジで何か仕掛けてきたら、どうしてくれるつもりなんよっ⁉　相手はあの変人炊飯器やぞっ⁉　何をどうやって仕掛けてくるか、皆目見当もつかんやないかっ！

そうして気付くと、明日からの教育実習後半戦について思いを馳《は》せてしまっていた。つーか、まだ実習やって半分も残っとるのに！　アイツが犯人やったら、校内で何してくるかわかったもんじゃねぇし！　しかも変人のクセに美形やで、絶対向こうのほうが味方多いし！　こっちの味方は、あの結衣だけやし――。もう、完全なる多勢に無勢やないけ！あー、もう！　あと一週間、どうしてくれるんよっ？

しかし亘のそんな懸念は、意外な形で裏切られることとなる。つまり彼が気にするべきは、先の一週間ではなかったということだ。

家に着いた亘は、玄関のドアに鍵がかかっていないことにげんなりした。クソド田舎のこの町では、家の鍵をかけるという文化がまだ十分に根付いていない。それで小さく息をつきつつ、ったく、不用心な、と眉根を寄せたのだ。つーか、鈴井の件もあるし、しばらくは鍵ちゃんとかけるように言っとかんとな。

そうして自らはキチンと玄関に鍵をかけ、そのまま靴を脱ごうとした。

「……ん？」

三和土に見知らぬスニーカーがあるのに気付いたのはその時だ。黒いコンバースのハイカット。サイズからして、おそらく男物と思われる。だから亘は、早々に嫌な予感を抱いた。え？　客？　こんな時間に？

だがその段階では、まさかな、という思いのほうがまだ強かった。まさか、今日の今日でうちに乗り込んでくるなんて、そんな早業はさすがにあの炊飯器もしてみせんやろ？そんなふうにやや高を括っていたとも言える。アイツんちからうちまで、そこそこ距離もあるはずやし。そもそもアイツ、俺んちなんか知らんはずなんやでー―。

ただしそう冷静さを保ちつつも、ただいまという言葉は発さずにおいた。何せ最悪の場合、鈴井遥太が家の中で、家族を人質に立てこもっている可能性だってある。無論、そう考えた瞬間、いやいや考え過ぎやろ、俺、という自嘲《じちょう》の言葉も過ったが、しかし念には念を入れてということもある。それで亘はそろそろと、息を殺し廊下を進んでいったのだった。

廊下のすぐ先には客間があって、さらにその先に居間がある。だから亘が居間の明かりを確認したのは、客間の前を通りかかったあたりだ。居間のドアからは、わずかばかり明かりが漏れていて、人の楽しげな話し声も、若干ではあるが聞こえてきた。「……もう！」「……そやで……」それはごく日常的な、久住家の夕食時の音声だった。久住家というのは基本的に、家族が多いこともありいつも賑《にぎ》やかなのだ。

「……やろ〜？」「え〜、そうなんや〜？」聞こえてくるのは双子の声がメインで、だから亘は、ふと別の可能性に思い当たった。あれ？　もしかして、双子の友だちが来とるとか？　何せ彼女らは、普段から確かにやかましくはあるが、それよりも少しはしゃいだ様子だったのだ。「ちょっと〜、やめてよ〜」「そうや〜。うちらいっつもこんな感じやよな〜？」「な〜？」やめてよ〜、と言いながら、声が明らかにキャピキャピしている。まさか、双子の彼氏？　いやいや、アイツらに彼氏ってなぁ？

すると続いて母の声が聞こえてきた。「あっら、まあ、おいしーい！」こちらもやけにはじけた声色だ。「なんや、ほっぺた落ちそうやわー」たとえが昭和過ぎるが、だいぶご機嫌な様子がうかがい知れる。

しかもあろうことか、祖母まで何やら言いだした。「まあまあ、それならお祖母ちゃんもいただこうかしらー？」普段物静かな祖母が、家族の会話に加わるなどまずないことで、だから亘はにわかに眉根を寄せてしまう。どうした？　ばあちゃん。「まーあ、本当に極楽浄土の味やねぇ」ばあちゃんが極楽浄土の味とか言いだしたら、マジで縁起でもねぇ感じしかせんのやけど——。

しかし居間の雰囲気は、悪くはなさそうだった。少なくとも、彼らが人質になっている様子はない。だから亘は若干の違和感を覚えつつも、居間のドアを開けてみたのだ。

「……ただいま」

そしてそのまま、フリーズしてしまった。

「——あ……？」

何せそこには、いつもの久住家の面々とともに、ひとり異彩を放つ美貌の持ち主、炊飯器王子が、客用のご飯茶碗《はんぢゃわん》を片手に食卓を囲んでいたのである。

「あ、お帰りー、お兄ちゃん」「今日も遅かったねー」「もしやデート？」「アンタ連絡つかんかったで、ご飯先にいただいとるでな。早く手ぇ洗っておいで」屈託なく言ってくる双子と母に、しかし亘はロクに返事も出来ずその場に立ち尽くす。

すると鈴井炊飯器は、美しい笑顔を浮かべ亘に向かい告げてきた。

「あ、久住先生。どうもお邪魔してまーす」

悪びれた様子もない、輝くような笑顔だった。だから亘は引きつり笑いで、どうにか返してみせた。

「いえいえー。どうぞ、ごゆっくりー」

そうしてすぐに踵《きびす》を返し、洗面所へと急ぎ直行した。手を洗ってこいと母に言われたのは、まさに渡りに船だったといえよう。でなければ亘はあの場で、まだ立ち尽くしていたはずだ。つまりそれほどまでに、彼は動揺しきっていた。ヤベェ！　ヤベェヤベェヤベェ！　アイツ、もう来やがった！

頭の中ではそんな叫びが、溢れて勢い渦を巻いているようだった。ヤベェヤベェヤベェ！　マジでヤベェって！　こんな早くうちに来るなんて！　リトマス試験紙！　完全に色が変わっとるやないけ！

かくして洗面所にたどり着いた亘は、混乱しきっている気持ちを落ち着かせるため、手だけではなく盛大に顔を洗いはじめた。どうする？　俺。つーか、アイツがどうするつもりや？　うちに来て、家族と一緒に夕飯って？　まさか油断させといて、あのまま家族を人質にとる気とか？　いや、でも、じいちゃん合気道《あいきどう》の有段者やし、簡単に組み敷かれるわけは……。

そうして顔をジャブジャブやること数十秒。田舎ならではの冷たい水道水のおかげか、実際問題として頭や顔が冷たくなり、沸騰しかけていた頭の中身のほうも、徐々に落ち着きを取り戻していった。

いやいやいやいや、落ち着こう、俺。仮にアイツが猫缶の犯人やとして、それで自分のことを嗅《か》ぎ回っとった俺を不審に思って、うちまで来て脅しをかけようとしとるんやとしてもや。別にそこまで、ヤベェことするはずはないよな？　相手は別に、人殺しでも猫殺しでもねぇ、ただの猫缶の容疑者なんやし。

そんなことを思いながら顔をあげると、洗面台の鏡の中に佇《たたず》む鈴井遥太の姿が見えた。

「――！」

息をのみ、亘は後ろを振り返る。顔や髪から滴《したた》った水が、床に飛び散るがそんなことは気にしていられなかった。何しろ彼は、鈴井遥太に背後を取られてしまっていたのだ。その距離、約一メートル。

「……ど、どうかした？」

息をのみつつ亘が言うと、鈴井遥太は真顔のまま、ごく淡々と告げてきた。

「叔母から聞きました。久住先生が、俺のこと心配して、うちまで訪ねてきたって。色々と進路のこととか、叔母に教えてくださったみたいで感謝してます。今日はそのお礼に参りました」

そんな遥太の説明に、亘は作り笑いで言って返す。「そんな、お礼なんて別に……」返しながら、内心激しく動揺する。お礼参りって、違う意味のじゃなくて？　ただしそう動揺しながらも、どうにかこの場を取り繕おうと試みる。

「教育実習生なのに、余計なことかなーとは思ったんやけどな？　けど鈴井、東京からの転校生ってことやったで、俺も今東京在住やし、なんか力になれることがあったらなーなんて、思ったりしたりなんかして？」

もちろん真っ赤な嘘だったが、しかし亘にとっては精一杯の言い訳だった。「ちなみに鈴井は、東京のどこやったんや？　俺は、国立《くにたち》のほうなんやけど。そやで都心のほうは、いまだにあんまり詳しくないんやけどな？」

そんな当たり障《さわ》りのないような会話で、鈴井遥太の動向を見守った。「よかったら、メシ食いながら話でもせんか？　うちのオヤジも、単身赴任で東京に行っとったことあるはずやし——」

しかし鈴井遥太のほうは、完全に当たって障ってくる構えのようだった。何せ彼は居間へと戻ろうとした亘を前に、スッとその右手をあげ亘の行く手を阻んでみせたのだ。

「——ん、へっ……？」

亘の口から、自分でもどうかと思う素っ頓狂な声が漏れる。しかし、それも致し方ないことと言えた。何しろ遥太のあげた右手には、木製のしゃもじが握られていたのだ。ただしそれは彼が炊飯器をぶら下げながら、常備しているしゃもじではなかった。まず間違いなく、先ほど結衣がまりんに手渡した木製しゃもじ。

「あ、の……。こ、れ……？」

困惑混じりで亘が言うと、遥太は特に表情を変えることなく、しゃもじで亘の頬をペタペタと叩いてきた。

「ご存じありません？　しゃもじです。先生が、俺の忘れものだって言って、わざわざうちに届けてくれた――」

その口ぶりから察して、鈴井遥太の不信感が見てとれた。だから亘は意を決して、堰《せき》を切ったように告白してしまったのである。

「すまん！　そうや！　確かに届けた！　実は先生、一昨日猫缶を見つけてまってな。カレー出しとった屋台に、誰かが忘れていった猫缶やったんやけど……。あの日、お前も屋台でカレー食ったやろ？　そやで、なんか心あたりないかなーと、思って訊きに行ったんやわ。つまりしゃもじは、なんていうかその口実で……」

何せもう、隠し立てをしても仕方がないと思ったのだ。たとえ彼が猫缶の犯人だろうと、あるいはそうでなかろうと、亘たちは賽《さい》を投げてしまっている。だとしたら、やはり神の言う通り、遥太がどういう行動に出るのか見守るしかない。

「鈴井、なんか知らんか？　お前の前後に店に来た誰かが、猫缶っぽいもの持っとったとか、そういうことはなかったかな？」

ただし、彼を疑っていることはさすがに伏せておいた。こういう事案は、追跡の手が自分の傍まで伸びていると知ったところで、犯行をやめるケースもままある。そうなれば、それはそれでいいと亘は思っていた。いや、むしろそうであれと願ってすらいた。

「カレー屋台にあったのは、白くて丸い猫缶やったんやけどな？」

しかし鈴井遥太は、しゃもじで亘の顎を持ち上げるようにして、ひどく低い声で告げてきたのだった。

「――嘘つくなよ」

だから亘は、顔を引きつらせつつ、「何が？」と問うたのだ。「先生は、別に嘘なんて……」

すると鈴井遥太は小さく息をつき、囁くような声で言葉を継いだ。

「アンタは俺を調べに来たんだ。猫缶の犯人かもしれないと、疑ってわざわざうちまで来た。そして叔母から、俺の話をあれこれ聞いて思ったはずだ。ああ、コイツはあやしいなって」

間近で見る鈴井遥太は、やはりどうしようもない美形だった。肌が抜けるように白く、まるで人形のようにすら見える。そう、まるで人ではないようだ。

「隠したって無駄だよ？　アンタは思ったはずなんだ。もしかしたらコイツは、クロエと同じことをしてるのかもしれないって――」

平坦な声で遥太は言った。その様子は、やはり人ではないかのようで、亘は頭がくらくらしてくる。なんで？　どうしてコイツ？　くらくらする頭で、そう思ってしまう。どうして、クロエのことを……？　それで思わず、口をついて言葉が出てきた。

「お前、クロエの、なんなんや？」

すると遥太は、しゃもじを持つ手にグッと力を込め、亘の喉にそれを突きたてるようにして告げてきた。

「別に。ただちょっと知ってるだけだよ。クロエ。黒江零士《くろえれいじ》。アンタと室中先生の、子供時代の友だち。ずいぶん仲がよかったんだよね？　一緒に山や川で遊んだりもしてた。楽しかったよね？　今も、幸せな記憶として残ってる。アンタの中にも、室中先生の中にも……」

人ではないような、冷めた表情で彼は言う。

「それなのにアンタたちは、クロエを裏切ったんだ」

違う、と亘は叫びそうになったが、しかしすぐにその言葉は、胸の内にずるりとのみ込まれた。裏切った。そう言われてしまえば、確かにそうかもしれないという思いも、わずかながらにあったからだ。それで言葉を詰まらせていると、遥太は顔をわずかに歪め、フンと鼻を鳴らすように笑って続けた。

「……アンタたちが手を放さなければ、クロエの人生はもう少し違うものになっていたかもしれないのに」

違うと叫びたかったのに、そう出来なかったのは、やはり亘の胸の奥底に、拭いようのない後悔が、ずっと貼りついていたからだろう。

三品目

豚汁と焼きおにぎり

小学校の教室は、小さな箱のようだったと亘は思う。四角くて騒がしい、灰色の箱。幼かった亘は、その中で大抵じっと息を殺していた。言葉は無力だと、その頃にはもう理解していたように思う。必死で何かを言ってみたところで、彼らは彼らの受け取りたいようにしか、亘の言葉を受け取らない。

「どうしてレンガを窓から投げたりしたんや?」という問いかけに、「レンガは危ないで、捨てんといかんと思って」と答えた彼の言葉を、最後まで信じなかった大人たちと同じだ。クラスメイトたちは大人の言葉を口移しされたかのように、彼らと同じ言葉たちをそれとなく亘に聞かせるのだった。「本当は殺そうとしたんやって」「怒られたもんでムシャクシャして」「反省もせんのやよ」「こわいよな」「久住の人殺しモドキー」

あの箱の中で、結衣は唯一屈託なく亘に声をかけてくれた。それなのに亘は、大抵彼女に素《そ》っ気《け》なく当たっていた。結衣もクラスの女子たちから、はじかれてしまっていた変わり者だったから、はじかれた者同士でつるんでみても、余計にからかわれるのがオチだろうと、なんとはなしに気付いていたというのもある。あるいは彼女に話しかけられて、喜ぶ自分を恥じていた部分もあった。

その程度の狡《ずる》さと傲慢《ごうまん》さは、当時から持ち合わせていたような気がする。自分は結衣とは、違う人間だと思っていた。俺は運悪く、あの事件を起こしてしまっただけ。それで運悪く、はじかれてしまっているだけ。放課後、彼女と過ごした時間は確かに楽しかったはずなのに、その部分は譲らずに、自分の中で守り続けていた。本当に傲慢で、卑怯《ひきょう》なヤツだったよなと自分でも思う。いや、過去形にする必要はないのかもしれない。今でも、俺は——。

クロエとは、同じクラスになったことがなかった。クロエも問題児として悪名高かったから、久住の悪童と同じクラスにしてはいけないと、おそらく学校側もそれ相応の配慮をしていたのだろう。

それでも亘とクロエは、気付けば放課後、よくつるむようになっていった。通学路が同じ方向だったせいもある。友だちがいなかった彼らは、集団で下校していく生徒たちを横目に、いつもポツンとひとりランドセルを揺らしていた。それでお互い、お互いを認識していったような気もする。

ふたりはいつも仏頂面《ぶっちょうづら》だった。おどけたような声をあげ、はしゃぐ同級生たちを、ごく冷ややかな目で見詰めてもいた。ただし内心では、やはり羨ましかったのだろうとも思う。だから見下したような目つきでもって、いつも彼らを見ていたのだ。羨んでいると見透かされるのが嫌で、頑《かたく》ななまでにそうしていた。

だからクロエと目が合うと、亘は決まって苦笑いを浮かべたものだった。コイツら、よくこんな子供っぽいことしとるよな？　そんな顔で、肩をすくめてみせることもあった。

するとクロエも、大抵笑って返してくれた。はしゃぐ同級生たちにチラリと目をやり、やれやれ、という仕草《しぐさ》をしてみせたこともあった。そしてそんなことを繰り返すうち、亘とクロエは距離を詰めていったのだった。弱い磁石が引き合うように、じりじりゆっくりと、それでも引き合うことそれ自体はとまらなかった。

そこにはおそらく、他の子供たちがまだ知らない、疎外感や諦念《ていねん》というものがあったのだろうと思う。そしてそんな感覚を、亘はクロエとなら共有することが出来ていた。奇妙な連帯感とでも言うべきか、あるいは、いびつな仲間意識だったのか――。

結衣がその間に交ざってきたのは、やはり彼女のマイペースさゆえだ。「私も一緒に帰る！」「私も一緒に行く！」そう言って彼女は、有無を言わさず亘たちのあとをついて来た。「女はついてくんなや」亘がそう言っても無駄だった。彼女は、「行くもん」と宣言し、磁石にくっ付いてくる砂鉄《さてつ》のように、亘たちのそばを離れようとしなかった。

亘と違い、クロエが結衣に優しかったというのも、結衣のマイペースに拍車をかける一因だった。「いいなけ、一緒におっても」クロエはそんなことを言って、亘を制することもあったほどだ。「別に、減るもんじゃねぇし」子供ながらに、大人な対応だったよなと亘は思う。弱冠六、七歳にして、彼はすでにどこか大人びた気配を纏っていた。

山遊びの際などには、ついてこられない結衣を待ってやったり、木登りが出来ない結衣の代わりに、アケビやビワをもいで渡してやったりもしていた。道で転んで膝小僧を盛大に擦りむいた結衣を、おぶって家まで連れていってやったのもクロエだ。「妹のこと、ようおんぶしとるで慣れとるんや」クロエはそう笑っていたが、しかし亘は一度たりとも双子をおぶったことがなく、だから内心ひそかに驚いてもいた。慣れるほど、おぶるもんか？　妹なんて。

学校でのクロエは、突然クラスメイトを蹴り上げたり、粘土を投げつけたりするという、ひどい乱暴者で通っていたが、けれど亘たちの前では、そんな素振りは見せなかった。少なくとも亘たちの前では、普通に優しいヤツだった。亘は今でもそう思っている。クロエは優しかった。その過去や事実に、今もなんら変わりはない。

山の中に捨てられていたサビクロを、見つけたのもクロエだった。小学校三年生の頃のことだ。彼は小さな仔猫の鳴き声に耳聡《みみざと》く反応し、段ボール箱に入れられ、捨てられていたサビクロを、見つけて素早く救助しはじめたのだ。

その時の光景を、亘ははっきりと覚えている。段ボール箱は山の急斜面に落ちていた。おそらく歩道から投げ捨てられたのだろう。鬱蒼《うっそう》と茂った木々の間に、引っかかるようにして留まっていた。

声を聞きつけたクロエは、亘が「危ねぇぞ」と制止するのを無視してするする斜面を降りていった。そして泥まみれになりながら、段ボールを持ち帰った。

段ボールにはガムテープが貼られていて、サビクロは外に出られない格好になっていた。どのくらいそこに捨てられていたのかは定かではないが、二匹とも目やにがひどく、クロのほうは眼球が膨《ふく》れ上がっていて、おそらく失明寸前だった。口の中もボロボロで、小さな鳴き声はほとんど断末魔《だんまつま》の様相だった。クロエに抱えられていた彼らに顔を近づけると、ひどいにおいが鼻をつき驚いた。彼らのお尻のあたりは、自身の糞尿《ふんにょう》でひどく汚れてしまっていたのだ。

それでもクロエは、彼らを抱いたままだった。抱いたまま、どこか悔《くや》しそうに、彼らの頭を撫でてやっていた。

「……クソが」

小柄な彼の体からは、静かな怒りが立ちのぼっているように見えた。

「なんで、こんな捨て方するんよ……?」

それは正当な怒りだったと、亘は今でも思っている。猫はあんなふうに捨てるべきではない。捨てるにしても、もっとマシなやり方があるはずだ。クロエの言葉は、至極もっともなものだった。段ボールの中に猫を閉じ込めて捨てるなんて、どう考えてもまともな人間のやることではない。

そうしてサビクロを保護した亘たちは、クロエの家へと急ぎ向かった。

クロエの家は、さびれた繁華街にある中華飯店の二階にあった。店はクロエの親がやっていたのではなく、クロエの家とは無関係の老夫婦が営んでいた。つまり二階は貸し部屋で、クロエはその一室に、親とふたりの妹たちと一緒に暮らしていた。

部屋が狭いからという理由で、クロエは亘たちを家の中に入れてくれたことはなかったが、けれど裏路地の軒先では、三人揃ってよく遊んだものだった。もともとクロエは、家の中から机や座布団を持ち出して、外で過ごしていることが多く、そこで時間を過ごす術に長《た》けてもいたのだ。中華飯店のお古の漫画を読んだり、机に引いた碁盤の目で五目並べに興じたり――。小さい頃から彼は、そんなふうにそこで過ごしていたらしい。

だからその日も亘たちは、迷うことなく中華飯店を目指したのだった。つまりは行き慣れた場所だったということだ。亘や結衣の家に向かうより、距離的に近かったというのもある。

段ボール箱を抱え、中華飯店の裏路地までたどり着いた亘たちは、そのままクロエの部屋に繋がる階段を駆け上がった。先頭はもちろんクロエで、彼は抱えた段ボール箱を器用に片足で支えながら、部屋のドアを開けてみせた。「まず、きれいに拭いてやって消毒してやって、餌もあげんとな」そんなふうに頼もしく言っていたクロエは、しかし三和土に置かれた黒い靴を見るなり、ピタリと動きを止めてしまった。

もちろん亘は異変を感じ、「クロエ?」と声をかけた。「どうしたんよ? はよせんと、猫の具合ひどくなるで?」

するとクロエは、「あ、ああ……」とどこかうわの空な返事をし、そのまましばし黙り込んでしまった。次に彼が口を開いたのは、亘が「クロエ?」ともう一度声をかけたタイミングで、彼は亘たちを振り返ると、「……ちょっと、待っとって?」と力ない声で言い置き、段ボールを抱えたままひとり家の中に入って行ってしまった。

取り残された亘と結衣は、わけがわからずその場で半ばポカンと立ち尽くしてしまった。「クロエ、どうしたんやろ?」そんな結衣の問いかけにも、亘はうまく答えられなかったように記憶している。

そしてそれから、どれほどの時間が経ったのか。当時の亘にはひどく長い時間のように感じられたが、もしかすると五分程度の時間だったかもしれない。部屋の中からひどく大きな物音が聞こえて、亘と結衣は顔を見合わせた。それで部屋に入ろうかどうか躊躇していると、大した前触れもなくドアがガチャリと音をたてて開いた。

「――!」

中からは、ずいぶんと背中の丸まった、顔色の悪い中年男が姿を現した。おそらく彼のほうも、亘たちがそこにいるとは思っていなかったのだろう。並んで立っている子供ふたりに気付くなり、少し驚いたような表情を浮かべてみせた。

しかし結衣が「あの、あの猫はっ?」と言いだした瞬間、彼も状況がのみ込めたらしく「ああ、零士の友だちか」とくぐもったような声で呟いた。その口ぶりからして、クロエの父親だろうと亘は当たりをつけたが、実際のところは今でもよくわからない。何せクロエの家族というのは、どうもいつも定まっている様子がなかったのだ。

男の白目は黄色く濁っていて、黒目のほうもどこか焦点が合っていないような、不思議な目をした男だった。

「……猫なら、ここだよ」

男はそう言い、段ボール箱を亘に渡してきた。

「うちじゃ、どうしようもないからさ。君らでどうにかしな？」

その息がひどく酒臭くて、亘は少し驚いた。「クロエは？」結衣がそう問うと、彼はぐるりと目玉を回し、「……零士なぁ」と、鼻をこすりながら応えた。「アイツなら、調子悪いって、中で寝てるよ」

さっきまで、元気やったのに？　亘はそう訊こうとしたが、しかし男はかすれたような咳払いをはじめ、「ああ、くっせぇ……」と顔をしかめた。そしてシッシと追い払うように亘たちに手を振り「早くソレ、持って帰んな」と告げてきたのだった。「じゃあね」そしてそのまま、ぬるりとドアを閉めてしまった。

あの時の亘は、色んなことに混乱していたように思う。どうして仔猫は捨てられていたのか？　どうしてあんなひどいやり方で、ソイツは猫を捨てたのか。そんなことを思ういっぽうで、クロエのことも当然気になっていた。あの男は誰だったのか？　クロエはどうして、部屋の中から戻ってこなかったのか？　あの物音はなんだったのか？　男の言葉を、俺は信じてよかったのか――？

次の日、クロエは顔にあざを作って学校へとやって来た。「階段から落ちました」そんな言葉を信じてしまう教師を、亘はなんとも言えない心持ちで、ぼんやり眺めていたような気がする。だからといって亘だって、怪我の理由を問いただすようなことは出来なかったのだが。

サビクロの無事を亘から聞いたクロエは、「ああ、そっか」とはじけるような笑顔をみせた。「よかった、助かったんやな」そしてあざが出来た顔に手をやり、「やっべ、笑うと痛ぇわ」とまた笑った。

アレルギーと、おそらく知恵熱の合わせ技で発熱し、学校を休んだ結衣については「そりゃ悪ぃことしたな」と心配そうな表情を浮かべていた。「あのまま、うちで見れりゃよかったのに。本当、ゴメンやな」

彼のほうがずっと心配なりをしていたが、それでもクロエはしきりに反省し続けた。

「……本当に、悪ぃことしてまった」

人生は五センチで変わる。亘は今でもそう思っている。だからこそ時おり、考え込んでしまう。人生なんて、たった五センチで変わるのに――。俺は五センチぶん、どこか間違えてしまったんじゃないのか？

クロエのことを思い出すたび、亘はそんなふうに思ってしまう。人の人生を変えられたかもしれないなんて、傲慢な思い上がりに過ぎないのに、どうしても、思ってしまう。

やっぱり俺は、間違えたんじゃないのか？

どこかで何かを、間違えてしまったんじゃないのか――？

月曜日の朝、実習生控え室である会議室で、結衣は亘と顔を合わせるなり言ってきた。

「どうしたの？　亘くん。すごいクマやで。なんや呪われたみたいな顔になっとる」

それで亘は察したのだった。結衣に言われるくらいなのだから、現状俺の顔の様子は、なかなかのひどさであるのだろう、と。

とはいえ、それも無理もない話だった。彼はゆうべ一睡もしないまま、本日の朝を迎えたのだ。しかしその事実を結衣に明かすのは危険と考え、「まー、ちょっとなー」と誤魔化した。「サビクロとシロの夜の運動会が、ゆうべはどうも熱戦でな」

結衣に事実を告げれば、彼女は間違いなく暴走する。それはやはり、避けねばならないだろうと亘は考えていた。結衣をこれ以上、猫缶事件に関わらせてはいけない。

昨日のことだ。久住家に突如現れた炊飯器王子、鈴井遥太は、しゃもじでもって亘に謎の脅しをかけてきた。

「俺には全部、お見通しなんだよ。久住センセ」

クロエについて語ってみせたのち、鈴井遥太はどこか不敵な笑みを浮かべ、そう告げてみせたのだ。「だからこれ以上、猫缶事件に首を突っ込むな。室中先生にも、よくよく言い聞かせといてよ。あの人、アンタより物わかりが悪そうだからさ」

ただし亘としては、猫缶云々《うんぬん》よりクロエについて言い当てられたことに動転し、遥太がしゃもじを手にしてた腕を摑み、勢い声を荒らげ問いただしてしまった。

「ちょっと待てよっ！　そんなことより、なんでお前、クロエのこと知っとるっ？」

すると遥太は一瞬何か考えた様子で、視線を右上に泳がせた。そしてすぐに涼しい顔で、「いわゆる、特殊能力ってヤツ？」などと答えてきたのである。「ま、信じる信じないは、アンタの勝手だけど。俺、ちょっとだけ人の過去や思念みたいなものが、読めちゃうタイプなんだよねぇ」

そんな遥太の回答を受け、だから亘は、つまり答える気がないんやな、と理解した。結衣に言われた嘘の見抜き方が、ここにきて役に立ったとも言えよう。右上に視線を向けるのは、嘘をついている証拠。それで亘はため息をつき、さらに遥太を詰問しようとしたのだ。「お前なぁ……」

しかし彼のそんな意気込みは、遥太によってあっさりぽっきり挫《くじ》かれた。

「──あっ、へっ？」

自分でもどうかと思う声を、亘は再び発してしまった。だがそれも仕方のないことだった。何せ遥太は、亘に摑まれたのとは逆の手、つまり左手を亘に向けて掲げていたのだ。そしてその手には、しゃもじではなくサバイバルナイフが握られていた。

「あ、が……？」

それで亘が絶句していると、遥太は満面の笑みを浮かべ、「実は、俺の利き手はこっちなんでしたー」と言ってのけた。そしてそのナイフの刃を、亘の頬にあてがうようにして、低く鋭く囁いてみせたのだ。

「ご存じの通り、俺には守るべきものがなくてね。だから、捨て身にもなれるんだよ。アンタとは、根本が違う。わかるかな？　久住センセ」

冷たい金属の感触を頬に感じながら、亘は息をのみ遥太を見詰めた。遥太も亘の目を見据えながら、悪い呪いでもかけるかのように淡々と言葉を続けた。

「こっちはアンタの家族構成も、家の場所も把握してる。行動を起こそうと思えば、今日みたいに簡単に、家の中にも潜り込めるんだ。だからアンタは、俺の言葉に従うべきなんだよ。猫缶からは、ここで手を引け」

落ち着き払ったその口ぶりには、嘘などないように感じられた。

「――これは忠告じゃなくて、命令。わかったな?」

ひどく冷めた遥太の声を前に、わかりませんと言いだせるほど、亘も豪胆ではなかった。むしろ赤べこのごとくうんうん頷き、遥太を満足させることに腐心してしまったほどだ。「わわわ、わかりました！　引きます引きます、全然引きます！」

遥太が久住家を去ったのは、それから一時間以上経過したのちのことだ。彼は久住家の人々とごく楽しげに夕食をとり、後片付けも手伝い、挙げ句は祖父母の肩もみなんかまでして、最終的には家族らに惜しまれる形で、久住の家をあとにする運びとなった。

「今日は超楽しかったでーす」「また来てくださいね！」「本当に、遠慮せんでまた来てね」「気をつけて帰るんやで?」そう彼を見送る双子や母、並びに祖母、そして父、祖父を前に、亘は言葉を失《な》くすしかなかった。おいおいおい、なんで君ら家族一丸となって、あっさりアイツに懐柔されとるんよ?　そうして実感もしたのだった。なるほどこれは確かに、炊飯器がうちに入り込むなんて、全方位的にお茶の子さいさいやな……。

そうしてその後、亘はひとり自室に戻り、小学校が同じだった元同級生たちに、片《かた》っ端《ぱし》から連絡を入れていったのだ。

なぜ鈴井遥太がクロエのことを知っているのか、亘なりに調べようと思いたったというのもある。あんなトンチンカンな炊飯器に、クロエのことを言い当てられて、動揺しっぱなしだった自分にも辟易《へきえき》していたし、クロエのことを遥太に吹き込んだ人物に対しても、なんとも言えない不快感が募っていた。

無論、吹き込んだ人物に見当はつかなかったが、それでも地元の人間を当たっていけば、誰かしらにたどり着けるのではないかという予感もあった。何せこの町は狭い。人間関係もごく密で、至るところに蜘蛛《くも》の巣《す》のごとく、人間関係の糸が結ばれている。

それで亘は、とりあえず地元に残っている同級生を探そうと、ねちねち知人や友人にメールやLINEを送り続けたのである。

そうして気付けば、時計の針は明け方近くをさしていた。窓の外はまだ暗かったが、それでもあと数十分もすれば、空が白みはじめるだろうと亘は思った。実習の準備をまだしていないと気付いたのはその段で、だから亘は大慌てで、そこから指導案を作りはじめた。彼の徹夜には、そんな事情があったのである。

しかし結衣に、昨夜の一連の出来事を伝えるのはやはり憚《はばか》られた。何せ遥太は、「これ以上、猫缶事件に首を突っ込むな」と告げてきたのだ。結衣に先の事実を告げたら、彼女は間違いなく暴走列車と化してしまう。彼女にとっては、脅迫も忠告も命令も、単なる燃料投下に過ぎない。

だから顔色について結衣に言及された亘は、とりあえず全力で誤魔化す、という一手に出た。「あー、あと……。指導案書くのに、思いのほか時間がかかってな」しかも彼は意識して、わざと左上に視線を向け続けた。嘘を見破る方法は、嘘を見破られない方法にも活用出来ると思ったからだ。「そんなこんなで、ちょっと睡眠不足になって。顔色はそのせいやな、うん」

おかげで結衣は納得した様子で、「そうなんや」と素直に頷いてみせた。ただし、そこで亘が胸を撫で下ろすやいなや、すぐにまた別の疑問を投げかけてきた。

「あとそれとな？　ゆうべ亘くん変な電話してきたのはなんで？　戸締まりしろとか、外出するなとか。しかも亘くんすごく焦っとるみたいな声やったけど何かあったの？」結衣の、なぜ何どうしてのはじまりだった。対応を誤れば、彼女の質問は延々と続く。

それで亘は、努めて冷静に対処したのだった。眉は動かさず、鼻や口にも手はやらず、時おり左上をチラチラ見上げ、慌てた様子は一切見せず、ごく淡々と言葉を紡いでみせた。「ああ、ゆうべな。なんやちょっと嫌な予感がしてな。虫の知らせっていうか？　そうしたほうがいいっていう、第六感が働いた感じやな、うん」内容的にはだいぶあやしげになってしまったが、しかし嘘をついていない態度としては、まず間違いはないはずだった。

案の定結衣も、「そっか」といやに納得した様子で言ってきた。「亘くんって意外と勘が働くんやな」そうして彼女は、思いがけないことを告げてきたのである。

「正解やで、亘くん」

受けて亘は、「へっ？」と間の抜けた声を漏らしてしまう。「正解って？」すると結衣はしかつめらしく頷き、さらにコクコク首を動かしながら話をはじめたのだった。

「実は私、ゆうべあれからもう一回神さんのところに行こうと思っとったんやけど。亘くんから連絡もらったでずっと家におったんや。そしたらお父さんが部下の人たち連れてうちに帰ってきてな？　ゴルフの帰りみたいやったんやけど」

無論亘としては、なんの話だ？　と思わざるを得なかった。助役がゴルフ帰りで、部下と何を？　つーか、俺に関係ある話かよ？　と半ば首をひねった。しかし続いた発言で、そういうことかと合点がいった。

「どうも部下の人たちの間では、猫缶の犯人はあの人じゃないかっていう話が出とるらしいんや。それでその話を私こっそり聞くことが出来て……」

声を落として告げてくる結衣に、亘は一瞬焦りを覚える。何せその人物というのが、鈴井遥太その人ではないかと思えたのだ。もしそうなら、結衣は間違いなく全力で遥太を調べにかかる。そうなったら、亘の忠告や制止など絶対に役には立たない。つまりゆうべの遥太の忠告を、彼女は無視することになる。そうなったら、あの炊飯器は――。それで思わず息をのんでしまったのだが、しかし亘のその焦りは、単なる杞憂《きゆう》に終わってくれた。

「駅のロータリー裏に、光城館《こうじょうかん》っていう塾があるやろ？　そこの講師の人があやしいんやないかって職員さんの間では言われとるみたいなんや」

それで亘はホッと息をつきつつ、即座に一計を案じたのだった。これは、もしかするとチャンスかもしれない。すると結衣のほうも、まさに渡りに船といった向きの発言をしてきた。「そやで私、今日からその人のことちょっと調べようかと思っとるんや」

だから亘は、「そやな！」と力強く告げたのだった。「それなら俺も一緒に調べるわ。役所の人が言うんなら、きっとそいつが犯人に違いねぇで」そうして心の中で、ひそかにガッツポーズを決めていた。よし！　いいぞ！　これで結衣の暴走を攪乱《かくらん》できる！

亘の見立てでは、猫缶の犯人はあくまで鈴井遥太だった。何せあんな脅し方をしてきたのだ。彼が猫缶関係者であることは、まず間違いない。しかし現状、結衣は遥太以外の人物に、疑惑の矛先を変えようとしている。だから亘は、結衣をそちらにうまく誘導し続けようと思い立ったのだった。

「駅んとこの光城館やな。そこなら俺、中三の時通っとったで、塾周りとか内部のこと、なんとなくならわかるしよ」

そうすれば、結衣が鈴井遥太に疑いを向けることはなくなる。仮に何か異変を感じとっても、自分たちがこの町にいるのは高々あと一週間。うまく結衣を誘導し続ければ、真実にたどり着く前に、どうにかここを去れるはず。そうすれば、猫缶に関わるなという遥太の命令にも、一応従った形になるだろう。

まあ、犯人は捜し続けるわけやで、猫缶には関わるわけやけど。でも、鈴井が言っとったのは要するに、自分のことを調べるなってことやろ？　こっちが見当はずれの捜査をしとりゃ、アイツだって危害は加えてこんはずや。それが亘の、即席の画策案だった。

「早速、今日の放課後にでも行ってみるか？　もしかしたら、俺の知っとる先生もまだおるかもしれんし」

　そう切り出した亘に、結衣は若干不思議そうな顔をしてみせたが、しかしそれほど妙な提案だとも思わなかったらしく、すぐに小さく頷いてみせた。「うん。行こう」

　結衣の表情に曇りはなく、だから亘は内心安堵のため息をついていた。よかった。これでひとまず、結衣を炊飯器から遠ざけられる。

　しかし亘のその見通しは、少々読みが甘かった。


　塾講師の名は、矢島光《やじまひかる》といった。年齢は二十八歳。地元の人間ではなく、この町に越してきたのは去年の春先だったという。

　もともと岐阜市内の光城館で塾講師をしていた彼は、何事も経験だからと、緑の僻地《へきち》とも言えるこの町の光城館へと飛ばされてきた。もとい、異動と相成った。ちなみに「飛ばされて」という表現は、彼自身が発した言葉であるらしい。つまり矢島光にとって、この町への異動は、相当に不本意な処遇であったということだ。役所でも折にふれ、「なんでこんな田舎なんかに！」「山ばっかりで頭がヘンになりそうだ！」「だからこんな田舎に来るのは嫌だったんだ！」などと激しく愚痴《ぐち》ってもいたという。

　彼が役所に出向くようになったのは、昨年の秋口のこと。アパートの隣に住む老婦人が野良にエサをやっている、という内容で、役所の地域課に訴え出た。

「役所に来るだいぶ前から隣の人とは揉めとって、大家さんとも話し合いは重ねとったみたいなんやけど。もう我慢の限界やってことでな。地域課に来た時は鬼の形相やったって父の部下の人が言っとった」

結衣のそんな説明に、亘は「ふぅん」と小さく頷く。「野良猫のエサやりなぁ」よくあるご近所トラブルと言えばそれまでだが、しかしそんなよくある話から、重大事件というのは往々にして発生するものでもある。

「てことは、隣のバアさんはエサやりをやめんかったってことか？」

「ううん。やめたんやけどそれでも野良猫が時々出没することは変わらんくて。それで猫を見るたびにブチ切れて隣の人や大家さんに文句つけとったらしい」

それはまたなかなかのエキセントリック青年やな、と亘は思わず顔をしかめてしまったのだが、しかし世の中にはエキセントリックにならざるを得ないほど、猫が嫌いな人もいるのかもしれないと思い直し、気持ちを口にするのはやめておいた。

ちなみに久住家でも、サビクロの外出に関しては相当気を遣っている。ご近所さんにも、お礼と謝罪の言葉は欠かさない。「そのくらいのことをしとかんと、いずれまずいことが起こるかもしれんでなぁ」というのが母の弁で、家族も長年それに従っている形なのだ。

まあ、うちの辺りは一軒一軒が離れとるし、サビクロの縄張りもほとんど裏山やで、そう目くじら立てられたこともねぇけど。アパートやと、やっぱ目につくのかもなぁ。

そして矢島光も、猫の姿や所業などが、目について仕方がない性質だったのだろう。彼は役所にやって来るなり、地域課の課長に詰め寄って「この町は猫が多過ぎます！　ちゃんと駆除してください！　でなければ、うちの前に猫の泉がわいてしまう！」などとわめき散らしてみせたらしい。「とにかく俺は、猫が大嫌いなんです！　あんなぐにゃぐにゃした生きものは、生きものと認められない！」とはいえ、この町にはそれほど野良猫は多くもないので、彼の主張には少々の誇張が見られたのだが──。

彼の来訪は、ひどい頃は毎日のように続いたそうだ。どこそこで猫を見た。早く駆除しろ。またあの場所に猫がいた。早く駆除しろ。今度は仔猫を連れてたぞ。市の対策はどうなってるんだ？　課長と言わず、事務の女の子や清掃のおばさんにまで、彼は構わず言い連ねていたんだとか。

「ただちょうど地域課のほうにも、繁殖シーズンに仔猫が車に轢かれとったっていう報告が何件かあがってきて。そういうこともあるんなら何か対策に出たほうがいいんじゃないかって話になったんやって。もちろん矢島氏にもそのことは伝えて、そしたら矢島氏もやっと役所に顔出さんようになって、一時はこれでもう大丈夫やろうってみんな一安心したそうなんやけどな」

しかしそれでも、矢島光は再び行動に出はじめた。地域課に現れることはなくなったが、しかし週に一、二度の頻度で、電話を寄こすようになったというのだ。内容はもちろん、野良猫を見かけたという報告と、対応はどうなっているんだという叱責《しっせき》。

「まあその連絡のおかげでどこに野良猫がおるのかわかって、捕まえに行きやすいところもあるみたいなんやけど。でもとにかくすごく執拗《しつよう》やもんで地域課の女の人で矢島さんから電話がくるとお腹痛くなる人とかが出とったんやって」

そのため地域課でも、対策は行っている旨こんこんと説明していたそうだ。だがそれでも、彼の怒りはしずまらなかった。もしかしたら猫に怒るというより、猫を理由にしてただ怒っているような状態だったのかもしれない、と課長は遠い目をして語っていたという。

そうしてついにある時、矢島光は電話口で怒り狂ったように言い放ったのだ。「お前らに言っても埒《らち》が明かない！　お前らがやらないなら、俺がやってやる！　猫くらい、殺そうと思えば簡単に殺せるんだからな！」

もちろん課長は、必死に彼をなだめにかかった。「まあまあ落ち着いて」「野良猫を殺すのは犯罪ですよ?」「ええ、法律で禁止されとります」「本当です」「どうしてもそうなさりたい場合は、やはり捕獲して保健所に連れて行っていただくしか――」

すると矢島光は「わかったよ！　そういうことなら、犯罪にならないようにうまくやってやる！」と言い置き、一方的に電話を切ってしまった。

そのため地域課では、彼が何かしでかすのではないかと、しばらくの間戦々恐々としていたのだそうだ。しかしそれ以降、市内で野良猫が殺されていたという報告はあがってこず、保健所に確認の連絡を入れてみても、矢島氏と思しき男の野良猫の連れ込み情報はなかったため、矢島氏の発言は単なる口だけだったのではないか、というムードが漂いはじめた。

「野良猫捕まえるのって大変やでな？　矢島氏はその第一関門が越えられんのじゃないかって話でまとまって。なんとなく安心しかけとったらしいわ」

しかし、第一の猫缶が発見され、地域課のムードは一変した。

「生まれてまだよちよちの仔猫やったら多少鈍くさい人でも捕まえられるやろ？　第一の猫缶に入っとったのはそういう仔猫で。しかも殺してはおらん状態で裁判所なんかに置かれとったで、地域課では最初から矢島氏の犯行じゃないかって言われとったんやって。ついにアイツが、有言実行してみせたんやないかって」

結衣の言葉に、「ほほ～。なるほどね～」と軽薄な同意をしてみせたのは神宗吾だ。彼はフライパンをコンロにかけながら、ごく淡々と言葉を重ねた。「確かに猫缶が置かれたのって、裁判所、病院、図書館、駅っていう、パブリックスペースばっかりだもんね。猫缶が、野良猫の駆除を訴えるパフォーマンスだって考えるなら、場所の選択は間違っちゃいないよな」

すると結衣もカウンターに身を乗り出し、「うちの父も同じこと言ってました！」と占い師に過去を言い当てられた小娘のごとく目を輝かせた。「ただ父は、パフォーマンスではなかった場合、矢島氏の犯行である可能性は低くなるからあまり彼を疑い過ぎないようにに、とも言っとって」

そうして結衣はスッと体勢を元に戻し、おもむろに腕組みをしてみせたのだった。「それに彼を犯人だと断定出来ない理由がもうひとつあるんです。実は第二第三の猫缶が発見された期間、矢島氏は名古屋の光城館に出張で留守にしとったらしくって」

おかげで亘は、思わず顔をしかめてしまう。「はあ？　つーことは、アリバイありかよ？」すると神は、チッチッチ、と指を立てて亘を制し、「共犯者がいれば、犯行は十分可能だよ？」と楽しげに口を挟んできた。「もしかしたら出張は、アリバイ工作の一環だったのかもしれないし？」

受けて結衣はパチンと指を鳴らす。「神さん、鋭い」「でしょ？　こう見えて俺、元刑事の知り合いなんかもいちゃったりするから」「おお、じゃあ捜査方法にも詳しかったり？」「ううん。それは知らないけど。知りたければ今から携帯で訊いてあげるよ？」「本当ですか？　じゃあ、こういった場合の調査は――」にわかに盛り上がりはじめる結衣と神を前に、亘は冷ややかに言ってのける。

「――こういった場合はとりあえず、矢島光の交友関係を当たりゃいいやろ。この町に来てそう長くもないみたいやし、知り合いはまだそう多くもないはずや。しらみつぶしに話聞いて回れば、共犯者候補も見つかるやろ」

すると今度は、結衣と神が揃ってパチンと指を鳴らした。「それだな」「亘くん、冴《さ》えとる」まるで芸風の古い夫婦漫才のように、ふたりの息はピッタリだった。おかげで亘としては、少々カチンときてしまう。ったく、結衣のヤツ。こんな妙ちきりんな男に、簡単に懐きやがって。少しは野良猫の警戒心を見習えっつーの。

そう。亘と結衣は、またしても神の屋台にやって来ていた。とはいえ、彼の屋台が目的で、ここにたどり着いたわけではない。ただ矢島光の動向を探るため、彼の勤め先である光城館を訪ねてみたところ、その近くにほたる食堂がポツンと明かりを灯していただけの話だ。

神によれば光城館前は、絶好の塾生ホイホイなのだそうだ。

「七時と八時と、九時終わりのクラスがあって、うまくタイミングを見計らえば、腹を空かせた中学生がごそっと出て来るからさ。けっこういい稼ぎになるってわけ」

というわけで彼は週に一、二度、このあたりに店を出しているらしい。ちなみに亘が駅前で屋台を見たのも、光城館での商売帰りだったとのこと。「見かけたんなら、寄ってくれればよかったのにぃ」まるでスナックのママのように神は言い、不気味にも唇を尖らせてみせた。「あの日は、おいしい焼き鳥だったのよ?」しかも、やはり節操のないメニュー展開である。

かくいう本日も、豚汁に焼きおにぎりという、またしても初見のメニューだった。「光城館で商売する日は、テイクアウトしやすいものにしてんのよ。中学の塾生だと、歩き食いで帰っていくヤツも多いからさ」つまりは焼き鳥も、持ち帰り用のメニューだったというわけだ。「あの日は確か塾の模擬試験があるとかで、けっこう遅くまで子供たちがいたんだよな」

握ったおにぎりをフライパンで焼きながら神は言う。現在、時刻は八時四十五分。つまり彼は、九時に授業を終える生徒たちが、店に乗り込んでくるのを見込み、焼きおにぎりの準備に入っているのである。「亘っちは、あの日に東京から戻って来て、その足で猫缶見つけたんだっけ？」

クーラーボックスからボウルを取り出し神が訊いてくる。だから亘は彼の手もとに目をやりつつ、「はあ、まあ」と応える。「たまたま、駅前のベンチで」

ボウルの中には焼きおにぎりに塗るたれが入っているようだった。神は刷毛を手に取り、ボウルの中身を軽く混ぜはじめる。そうしてフライパンの上のおにぎりに、ササッと塗りだす。するとおにぎりは、ジワ～ッとかすかに音をたてはじめる。それからやや遅れて、甘辛く香ばしい香りもふわっと鼻に届く。つまりたれは砂糖じょう油味か。あるいは、甘味噌《あまみそ》か。それにしてはコクのある香りだ。

そんな亘の逡巡を、遮ったのはもちろん結衣だった。彼女は亘の顔をのぞき込み、いつも通り屈託なく訊いてきたのである。「亘くん、なんで教育実習はじまるっていうのに東京からそんなギリギリで帰ってきたの？」

それで亘は我に返り、匂いに気を取られていたことなどおくびにも出さず答えたのだった。

「別に俺だって、そんな直前に戻るつもりはなかったさ。ただ、ちょっと色々不運が重なったっつーか、そんな感じで」そうしてふと思い出したのだ。確かにあの時、自分は奇妙な不幸続きのただ中にいたな、と——。

しかもこの町に到着するなり、猫缶を発見するという災難にも見舞われた。まさに暗雲たれ込める、帰郷生活のはじまりであったとも言えるだろう。

そして実際問題、こちらでの暮らしには、日々暗雲がたれ込めている。暖簾のすき間から、光城館をチラリとのぞきつつ、亘はそんなことに気付いてしまう。そういや、そうやな。実習でもしょっぱなで、結衣なんかと再会してまったし。挙げ句、変人としか思えん炊飯器野郎なんかに脅されたりして——。なんつーかもう、パンドラの箱が全開しとるって感じやわ。

そして今も、彼は現在進行形でもって、やはり不運な状況に置かれていると言えた。なんせ見ず知らずの猫嫌いを調べるために、こんなところで延々時間潰しとるわけやしなぁ。運が悪ぃとしか言いようがねぇわ。明かりだけが煌々と灯った光城館の玄関口を見詰めながら、亘はしみじみ思ってしまう。つーか、マジで俺何しとるんやろ? 明日の指導案だって、まだ書いてねぇっつーのに……。

しかしそれでも、彼はそこで九時を待つしかないのだった。九時になれば、光城館の授業はすべて終了する。そうなれば塾のＯＢ生である亘も、堂々と光城館に入り込める。

昼間、塾に確認を入れてみたところ、亘の先生だった塾講師たちも、まだ何人か光城館に在籍していて、挨拶に伺いたいと亘が申し出たところ、ぜひにと彼らは快《こころよ》く了解してくれた。

だから亘たちは神の店で、光城館の授業終わりを待ちわびていたのだった。館内にもぐり込めれば、矢島光と多少なりとも接触出来るかもしれないし、それによって彼の人となりも垣間見《かいまみ》られるかもしれない。それより何より講師たちから、普段の矢島の様子を聞けるというのが大きかった。そこから彼の交友関係や、行動範囲を聞き出せたらしめたものだ。それが、亘と結衣の共通認識だった。

さらに言えば亘個人としては、矢島の交友関係を突き止めて、それを元に矢島の調査をより進められれば、なおのこといいと思っていた。そんなことでもしていれば、一週間などという期間は、おそらくあっという間に過ぎてしまう。そうなれば、教育実習は無事終了。結衣は京都へ、亘は東京へ、それぞれ戻らねばならなくなる。

それでいい。むしろそうなってくれ。亘は内心、はっきりとそう願っていた。そうすれば、結衣を遥太に近づけずにすむ――。

そんな祈りを胸に秘めつつ、亘は光城館の二階の窓に目を向ける。二階は授業スペースで、中ではおそらく、矢島が授業をしているはずだった。

いっぽう結衣と神はといえば、光城館を見詰める亘そっちのけで、雑談に夢中になっていた。彼らはまず、神が引き取ったハチ割れ猫の話で盛り上がり、続いて神の屋台についての話題を移した。

「へえ。じゃあ神さん、普段は東京で屋台出してるんですか」「うん、そう。それでちょっと飽きてきたら、地方遠征に出かけるって感じ」「てことは色んな土地に行ってるんですか？」「もちろん！　北は宮城、南は静岡まで――」「それほとんど東日本じゃ？」「そうなのよ。だから岐阜は、ほたる食堂史上、最高の遠出」「ふうん。でもなんでまたこの町に？」「常連さんで、ここ出身だって人がいたんだよ。それで、すごくいい町だって聞いて」「へえ、そうなんですか」「うん。実際来てみてよかったよ。水も空気もうまいし。食文化もちょっと独特で面白いしねぇ」

亘が彼らの会話に聞き耳を立てはじめたのはそのあたりだ。彼は会話を聞き流しているふうを装いながら、しかしはっきりと内容を把握していた。

そしてちゃんと、突っ込みも入れていた。はーあ？　すごくいい町？　このド田舎が？　どこのお人好しが、そんなのん気なこと言っとったんよ？

何せ亘にとって、この町は素晴らしいばかりの故郷ではないのだ。住人たちの排他的な気質には長年うんざりしてきたし、濃密な人間関係に押し潰されてしまいそうな、重苦しい閉塞感《へいそく》にもずいぶんと耐えてきた。だからだろう。無防備な田舎礼賛を聞くと、イラ立ちを覚えてしまう傾向が彼にはある。別にこんな町、大してよくもねぇわ。つーか俺は、断然東京派やし。向こうにおったほうが、よっぽど楽に生きとれるっつーか……。

すると意外や、神も似たようなことを言いだした。結衣が、「東京って怖くないですか？」と訊ねたのちのことだ。「人が多過ぎて、私、すごくすごくすごく怖かったんですけど」そう口にした結衣に対し、神はフライパンのおにぎりをひっくり返しながら応えたのである。

「まあねぇ。人も多いしごちゃごちゃしてるし、のみ込まれそうな感じがする時もあるっちゃあるよなぁ。しかもとにかく人が多いから、そう他人にも構ってられないし。みんなどっか殺伐《さつばつ》としてて、どっかピリピリしてて、結衣ちゃんはそういう空気感みたいなものを、まともに受けちゃったのかもなぁ」

味噌の焼ける匂いが、ふっと濃くなる。

「でも、人に構ってられないっていうその感じがさ、あんがい心地よかったりもするんだよね。世の中には、人に無関心にされたいってヤツもいるからさ。そういう連中にとっては、暮らしやすい街なんじゃないかなって、俺なんかは思うけど――」

神の焼きおにぎりは、味噌だれをたっぷり塗ったものだった。「普段は普通にしょう油だれで焼いてたんだけど。こっちは味噌文化だっていうから、味噌を使ってみた感じ。プラス、この辺じゃエゴマをよく使うっていうから、それも足してみた。なんか、優しい味になっていいよね?」

自画自賛で彼は言ったが、焼きおにぎりの味わいは確かに優しく、複雑ながらも素朴な風味があとを引いた。傍らの結衣は「ああ、ほっくほく……」だとか、「お祖母ちゃんが作ってくれた焼きおにぎりの味に似とる」などと言って、コクコクと激しく頷き続けていた。「うん、ホント優しい味。神さん、おかわりいいですか?」

神が語ったところによると、焼きおにぎりの味付けは、神が定宿にしている宿の奥さんに、アドバイスをもらったとのこと。「さっき話した、常連さんの知り合いの宿でね。食材の仕入れ先紹介してもらったり、台所も貸してもらっちゃってて。すご〜く助かってんだよねぇ」

そうして気付くと、光城館から中学生がわらわら出て来はじめていた。どうやらおにぎりを食べている間に、九時を回ってしまった模様。亘は慌てて豚汁を飲み干し、「ごちそうさま！」と素早く神に告げる。そして隣の結衣に声をかける。

「おい、行くぞ！」「ちょちょ、ちょっと待って！　私まだおにぎり食べかけ……」「んなもん、食いながらでええやろ！」「でも私、歩きながらやとうまく食べれんのやって」「つーか、アホなの？　お前。彼が現れたのは、亘が結衣にそう吐き捨てそうになった瞬間だった。

「――おい、あれ！」

「え？　何……？」

そこには、光城館の玄関口から出て来る矢島光の姿があった。昼間のうちに、光城館のホームページで彼の顔写真を確認しておいたから間違いない。矢島は腕時計を確認しながら、同じく玄関口からぞろぞろ出て来る中学生軍団の中、ひとりキョロキョロとあたりをうかがいはじめる。

「なんで？　講師の人たちって授業終わりは会議とかでしばらく館内におるって亘くん言ってなかった？」

「言った。つーか、俺の頃はそうやったし。昼に先生に確認した時も、そんなようなこと言っとったはずやけど」

囁き合いながら、亘と結衣は暖簾に隠れるようにして矢島の様子をうかがう。「じゃあ、なんで矢島氏は外に？」「知らんわ。けど、あの様子からして誰か捜しとるんじゃねぇの？」「誰かって？」「だから知らんて」

いっぽう、授業を終えた飢えた中学生たちは、一団となってぞろぞろほたる食堂へと向かってくる。「おじさーん！　今日は何ー？」「めっちゃいい匂いしとるんやけど！」彼らは暖簾に隠れる亘や結衣を無視して、次々暖簾をくぐりはじめる。「今日はおにぎり？」「ああ、焼きおにぎりか！」「豚汁もあんの？」「おじさん、俺、焼きおにぎり三つちょうだい！」「俺二個！」「俺は豚汁もー！」

騒がしい中学生たちに、亘と結衣はほとんど揉まれるようにして、矢島の観察を続ける。彼は光城館の玄関先に佇んだまま、人待ち顔で相変わらずあたりの様子をうかがっている。

「誰かと待ち合わせかな？」そう言いだしたのは結衣だ。彼女は焼きおにぎりを片手に、暖簾を体に巻きつけるようにしながら続ける。「こんな遅い時間に……」

そして次の瞬間、亘と結衣は揃って暖簾を握りしめたのだった。

「――え？」

「あ……？」

矢島光は、待ち人来たるといった様子で手をあげてみせていた。笑顔だった。どこか安堵したような、しかし同時に苦い薬を口に含んだような、複雑な笑顔。

そしてその視線の先には、あろうことか炊飯器、もとい鈴井遥太の姿があった。

「なんで、炊飯器王子が？」

結衣の呟きに、亘は軽い眩暈を覚えてしまう。つまりこれで、鈴井遥太の忠告を、すべて無視した形となったのだ。ヤベェ、これ完全に、ヤブヘビなんやけど——。十月後半の寒空の下、しかし亘は背中に嫌な汗がにじむのを感じる。すると傍らの結衣が、ダメ押しのひと言を口にしてみせた。

「もしかして、鈴井遥太が矢島光の共犯者？」

矢島と遥太は、すぐにその距離を縮めていく。

その姿を見詰めながら、亘は静かに思い出していたのだった。ああ、そうやった。今回の帰郷は、最初から不運続きやったんや。そうして内心、膝から崩れる思いで実感するよりなかった。そうやそうや、そうやった——。

ここへ来て、運よく事態が運ぶわけがなかったんや。

袋小路《ふくろこうじ》。四面楚歌《しめんそか》。八方ふさがり。打つ手なし。そんな言葉ばかりが、浮かんでくる朝だった。寝るには寝たが体は重く、なまりを首からぶらさげたような気分でもって、亘は鬱々と目を覚ました。

窓から入る朝の陽射しは柔らかな白で、目に映る景色を穏やかな優しさで包んでいるようでもあった。空は淡い青。キジバトのボーボーという鳴き声が、ひどくのどかに響いている。

それでも亘の気分は沈んだままだった。彼は毛布に顔を埋《うず》め、滅入《めい》った気分を吐き出すかのごとく、深いため息をついてみる。「はぁ……」無論、そんなことで気が晴れるわけもなかったのだが――。

ため息の理由は、もちろん鈴井遥太と矢島光の逢瀬《おうせ》だった。昨夜、光城館前で落ち合ったふたりは、その場で二言三言、何やら話し合うと、そのまますぐに、建物の中へと消えてしまった。

その光景を目《ま》の当たりにした結衣は、傍らの亘の腕をぐいと掴み「何あれ？　どういうこと？」と腕をぐんぐん揺さぶりながら言い募った。「なんであのふたりが塾の中へ？　やっぱりあのふたり知り合い？　やっぱり共犯者？」受けて亘は、「まあ落ち着け」と彼女をなだめ、「取り乱したって仕方ない。とりあえず今は、アイツらの様子をうかがうしか……」と冷静に言葉を重ねた。「対応策は、その後で練るしかねぇやろ」

かくして暖簾を握りしめ、そこで待つこと三十分余り。遥太と矢島は、数人の塾講師たちとともに光城館から再び出てきた。講師たちはどこからどう見ても、仕事が終わったので家に帰りますといった風情で、矢島光も同様だった。先ほどは単なるスーツ姿だった彼は、今度はそれにブルゾンを羽織《はお》り、手にも鞄《かばん》をさげていた。黒く大きなブリーフケース。いっぽう遥太は矢島の後ろに立ち、よくしつけられた犬のように、ひょんと彼のあとをついて歩いていた。その自然な様子からは、彼らがれっきとした知り合いであることが見てとれた。

そうして一同は光城館脇の駐車場へと向かい、軽く別れの挨拶をしてそれぞれの車に乗り込んだのだ。もちろん、遥太は矢島の車の助手席に乗り込んだ。矢島もそんな遥太に対し、特に違和感を覚えている様子はなかった。彼らの車が発進したのは、その直後だ。矢島は助手席の遥太と何やら話しながら、慣れた様子で車を走らせていった。そして車は、そのまま夜の中へと消えていってしまったのである。

おかげで残された亘らのほうは、その対応に苦慮したほどだ。「何？　なんなの？　あれどういうこと？　ねえ、亘くん！」そんなふうに結衣に問いただされ、答えらしい答えも見出《みいだ》せなかった亘は、「知らんわ」「俺に訊くな」「こっちが訊きてぇわ」などと繰り返した挙げ句、「やっぱり矢島光が犯人で鈴井遥太は共犯者？」「少なくともあのふたり仲間やよなっ」「もしかしてこれ繋がった？　繋がったかな？　亘くん」などと言い連ねてくる結衣に対し、「まあ落ち着け」とバカのひとつ覚えのように、ひたすら繰り返したのだった。「いいから落ち着け。話はそれからや」

しかしそう結衣をなだめつつ、内心では亘だって相当に混乱していた。何せあろうことか、遥太と矢島が繋がっていたのだ。しかもその現場を、よりにもよって結衣に見られてしまった。これで彼女が暴走をはじめるのは必至。亘が何を言おうと、どういさめようと、早晩遥太なり矢島なりに詰め寄って、猫缶について問いただしはじめるであろうことは容易に想像がついた。

だから亘は繰り返すしかなかったとも言える。「……まあ、落ち着いて、落ち着け」それは自分に対する言葉でもあり、かつ時間稼ぎの呪文でもあった。「落ち着いて、冷静に対応策を考えよう。俺らには、そう時間がないんやでな。実習もあるし、それが終わったら大学に戻らんといかんのやで。そやで短い時間の中で、相手に誤魔化して逃げるすきを与えんように、猫缶の犯人を追いつめんといかんのや。だからここは冷静に、間違っても今晩中に、ふたりの家に乗り込むような、無謀な真似は厳禁やでな？　いいな？」

若干苦し紛《まぎ》れの弁ではあったが、どうにかそれらしく言い含めた亘に対し、結衣も一応は引き下がった。「……う、ん」無論、ドングリの代わりに石ころを受け取ったリスのような、なんとも言えない複雑な表情を浮かべてはいたが、それでもひとまず亘の説得を、おとなしく受け止めてはみた模様。「わかった……」

だから亘も、結衣と別れた直後から、必死に策を巡らせたのだった。どうにかして結衣を、猫缶から遠ざけられないか。あのふたりの調査から、いや、少なくとも鈴井遥太の調査から、なんとか手を引かせることは出来ないか——。延々頭を悩ませた結果、前日の徹夜がたたり気付けばベッドで眠ってしまっていた。

そうして迎えた朝であるがゆえ、もちろん打開策など思いついているわけもなく、ただ朝陽《あさひ》が眩しく美しいばかりで、気分のほうは最悪なままだった。あー、どうしよ……。なんも思いつかん。完全に、手詰まりや——。

しかも昨夜、冷静に対応策を考えよう、と結衣に言ってしまった手前、彼女がその策とやらについて、近々に問いただしてくることは目に見えていた。

おかげで登校時の気分は最悪だった。どうしたらいい？　結衣に会ったら、なんて言う？　悶々とそんなことを考えながら、亘は重い鉛《なまり》を首からぶらさげた心持ちのまま、ほとんど足を引きずるようにして校門をくぐった。何を言えば、アイツの暴走を止められるんや？　鈴井に脅されたこと、素直に話すか？　いや、そんなことしたら、どう考えても火に油を注ぐだけやし――。

しかし、幸か不幸か、亘のその悩みは思わぬ形で解消された。亘が実習生控え室である会議室に着いてすぐのことだ。

会議室にはすでに三ノ瀬さんと山田さんの姿があった。彼女らは亘が会議室に入って来ると、いつも通りの笑顔で、「おはよー」と揃って声をかけてきた。「今日はちゃんと寝てきた感じだね」「ね？　昨日の久住くん、ホント目の下真っ黒だったもんね」笑いながら言ってくる彼女らに、亘もいつも通り笑顔で返した。「おはよ。お察しの通り、今日はちゃんと寝てきました」そうして他愛もない雑談をして、朝の職員会議がはじまる五分前を待った。その時間に合わせて、職員室へと移動するのが亘たちのルーティンになっていたのだ。

しかし、今日は勝手が違った。普段移動をはじめる時間よりだいぶ早く、なぜか村正先生が会議室のドアを叩いてきたのだ。

「久住！　他のもんも来とるか？」

どこか焦りの色をにじませて、村正先生は会議室へと入って来た。そうして亘らの姿を確認すると、「ちょっといいか？」とやや声を落とし全員を手招きしてみせた。

村正先生は、やはり少しだけ険《けわ》しい表情を浮かべているように見えた。いつものほわんとした目つきとは、明らかに様子が違っている。

彼はまず亘に対し、「室中は？」と確認してきた。受けて亘は端的に、「アイツは職員室だと思います」と返した。「こっちには来ずに、いつも向こうに直行しとるはずなんで」

すると村正先生は「そうか」とやはり張りつめた様子のまま頷いた。「ならいいわ。担当の先生から、話はいくやろうし」その口ぶりは、明らかにいつもの村正先生とは異なっていた。普段の飄々とした雰囲気が、すっかり消えてしまっている。だからだろう。三ノ瀬さんが、どこかたまりかねた様子で不安げに訊ねた。

「あの、何かあったんですか？」

その問いかけに、村正先生は「ああ」と低い声で頷き、「ちょっと、問題が起こってな」と告げる。そうして眉根をギュッと寄せたのち、亘たちの顔をそれぞれ真っ直ぐに見詰めてきたのだった。

はっきりと、緊迫した眼差しだった。だから亘たちも、神妙に村正先生を見詰め返した。それは教育実習生活の中で、初めて訪れたと言っていいほど、ひどく張りつめた時間でもあった。

村正先生が、ひとつ息をつく。それにつられるように、亘も静かに息をのむ。先生が口を開いたのは次の瞬間だ。

「問題になっとるのは三年の生徒のことやで、お前らが受け持っとるクラスに直接は関係ない。けどことがことやで、一、二年生もしばらく浮き足立つと思うんや。そやで、報告はしておかんといかんと思ってな」

三年生の生徒。その言葉を耳にしたとたん、どういうわけか亘は嫌な予感を覚えてしまう。どういうわけか、脳裏に鈴井遥太の顔が過ったのだ。

するとと先生も、彼の名前を口にした。まるで、亘の思考に呼応するかのように。

「三年に、鈴井遥太って生徒がおってな。そいつの写真がネット上で、拡散っちゅうんか？　どうもそういう状態になっとるらしいんや」

三ノ瀬さんと山田さんは、「えっ？」と声をあげる。「鈴井くんって、あの鈴井くんですか？」「写真が拡散って、どういう？」戸惑うふたりを前に、村正先生も苦いものを口に含んだような表情を浮かべ、うまい言葉が見つからない様子で応える。「それは、なんちゅうか……。誉《ほ》められた写真じゃないのは、確かやわな」

そんな村正先生の発言に、亘たちも困惑し顔を見合わせる。すると村正先生は、深くひとつため息をついて、どこか覚悟を決めた様子で言い継いだのだった。

「一部の生徒の間には、土日のうちにもう広まってしまっとるらしい。一、二年生のほうに話が行くのも時間の問題や。そやで生徒から何か訊かれたら、確認中やってことにしといてくれ。あと、事実関係の確認が出来んうちに、余計な詮索《せんさく》はせんよう注意もしといてくれ」

それは猫缶事件を吹き飛ばすには、十分過ぎる事件だった。

拡散されているという鈴井遥太の写真を、見つけてきたのは山田さんだった。なんでも生徒が話していた内容を元に、携帯で検索をかけたらあっさり見つかったらしい。

「悪いとは思ったんやけど。でも、やっぱり気になって……」

そう弁明した彼女を、亘たちだって責められなかった。何せ彼女が見つけたというその画像を、けっきょく亘たちも一緒に見てしまったのだ。

「私は地域のコミュニティーサイトに貼りつけてあったのを見つけたけど、生徒たちのほうにはほとんどグループラインで広がってしまっとるみたい」

昼休みの会議室でのことだ。亘たちは山田さんの携帯に映し出された写真を前に、しばし言葉を失うよりなかった。

その写真は、一見すると少女がカメラの前で笑みを浮かべ、体育座りをしているというものだった。年の頃は、十代半ばから後半あたりといったところか。長い髪は金髪がかったような色合いの茶髪で、どこか気だるげな眼差しが印象的な美少女だった。

彼女は白いシーツを肩からすっぽりと羽織り、その間から足だけをチラリと見せつけるようにしてのぞかせていた。シーツの下は、おそらく裸だろう。布越しに薄らと、肌の色が透けて見える。それだけでもだいぶ扇情的な様子だったが、撮影場所もなかなかのものだった。何せ彼女が座っているのは、間違いなくベッドの上だったのだ。さらに言えば背景から察するに、そこはホテルの一室と思われた。全体的に少々ピンボケしている写真ではあるが、しかしそのいかがわしさは、はっきりと伝わってきてしまう。

「……これ、本当に鈴井くんなの？」

そう疑問を呈したのは三ノ瀬さんだった。目の悪い彼女は、山田さんの携帯に顔を近づけたり離したりしながら、どうもまだピンとこない様子でそう口にした。「画像が粗いし、ちょっとよくわからんのやけど……」

すると山田さんは、「一応、比較してある写真もあるよ？」と画面をスクロールして、新たな写真を次々表示させた。「鈴井くんで間違いないって書き込んでる人は、この耳の形が同じだからっていうのを根拠にしてるっぽい」

山田さんの携帯に、少女の耳のアップと、鈴井遥太の、おそらく盗み撮りと思しき写真の、耳のアップが並べて表示される。その画像を前に、「ホントや。そっくりや」と呟いたのは結衣だ。彼女は眼鏡のブリッジを押さえながら、「対輪が外に張り出しとるところとか輪郭《りんかく》が尖っとるとことか。確かに同じ耳に見えるな」と率直な感想を述べた。

そんな結衣の見立てに、山田さんも頷いた。「そうなの。掲示板にも同じことが書き込んであった。顔はバッチリ化粧しとるし、表情もどことなく作っとる感じやで、なんとも言えん部分があるけど。でも、耳は誤魔化せんて」

その説明に、一同はまた黙り込む。カーテンを引いた会議室は薄暗く、山田さんの携帯だけが煌々と明るい。その明かりをのぞき込んだまま、亘たちの間には重苦しい空気が充満していく。

おそらく写真を見れば見るほどに、映し出された美少女が、遥太に見えてきて困惑しているのだろう。少なくとも、亘にはそう感じられていた。

黒目がちの大きな目。鼻筋の通った小さな鼻。薄い唇。ほっそりとした顎。人形のような白い肌。それらはやはり、遥太の顔のパーツと酷似していた。

それで言葉を失っていると、山田さんが生徒から聞いたという情報をさらに重ねた。

「お金持ちの男の人相手に、女装してこういうことしとったんじゃないかって、生徒の間では言われとるらしい。写真自体が、交際クラブっていうの？　そういうところのホームページに載っとったとかで……」

受けて三ノ瀬さんは、「そんな……」とたまりかねたような声を漏らす。すると山田さんも眉根を寄せて、「私も、信じたくはないけど……」と言いながら、しかし知り得た情報を、胸に留めておくことが出来ない様子で言葉を継いだ。

「でも、そんなことしとったせいで東京におれんくなったんじゃないかって、一部の生徒は言っとるみたい」

三ノ瀬さんは、やはり納得いかない様子で首を振る。「でも……」そうして、絞り出すような声で反論した。「そんなの、ただの憶測やろ？　事実確認は、まだついてないんやろ？　それなのにそんなこと言われとったら、鈴井くん……」

その瞬間、亘の口から本音がこぼれた。

「――事実は、関係ねぇんや」

自分でも、少し驚くような平坦な声だった。

「こういう時は、みんな自分が信じたいことを、信じたいように信じるだけやで」


その日、鈴井遥太は学校に登校してこなかった。

もちろんいつも通りの無断欠席で、担任が家に連絡を入れてみたところ、「あの子なら、ふて寝してます」と、保護者である叔母さん、つまりまりんが、悪びれもせず答えたとのこと。

「明日ですか？　どうでしょうねぇ。本人の気分次第でしょうから、行くかどうかはわかりませんけど。でも、行くようには言っておきます」彼女は面倒くさそうにそんなことを言って、最後に渋々といった様子で付け足したそうだ。「最悪、今週中には行かせます。あの子が行かなかったら、アタシが行って説明しますから。だからちょっとだけ、猶予をやってくださいな」それが、亘が村正先生から伝え聞いた、鈴井遥太に関するその後の情報だった。

「猶予、ですか」と亘が呟くと、村正先生も腕組みをし、空を仰ぐようにして息をついてみせた。「ああ。学校側としても、処分はその後に考えることになりそうや」

だが亘は、なんとはなしに思ってしまっていた。学校側が処分を下すまでもなく、彼はその猶予期間で、学校を辞めてしまうのではないか、と。あるいはもしかしたら彼は早晩、この町を出ていってしまうかもしれない。その可能性は、十分にある。

何せ遥太の保護者はまりんなのだ。この町で、夜の仕事をしながら暮らしている彼女なら、きっとわかっているはずだ。ひどく狭い町の中の、人間関係の濃密さというものを。そしてその中で、どんなふうに人と人とが繋がり合い、どんなふうに噂話を分け合うかも——。

あんな写真がバラまかれた以上、遥太がこの土地で生きていくことは、おそらくもう出来ないだろう。よそ者である彼に後ろ盾はないし、彼を守る義理だって、この町の人たちにはまだない。

そんな中で広がった噂話には、ひどい尾ひれだってつきかねない。蜜の味がするうちは、話はいつまでだって囁かれ続けるはずだ。そうして味がしなくなっても、彼らはその味のことを忘れてはくれない。この町にいる限り、遥太はずっとそういう目で見られ続ける。

ここにいる限り、永遠に忘れてはもらえないのだ。過ちも、間違いも、傷も痛みも、すべて人の中に留まり続ける。網の目のように人と人とが密に繋がり合ったこの町で、暮らしていくということはつまりそういうことなのだ。

亘が三年一組の教室に向かったのは、部活指導を終えたのちのことだ。陽はすっかり暮れかけていて、校内はもう薄暗いほどだった。生徒の姿もほとんどなく、亘が廊下ですれ違った数人ばかりの生徒たちも、みな足早に下校しようとしているふうだった。

三年一組の教室にも、当然人影はなかった。ただ整然と並んだ机を、オレンジ色の夕陽が照らしていた。なんの変哲もない、からっぽの教室。

教室に足を踏み入れた亘は、そのことに少し安堵した。何せ正直なところ不安だったのだ。遥太の席に花瓶《かびん》が置かれていたり、机が落書きまみれにされていたり、そんな嫌がらせの類いが、すでになされている可能性もなくはないと覚悟していた。

「………」

けれど、そんな愚かしい真似をした生徒はいなかったようだ。そりゃそうやよな。亘はホッと息をつきつつ頷く。うちの学校の生徒は、なんだかんだみんな大人やし。そんな、くだらん真似はせんよな。そうしてすぐに教卓へと向かった。教壇には生徒の座席表があるからだ。それで遥太の席を確認しようと思ってそうした。

遥太の席は、窓際の前から四番目だった。転校生の席としては、うってつけの場所やなと亘は思った。何しろそこからは、空とグラウンドが見渡せる。慣れない人や環境に疲れたら、そちらの景色に目を向ければいい。そうすれば、少しは気が紛れるというもの。

亘は遥太の席に立ち、なんとはなしに窓の外に目を向けた。グラウンドでは、野球部の生徒たちが数人でトンボかけを行っている。かつて亘も、よく見た放課後の光景だ。彼らは器用に、足跡だらけだったグラウンドをならしていく。校門のあたりには、仲間と連れ立って下校していく生徒たちの姿が見える。重なり合う伸びた影は、それだけでもう楽しげだ。カップルの姿もある。自転車を押しているのが男子生徒で、その隣で手ぶらで歩いているのが女子生徒。いつも通りの光景だ。亘が高校生だった頃から、さして代わり映えしない、平々凡々な放課後の景色。

こんな景色も、アイツは見たんやろか？　亘の胸に、ふとそんな思いが過る。見たとしたら、何を思ったやろう？　そんなふうにも、考えてしまう。なんの変哲もない、平々凡々で、気が遠くなるほど幸福な景色を、アイツは——。

亘がメモ紙に気付いたのは、そんなことをぼんやり思いつつ、ふと遥太の机に視線を戻した瞬間だった。

「……？」

それは遥太の机の中に、雑に詰め込まれたように入れられており、紙の四分の一ほどが、机の中からはみ出してしまっていた。だからそこに、黒いマジックで何やら文字が書かれていることにも亘はすぐに気が付いた。

それで亘は、ほとんど無意識のうちにそのメモ紙を手に取ってしまった。書かれていた文字が、やや荒っぽく見えたというのもある。そこに若干の暴力性を感じ、手を伸ばしてしまったという側面もあったのかもしれない。

しかし、実際メモ書きに記されていたのは、遥太に対する励《はげ》ましの言葉だった。荒っぽい字に見えたのは、おそらく男子が書いたものだったからだろう。そこにはお世辞にも綺麗とは言えない、不格好な文字が並んでいた。

（鈴井へ。写真見たぞ！　ひでぇことする奴《やつ》がおるよな！　でもオレらはお前の味方やでな！　カッテなこと言う奴らなんて無視だぜ！　マッ、気にすんな！　シッカリするんやぞ！　ネバーギブアップ！）

だから亘は、安堵し小さく笑ったのだった。気にし過ぎやな、俺――。素直に、そんなふうに思ったのだ。この学校の生徒はみんな大人やし、変人にやって相当寛容やし。なんてったって穏やかなコアラたちやで、そんなアホみてぇな真似なんかて、するわけねぇっていうか……。

それでもすぐに、気付いてしまった。

「――」

瞬間、ドクンッ！　と大きく脈が打った気がした。体中の血が、一気に逆流したような、ひどく不快な感覚。すると心臓も、すぐにバクバクと早鐘を打ちはじめた。手にもひどく力がこもる。だからか亘は、そのまま無意識のうちにメモ紙を握りしめてしまう。

「………」

そうすると手のひらで、グシャッと下卑《げび》た笑い声のような音が響いた。それが不快でまた手に力を込めると、メモ紙はグシャグシャッとさらに音を鳴らした。グシャ――。

その音を聞きながら、亘は猛烈なほどのイラ立ちを覚えた。下手な縦読みモドキ作りやがって。イラ立ちながら、吐き捨てるようにそう思った。こんなもん書いて、何が楽しいんじゃ、クソボケが――。

けれど同時に、納得してもいたのだった。やっぱりな。何しろ彼は、そんな現実を何度も目の当たりにしてきたのだ。やっぱり、そうやわな――。グシャ……。

人は誰かを、はじき出したいのだ。誰かと手を繋ぐため、誰かとわかり合うため、はじき出せる誰かを、いつもずっと必要としている。自分とは違う誰か、自分たちの枠組みからはみ出した誰かを、欲して探して、求め続けているのだ。

だから、これは普通のことなんや。砂を嚙むように、亘はそんな思いを嚙みしめる。鈴井遥太がこうなるのは仕方のないことで、こんなことはどこにでも普通に起こっとることで、だからもう、どうしようもない。

あるいは、自分に言い聞かせているようでもあった。こんな当たり前のことを、俺がどうこう出来るわけがない。言えることがあるとすれば、アイツは少し運が悪かっただけや。人は幸運と不運の上で、どうにかバランスを取りながら日々生きている。遥太はその不運のほうに、わずかに傾いてしまったのだろう。何せたった五センチで、人生は変わってしまう。運なのだ、何もかも。

だから、俺には、どうしようもない――。

「……っ！」

亘が結衣の姿に気付いたのは、そうしてじっとメモ紙を握りしめている最中のことだった。彼女はいつの間にか亘の傍らに立っていて、黙ったまま亘の顔を見詰めていた。夕焼けのオレンジ色に、その頬を染めながら。

「びっ、くりした。いつからおったんよ、お前……」

亘の言葉に、結衣は眼鏡のブリッジを押さえて無表情のまま応える。

「……亘くんが、その紙を丸めはじめたあたりから」

そうして彼女は亘の手を摑み、彼の指をこじ開けるようにしてメモ紙を手に取った。亘が念入りに丸めたメモ紙は、相当に固く丸め込まれてしまっていたが、しかし結衣は特に表情を変えることなく、淡々と丁寧にその紙を伸ばしていった。

そうして広げたメモ紙を、結衣はしばらく黙って見詰めていた。時間にしたら、おそらく十数秒。そしておもむろに、その暗号を読みあげた。

「──オ、カ、マ、シ、ネ」

機械のように彼女は言って、そのままメモ紙を再びグシャッと素早く丸めた。丸めて、勢いよく腕を振りあげ、窓際の一番後ろに置かれているゴミ箱に向かい放り投げた。

結衣という女は、控えめに言っても最悪な運動神経の持ち主だ。しかしそのメモ紙は、吸い込まれるように見事ゴミ箱の中へと入っていった。だからか彼女も、いやに納得した様子で言ってのけたのだった。

「──やっぱりゴミは、ちゃんとゴミ箱に収まるもんやな。自分の行くべき場所をわかっとる。大したもんや」

彼女にしてはめずらしく、はっきりと怒りを含んだ声だった。だから亘は、ああ、と息をついた。ああ、そうか。コイツは、怒るようになったんやな。

昔は、ただ驚いたような顔をして、でもどうしていいのかわからんくて、ただ目を見開いて、ラッキョウみてぇなでかい涙を、ぽろぽろこぼすだけやったのに。ずいぶんと図太くなったっていうか、大人になったっていうかなんていうか……。

それなのに当の亘のほうは、昔とさして変わらない言葉を口にしてしまった。

「……猫缶の、ことやけどよ」

ぬるいような声で、亘は告げた。

「あれ、調べるのはもうやめにしようや」

結衣はオレンジ色の陽射しを受けながら、少し眩しそうに亘を見詰めている。

「こんな状態で、これ以上鈴井に関わろうとするのはどうかと思うしよ。ここで下手なことしたら、それこそ学校にバレて、実習の単位ヤバくなるかもしれんし」

昔もこんなふうに、オレンジ色に染まった彼女を見詰めたことがあったなと、そんなことをぼんやりと思い出しながら亘は言葉を続ける。

「アイツは、俺らの手には負えんて。そやでこっからは、普通に学校に任せたほうがいい。俺らに、出来ることなんてなんもないんやで」

この期《ご》に及んで、まだ逃げようとしていたのだ。

「俺らに、アイツを助けることは出来んよ。猫缶からは、手を引くべきや」

すると結衣は、一瞬だけ目を伏せた。オレンジ色に染まった頬に、まつ毛の影がにわかに伸びる。彼女はそのまま、数度瞬きをした。そして正しい言葉を見出したかのように、フッと顔をあげ亘へと視線を戻したのだった。

「嫌や。亘くんがなんと言おうと私は調べる」

粛然とした目で彼女は告げてきた。その目は、何もかもを見透かしているようだった。

「──クロエの時と同じ思いは、もう二度としたくないんや」

教科書でも配られているのかと思うほど、亘とクロエが小学校時代に受けていた嫌がらせは似通っていた。

上履きの中に濡《ぬ》れ雑巾を入れられたり、画びょうを忍ばされたり、あるいはそのものを隠されたり。机やノートや教科書に、罵詈雑言《ばりぞうごん》の落書きをされたこともあった。「個性がねぇよな」いつだったか、そう笑ったのはクロエだ。「みんな誰かの真似しとるだけなんやって。クソダッセェ」

廊下に貼り出された習字や図工の絵にも、決まって落書きがされた。ボールの跡がつけられるのも、いつも亘とクロエの作品だった。結衣は女子たちから敬遠されてはいたが、しかし嫌がらせまでは受けておらず、だからか亘やクロエの現実を目の当たりにするたび、ひどく戸惑っているような様子を見せた。呆れるほど落書きがされた机や、破られた図工の絵などを前にすると、無表情なままただボロボロ涙をこぼすこともあったほどだ。

そんな時、亘は鬱陶《うっとう》しくなって舌打ちしてしまっていたが、クロエはちゃんと結衣を慰めてやっていた。「アホか。なんで結衣が泣くんよ?」何せ、優しいヤツだったのだ。「俺らなら平気なんやで。気にすることねぇって。アホのしたことで泣くなんて、オメェの気持ちがもったいねぇやろ?」その言葉に救われていたのは、正直なところ結衣だけではなかった。

彼のおかげで、乗り切れた日々はいくらもあった。亘は今でもそう思っている。クロエのおかげで、泣かずにすんだことだって山ほどある。その過去や事実に、今もなんら変わりはない。彼は優しいヤツだった。そうでなければもっと単純に、彼と決別出来たかもしれないと思うほどに。

町で猫殺し騒動が起こったのは、亘たちが小学校六年生になった頃のことだった。その頃も亘たちは、放課後になれば山やそれぞれの家の前に集まり一緒に遊んでいた。だから猫殺しの事件のことも、亘たちは普通に話していたはずだ。学校でもその話題で持ちきりだったし、家族の間でも同様で、気味の悪い事件が起きとるな、とごく当然のように言い合ったりもしていた。

猫の死骸は、公園や川の付近に無造作に捨てられていて、犯人は死骸を隠す気がないようだった。むしろどこか見せつけるように、虫の息になった猫を放置していたこともあったほどだ。

そんなことが三度ほど重なると、町の大人たちはにわかに騒ぎはじめ、犯人探しが躍起になって行われるようになった。猫を殺す人間は、いずれ人も殺すらしい。そんな言説がまことしやかに囁かれ、町の人たちはひどく怯《おび》えていたのだ。全員が顔見知りのような狭い町の中で、前代未聞の猟奇事件が起きているという事実に、耐えられないといった向きもあったのだろう。大人たちは監視の目を光らせ、町の中はどこか重苦しい空気に支配されるようになっていった。

そして当然というべきか、亘やクロエも犯人候補のひとりとされた。確か、四匹目の猫の死骸が発見されたのちのことだ。レンガ事件の犯人だった亘は、特にその資質アリということで、同級生のみならず、大人からも絶えず監視の目を向けられるようになった。それはもう、執拗なほどに。

あからさまに攻撃されるようになったのは、いつの頃だったか。「オメェがやったんやろ？　猫殺し」誰かのそんな声が、はじまりの合図だったように記憶している。そして、そんなひと声があがったとたん、溜まっていた水が溢れ出すように、亘への攻撃がはじまった。「オメエ、小せぇ時も人殺ししようとしたんやろ？」「こえー。頭おかしいんじゃねぇの？」「猫殺しー」「そのうち人も殺す気やろー？」

ただし亘は、そんな言葉を投げつけられても、黙って無視を決め込んでいた。勝手に言っとれ。バーカ。そんなふうに思いながら、同級生たちの言葉をやり過ごしたのだ。ひとりじゃなんも言ってこれんクセに。アホかっつーの。証拠もねぇのに信じくさって、頭の中がカラッポな証拠やろ。カラッポ頭の、クソカラッポ野郎どもが。

無実を主張せずとも、家族がまったく疑ってこなかったというのも大きかった。父は噂話を耳にしても、「亘がそんなことするわけねぇやろ」と言い切っていたし、母も祖父母も同様に「何をバカなことを」と一蹴《いっしゅう》していた。「血ぃ見るだけでギャーギャー騒ぐような子が、猫なんて殺せるわけねぇやろが」

だから亘は堂々としていた。そういう意味で、自分の強みは家族だったんだろうなとつくづく思う。外野に何を言われても、鬱陶しいとは思っても、それで傷つくようなことはほとんどなかった。むしろ傷ついたら、こっちの負けだとすら思っていた。だから亘はクラスメイトたちの言葉の礫《つぶて》に、ひたすら無言で応戦し続けたのである。

もちろん、弁解すれば事態は変わっていただろうという思いもある。自分が無言を貫《つらぬ》いたことで、クラスメイトたちの疑いがより色濃くなったことも理解している。当時だってそのことは、なんとはなしにわかっていた。それでも亘は、自分が犯人であることを、否定も肯定もしないままでいた。

なぜなら亘は、犯人を知ってしまっていたのだ。だから何も言わなかった。かばう気持ちからそうしたのか、あるいは単に、どう振る舞えばいいのかわからなかっただけなのか、そのあたりは今でも判然としないが、とにかく亘は無言を貫いた。

そんな亘を前に、クロエは何を思っていただろうと、亘は今でも時々思う。あの時、ただ憤然と、怒りの表情をたたえながら学校生活を送っていた自分に、彼は何を思い、何を感じていただろう――？

猫殺しの犯人は、クロエだった。サビクロを助けてくれた優しい彼は、どういうわけかその三年後、猫を殺す人間になっていた。

その事実を知っていたのは、亘と結衣のふたりだけだ。不運なことにとでも言うべきか、ふたりは偶然にも、クロエの犯行現場を目撃してしまった。

クロエの家に、プリントを届けに行った時のことだ。その頃もクロエは学校を休みがちで、だから給食のパンやプリントは、同じクラスの結衣が届けるのがお決まりのようになっていた。そしてそれに亘も時々付き合っていて、その日もたまたま、結衣に同行していた。

よく晴れた天気のいい日だった。クロエの家がある中華飯店のあたりの路地は狭く、建物と建物の間からは、切り取られたような青い空が見えていた。それはとても綺麗な青で、亘はほとんど胸を張るようにして、その道を歩いていたような気がする。多少の憂鬱や悲しみなら、振り払えてしまえそうなほど清々しい陽気だった。そのせいか、隣で結衣がべらべら喋っていることにも、ちっともイライラしなかった。

本当に、何も悪いことなど起こりそうもない日だった。それなのに先の袋小路で、どういうわけか亘たちは、彼の凶行を目の当たりにしてしまった。

最初の異変は物音だった。中華飯店までもう少しというところの路地で、プラスチック製の何かが地面に叩きつけられたような、ガタンッ！　という大きな音が聞こえてきた。そしてすぐに、ブシャッ！　という聞き慣れない音が耳に届いた。何かから水と空気が、同時に漏れ出たような嫌な音。

それがなんの音なのか、亘には判然としないまま、しかし咄嗟にその場に立ち止まった。何せ不快感があったのだ。隣の結衣も、同様に立ち止まったように思う。けれど彼女のほうは、音の正体に気付いたらしく、ポツンと呟くように言いだした。

「猫の声」

するとそのとたん、「ギャーッ！」というはっきりとした猫の悲鳴が届いた。亘の頬が粟立《あわだ》ったのは次の瞬間で、いっぽうの結衣は、そのまま機械仕掛けの人形のようにまた足を踏み出した。

「……っ⁉」

待てよ！　と亘が呼び止める間もなく、彼女は歩を進めていった。それで亘も、慌てて彼女のあとを追ったのだ。

先にあるのは丁字路で、真っ直ぐ進めばクロエの家がある中華飯店へとたどり着き、右折すれば袋小路に向かう。そして結衣は、迷わずその丁字路を右折したのだった。つまり猫の悲鳴が聞こえてきた袋小路へと、急ぎ向かって行こうとした。

「――――」

ただし彼女は、右折した瞬間にまた足を止めた。だから亘が袋小路の光景を目にしたのは、結衣の三秒ほどのちのことだったように記憶している。彼は結衣を追っていった丁字路で、結衣の肩越しに袋小路の光景を目にしてしまった。

「――！」

次の瞬間、亘はほとんど無意識のうちに、結衣の手を摑み踵を返し駆けだした。

「……っ」

一秒でも早く、この場を立ち去らなくてはならない。そんなことを、亘は頭の片隅で思っていたような気がする。見てはいけないものを見てしまった。来てはいけない場所に来てしまった。そんなどうしようもない後悔に急《せ》き立てられるように、彼は必死に走り続けた。息が切れても、立ち止まることはしなかった。心臓が早鐘を打っていることにも気付いていたが、それでも立ち止まるという選択肢はなかった。

「はあ、はあ……」

足の遅い結衣も、どうにか亘についてきていた。思うにあの時は彼女のほうも、火事場のなんとかに近い状態だったのだろう。

「……はあ、はあ……」

袋小路の先にいたのは、クロエと一匹の猫だった。いや、猫のほうはもう絶命していたようだから、その表現は間違っているかもしれない。そこにはクロエがいて、一匹の猫の死骸があった。

「はあ、はあ……」

地面に転がった死骸は、赤い血だまりの中にあって、クロエはその死骸と血だまりを、まるで何かに取り憑《つ》かれたかのような目で、じっと静かに見おろしていた。

「はあ……」

クロエは亘や結衣の姿に、気付いたような様子もなかった。何しろ袋小路にいた彼は、この世界には自分と猫の死骸しかないかのような熱心さで猫を見据えていたのだ。まるで、その死にのみ込まれてしまったかのような、ひどく虚ろな目で――。

「――はあ……」

通りに戻った亘と結衣は、お互い何も言わないままだった。しばらくして結衣が吐きはじめたので、しばらく背中をさすってはやったが、それ以上のことは何もしなかった。そのあと亘も少し吐いて、今度は結衣が亘の背中をさすってくれたが、結衣も結衣で、特に言葉は発さなかった。

しばらくすると、日が暮れかけていることに亘は気付いた。青空は茜色《あかねいろ》に色を変え、傍らの結衣の横顔は、オレンジ色に染まっていた。

そのことが、亘には不思議だった。何事もなかったように、世界が回り続けていることに、猛烈なほどの違和感を覚えた。

なんなんよ？　これは――。いつものような美しい夕陽を前に、亘はそんなふうにしか思えなかった。なんで、こんな――。

吹いてくる風が、シャツの裾《すそ》をわずかに揺らした。心地のいい風だった。立ち尽くす亘と結衣の隣を、賑やかな高校生たちが通り過ぎていく。楽しげな笑い声が、耳に届く。だから亘は、余計、わからなくなっていった。

なんで？

なんでこんな、普通なままなんよ——？

けっきょくふたりは、日が暮れる前に、なんの意見も交わさないまま、それぞれの家路についたのだった。何も言いようがなかったというのもある。今だって、同じ場面に立たされたら、何も言えずに立ち尽くすのが関の山だろうとも思う。あれはそういう出来事だった。それは亘の、偽りのない認識だ。何も、言いようがない。何も——。そしてその思い通り、亘はその後もその一件について言及しなかった。結衣にも、家族にも、他の誰にも、何も言わないでいることを選んでしまった。

クロエに対しても同様だった。亘はクロエに対し、特に何も言いださないまま、ただ、少しだけ、距離を置いた。

結衣も同じだった。いや、結衣のほうは、むしろ少しあからさまだったかもしれない。それまではどちらかというと、結衣のほうがクロエと亘にまとわりついていたはずなのに、その一件以降、結衣は図書館でひとり本を読んでいることが多くなり、教室にいることと自体が少なくなった。

自分たちの変化に、クロエも何かを感じていただろうと亘は思っている。何しろそれから猫殺しはピタリと止まったのだ。もちろん、止まったからといって誰も早々に安心はしなかったが、しかしそれから二ヵ月、三ヵ月と過ぎていくと、もう大丈夫なのではないか？　という空気が流れはじめた。そしてけっきょく、犯人は見つからず終《じま》いという格好のまま、猫殺し事件は幕を閉じたのである。

だから亘も忘れるよう努めた。何せそれは、亘にとって最悪の出来事でしかなかったのだ。むしろ本当に忘れてしまいたかった。猫の断末魔のような叫び声も、出来ることなら頭の中から消し去りたかった。

クロエが犯人だという事実も、誰にも言わないままでおいた。クロエにも、何も告げなかった。なんと言えばいいのか、わからなかったというのもある。彼に対して、恐怖心《あや》のようなものが芽生《めば》えていたのもまた事実だった。あんな小さくて柔らかいものを、殺めたクロエが怖かった。どういうつもりでクロエが猫を殺したのか、亘にはいくら考えてもわからなかった。

だから疑問は、いつも頭の中を巡り続けた。なんであんなことしたんよ？　その言葉は、クロエに届くことのないまま、ひたすら亘の頭の中だけで繰り返され続けた。なんであんなことしたんよ？　なんであんなこと？　なんで、なんで——。

結衣もおそらく、似たようなものなのだろう。だから今も、ああして執拗なほど猫缶などというものに、こだわり続けているのだろう。

あの時、俺は、間違えたんやろか？　亘は今でも時おり考える。クロエに、何か言うべきやったのか？　距離を置くべきじゃなかったんか？　それとも、大人に話しておけばよかったんやろか？　でも、そんなことしたら、クロエは——。

亘も結衣もクロエも、進んだ中学は同じだった。けれどその頃には、もう居場所が違ってしまっていた。亘は普通の生徒としてクラスに馴染みはじめ、結衣は神童として周囲から一目置かれるようになった。そしてクロエは、ますます素行が悪くなっていった。

それはもう、本当にあっという間だった。彼は自分と同じ素行の悪い仲間とつるみはじめ、学校に来る頻度も激減し、たまに姿を見せたかと思えば、教師陣や同級生らに「なんよ?」「見んなや」「殺すぞ」などと挨拶のように口にするようになった。

クロエに関する噂話を、亘が耳にするようになったのもその頃からだ。彼の家は六畳一間で、そこに家族五人で暮らしている。母親は三番目の継母《ままはは》で、父親はずっと働いていない。実の母親には捨てられたようだ。子供の頃から万引きの常習犯で、生活に困っては、あちこちから食べものを盗んでいたらしい。いきがっているが、九九も三の段あたりから言えない。前歯が一本ないのは、悪い薬で溶けたせい。

クロエは九九くらい当然言えたし、前歯がないのは山の崖から落ちたせいだったし、家族の問題に関しては、子供である彼に非はなかったし、万引きだって、多分そんなことはしていなかったはずだが、しかし同級生たちは、楽しげにその噂話を幾度も囁き合うのだった。繰り返し、繰り返し、甘い味がなくなるまで、ずっと——。

高校は、別の高校になった。クロエがどの高校に進学したのか、亘は知らない。ただ入学して三日で中退したと、そんな話だけは高一の夏あたりに人伝《ひとづ》てに聞いた。大阪に行ったと聞いたのは、それから一年ほどした頃のことだろうか。繁華街に溜まっていた不良たちが、姿を消したという噂話とともに、クロエの現状をついでのように知らされた形だった。

そんな話を聞くたびに、亘は奇妙な感覚に襲われた。自分は今、あのクロエの話を聞いているのだろうか？　そんな疑問に捉《とら》われて、うまく反応出来なかったこともある。あの頃いつも自分の隣にいたクロエが、みんなの話題にのぼる黒江零士とは、どうにも一致しなくていつも弱った。

振り返れば、同じ学校の同じ教室に、クロエがいるような気がすることもあった。自分とクロエのいる場所が、同じでない現実に戸惑ったこともしばしばだ。

これは本当に、五センチの誤差なのか？　そんなことを思ったりもした。わずかにずれた五センチの違いでも、長い時を経《へ》てしまえば軌道がずれて、こんなに遠く離れてしまうものなのか——。

亘が最後にクロエと会ったのは、高三の夏休みのことだった。図書館で勉強した帰り道、どういう偶然かクロエとたまたま出くわした。

日は暮れて、あたりはすっかり暗くなっていた。外灯の明かりだけが、夜道をポツンポツンと照らしていた。亘はちょうど友だちと別れたばかりで、クロエもひとりだった。あたりにひと気もなかった。そしてそんな偶然が重なったおかげで、亘はクロエに声をかけることが出来たのだった。あれが明るい陽の光の下だったら、あるいは友人と一緒だったら、きっと亘はクロエを素通りしてしまったことだろう。

久方ぶりに目にしたクロエは、ずいぶんと大人びてしまっていた。スーツなんかを着ていたせいか、それとも不穏な貫禄《かんろく》がついてしまっていたのか、とても同い年には見えなかった。だから亘は少し迷った。「クロエ」と声をかけていいのか、それとも「黒江くん」と言うべきなのか、そんなことすら、その時の亘にはわからなくなっていたのだ。

それでも、呼んだ。呼ばずにはいられなかった。

「――クロエ！」

するとクロエも、笑って手をあげてきた。

「ああ、亘」

クロエの声は、昔の声とはまるで違う、ひどく野太い声だった。けれどおそらく亘の声だって、クロエには別人の声のように聞こえていただろう。それほどの時間が、ふたりの間には流れていたのだ。

それでもふたりは歩み寄った。「久しぶりやな。元気か?」「ああ、クロエは?」「見ての通りやわ」偶然出くわした野良猫が、互いを傷つけ合わない距離を測りながら近づくように。どこか緊張感をもって、それでも交情は捨てられずに――。

「何しとるんよ?」「俺は図書館の帰り。クロエは?」「俺は実家に顔出して、これから大阪に戻るとこや」「ああ、今大阪なんや?」「うん。亘は、そろそろ受験か?」「ああ、うん」「どこの大学行くんよ?」「まだわからん。でも、国立じゃねぇと金出さんって親に言われとるで、名古屋か金沢か東京のどっかって感じかな」「東京って? まさかお前、東大狙いとか?」

長年何も話していなかったのが嘘のように、亘はクロエと話せてしまった。「んなわけねぇやろ。結衣じゃあるめぇし」「ああ、結衣はやっぱそうなんか」「うん。学校ではそう言われとる」「さすがやな」「相変わらず変人やけどな」結衣とだって、もう何年も口を利いていなかったのに、そんなふうに言ってしまった。

「……受験、頑張れよ？　オメェだって、結衣ほどじゃねぇけど頭良かったんやで」

そう言ってきたクロエに、亘は、クロエだって、と返しそうになった。クロエだって、出来たやねぇか。ロクに学校来てねぇクセに、俺がちょっと教えただけで、大体出来るようになっとったやろ。分数だって、すぐに余裕になったやないけ。

けれどけっきょく、口にはしなかった。そう言ってみたところで、クロエがその言葉をどう受け取るかわからなかったからだ。だから苦笑いで、「俺は、大して出来んのやで？」と返してしまった。「ただのガリ勉タイプやでな。ここだけの話やけど」何かを誤魔化すようにそう言ってしまった。

「そろそろ行くわ」と言いだしたクロエを、亘は咄嗟に引き留めた。「電車の時間があるんか？　そうじゃないんなら、コンビニでも行かん？　久しぶりなんやし」しかしクロエはバツが悪そうに笑って、「ええわ、そんなの」と首を振った。そうしてあたりを少し気にするように見回し、また、笑った。「俺とおるとこなんか見られたら、オメェ、何言われるかわからんぞ？」

無論、亘は返した。「なんよ、それ？」不細工な笑顔を浮かべたまま、そう返した。「子供ん時は、アホほど一緒におったやないか」けれど、クロエも言ってきた。「今はもう違うやろ?」真っ直ぐに亘を見詰めたまま。「……お前だって、わかるやろ?」その目は少し、濁っていた。

別れ際、クロエは訊いてきた。「亘、うちの父親と会ったことあったよな?」だから亘は「ああ」と応えたのだ。「確か、一度会ったかな」サビクロを助けた日のことだ。するとクロエは小さく笑い、どこかぼんやり闇を見詰めたまま、ひとり言のように言ったのだった。「俺な、どんどん似てくるんや。親父に――」それで亘は、ふっと気付いた。ああ、そうか。クロエの目の濁りは、確かに彼の父親に似てきていた。

クロエは続けた。「まったく、嫌になるけどよ」暗闇を、濁った眼で見詰めながら。「蛙《かえる》の子は、蛙ってことなんやろなぁ」

地を這《は》うような、低い声だった。

クロエが死んだのは、それから半年後のことだ。

寒い冬の日だった。朝の何気ない会話の中で、「そういえば、黒江くん、死んだらしいで」と中学が同じだったクラスメイトに聞かされた。喧嘩《けんか》に巻き込まれ、人をかばって死んだという話だったが、本当のところはよくわからない。当時の彼には、良くない噂がいくらもあった。だからそんな殊勝な死に方は、クロエの親のでっち上げだろうと言う人もいた。

「黒江んトコの長男やろ?」「あんなモンが、人のために死ぬかよ」「悪い薬やっとったって話やで?」「ロクな死に方しとらんで、嘘ついとるだけやさ」「あの親やったらやりかねんな」

しかしその時の亘にとって、クロエの親のあり方も、もっと言ってしまえばクロエの死に方だって、正直なところどうでもよかった。

何もかも、どうでもよかった。クロエの家に行ったというクラスメイトの話も、「久住くんも、行ってみたら?」という進言も、「色々苦労しとったみたいやよ、黒江くん」という訳知り顔の報告も、ひたすらにどうでもよかった。

ただ、クロエが死んだという事実のみが、胸に重くのしかかった。クロエが死んだということは、もうこの世にいないということで、人生を変える手段も余地も、永遠に失われてしまったということに他ならなかった。たった五センチで人生は変わるのに、彼の人生は、変わらないまま閉じてしまった。

クロエは猫を殺した。猫を追い詰め、痛めつけて殺した。そして自分の人生も、おそらく追い詰め痛めつけ、挙げ句の果てには壊してしまった。

亘と同じことに笑い、同じことに怒り、同じことに泣き、同じ山を駆け回って、同じ花の蜜を吸って、同じように怪我をして、同じように日が落ちていくのを惜しんだ彼は、もう、いない。

だから亘は、やはり考え込んでしまうのだった。人生なんて、たった五センチで変わるのに――。俺は五センチぶん、あの時も、あの時も、あの時も、ずっと、間違えてしまったんじゃないのか? そんな考えにとらわれて、ひどく滅入ってしまうのだ。

俺は、クロエを——。

「——でも、人が人を救おうなんて、やっぱ傲慢な考えやわなぁ」

カウンターに左頬をつけ、突っ伏したような体勢でもって亘はそう呟いた。「自分が誰かの人生を、変えられたかもしれんなんて、偉そうにも程があるっつーか……」自分の声がくぐもって聞こえていたのは、しとどに酔っていたからだろう。のみなれない日本酒なんかをあおったせいだ。

つーか俺、日本酒で酔うとこんなふうになるんやな。亘はそんなことを思いつつ、目を閉じたままカウンターの上を撫でる。そうやって、酒が入っているはずのグラスを探る。

「んー……？」

しかし手はグラスを見つけることが出来なかった。代わりに、ザリザリした感触が親指のつけ根あたりにやってきた。それで亘はようやく薄目を開けてみたのだ。

「ふえ……？」

目の前には、白黒の仔猫がちょこんとお座りをしていた。ハチ割れの仔猫だ。首に赤い首輪をつけられた彼は、熱心に亘の手を舐めている。ザリザリ。ザリザリ。それは先週、猫缶に詰められていたハチ割れ猫に違いなかった。ザリザリ、ザリザリ。

そう。亘は神の店に来ていたのだった。学校帰り、家の近くの駐車場でその明かりを見かけた際は素通り出来たが、しかし帰宅後、双子や母に、学校側は鈴井遥太の処遇をどう考えているのか？　などということをしつこく訊かれ、うんざりして家を再び出てしまった。そうしてたどり着いたのが、一度は素通りしたほたる食堂だったというわけだ。

今日の食堂のメニューはラーメンだった。あっさりしょう油味のちぢれ麵《めん》。「今日のは、マジでなんでも作れるんすね」亘のそんな言葉に、神は肩をすくめ返したはずだ。「今日のは、宿のご主人に習って作ったヤツだから、オリジナルではないんだけど。でも意外と、おいしく作れちゃってるよなぁ」

それで亘は、どんな宿だよ？　と内心訝《いぶか》りつつ、しかしちゃんとラーメンを完食し、その上で酒を所望したのだった。ラーメンは確かに意外とおいしかったが、それより今日はのみたい気分だった。酒は特に強くもないが、それでものんで、とりあえず頭をバカにしてしまいたかった。

かくして出されたのが日本酒で、亘の記憶の限りでは、せいぜい二、三杯しかグラスは空けていないはずなのだが、しかし気付けばカウンターに突っ伏して、くだを巻いていたという次第。確かに頭はバカになったが、バカはバカなりに考えてしまうようで、けっきょく亘はクロエのことを、ベラベラ神に話してしまっていた。ただし、話すなり猛烈な後悔に襲われたのだが——。

「あー、なんで俺……。アンタなんかに、こんな話してしまっとるんやろ……」

すると神は眉をあげて柔らかく笑い、亘の手もとにグラスを置いてみせた。

「秘密ってのは毒だからな。たまにはそうやって、吐き出したほうがいいんだよ」

妙に優しげなその言葉に、亘はなんだかバツが悪くなり、渋々といったていで起きあがる。起きあがって、神が置いたグラスを手に取り、チビリとその縁に口をつける。

「つーか！　これ水やないか！」亘が叫ぶと、神はハッと笑い言い捨てた。「水で十分だっつーの。のめねぇくせに無理すんな」だから亘はケッと小さく吐き捨てて、そのままちびちび水を飲みはじめたのだ。「んだよ。ガキ扱いかよ……」

体を起こした亘を前に、ハチ割れは興を削《そ》がれたのか、スッと立ちあがるなりカウンターをポンと蹴って、神の腕へと飛び移ってしまう。そしてそのまま彼の肩に素早くよじ登り、まるでそこが定位置であるかのように、ちょこんと器用に座ってみせた。

たった数日で、ハチ割れはすっかり神に慣れたようだ。神も神で、まるでバステトを従えているかのような風情でもって、まったく仔猫に動じることなくその場にでんと佇んでいる。おかげで亘は、お前はファラオか、とバカな突っ込みを入れたくなる。作務衣なんか着とるくせに、ラーメン作るわバステトおるわ、文化が混線し過ぎやで、マジで――。

すると文化のるつぼは、るつぼらしく突拍子もないことを言いだした。

「そんな辛いなら忘れちまえば？　亘っち、ちょっと昔のこと引きずり過ぎだぜ？」

それで亘は、またケッと吐き捨てたのだ。「出来るんやったらそうしとるわ。けど、ちっとも全然忘れられんで、こっちは苦労しとるんやろうが」受けて神もごく軽やかに返してくる。「へえ、そうなの？　俺なんて、朝起きたら昔のこと全部忘れてたことあったけどな」だから亘は、鼻で笑って応えたのだ。「はーあ？　なんよ、それ？　事故にでないかとかける？」しかし神は、大真面目《おおまじめ》に言葉を続けてみせたのだった。「そうじゃないんだよ。ただ、ある朝突然に。あん時はビックリしたよ」おかげで亘はまたカウンターに突っ伏し、呆れ半分で言ってしまう。「アッホらし……。んなこと本当にあるんやったら、俺も明日の朝、目が覚めたらなんもかんも忘れとりてぇわ」

亘の呟きに、神は小さく笑う。「……へーえ、本当かい？」まるで亘の答えを知っているかのように訊いてくる。「本当に、全部忘れてしまっていいの？」

その言葉に、いつかのクロエの姿が過る。ついでに、結衣も。記憶の中のクロエは、楽しそうに笑っている。結衣も無表情ながら、コクコクずっと頷いている。

神の声がくぐもって聞こえてくる。

「彼のほうは、あんたに覚えてもらってるって知ったら、きっと喜ぶと思うけどな」

だから亘は寝落ちたふりをして、黙って目を閉じたのだった。ちょうど目頭が熱くなっていたから、寝たふりは色々と都合がよかった。

「誰かの幸せな記憶の中にいられるって、多分けっこう幸せなことなんだぜ？」

翌日も、校内はひどく浮き足立ったままだった。

携帯電話の使用は、校内では原則禁止となっているのだが、しかし生徒たちの多くは、教師の目を盗むようにして、あちこちで携帯に見入っていたし、教師たちも教師たちで、その取り締まりに躍起になり、おかげで校内のあちこちで、携帯を見た見ていないの言い合いが発生。普段の牧歌的な雰囲気は、すっかり消え失《う》せてしまっていた。

授業の自習を告げられたのは、朝の職員会議でのことだ。三年生は一限、二年は二限、一年生は三限の時間を、それぞれの学年会議に当てると決まったらしい。そして亘たち教育実習生は、自習の監視役を仰せつかった。

だから亘たちは、職員会議の後もずっと行動を共にしていたのだが、しかしこちらもこちらで、若干ピリリとしたムードが漂ってしまっていた。何せ亘は、結衣とまったく口をきいていなかったのだ。そして結衣も結衣で、今日はひと言も亘に話しかけてこなかった。

だからだろう。何かを感じ取ったらしい三ノ瀬さんと山田さんは、心配そうに訊いてきた。「久住くん、室中さんとなんかあったの?」「喧嘩でもした?」もちろん、亘としてはちゃんと身に覚えがあったのだが、しかし昨日の結衣とのやり取りを明かすわけにもいかず、「別に? なんもねぇけど?」といつもの調子で笑って誤魔化した。「アイツ、変人やでな。今日は、宇宙とでも交信しとるんじゃねぇの?」

それでも彼女らに不審の目を向けられたのは、おそらく亘がほんのり酒臭かったからだろう。どうやら彼は、日本酒の消化がすこぶる苦手な体質だった模様。ビールとは、わけが違うんやな……。一限目の三年生の自習に際し、亘はしみじみそんなことを思ってしまった。頭も痛ぇし……。最悪や……。

亘が自習の監視役を務めたのは、三年一組と二組だった。ちなみに山田さんは三組四組で、三ノ瀬さんは四組五組。結衣は五組六組。つまり女子のほうはクラスを重複させ、監視に余裕を持たせる形をとった。そのため亘は必然的に、一限目の約半分ほどの時間を、遥太のクラスの監視にあてることとなった。

もちろんと言うべきか、今日も遥太は欠席だった。昨日確認した窓際の前から四番目の席。そこはポッカリと穴が開いたかのような空席になっており、相変わらず花瓶も置かれておらず、落書きも特にされてはいなかったが、しかし机の中はどうなっているかわかったもんじゃないと亘は白々《しらじら》と思っていた。

何せ悪意のない場所など、この世界には存在しないのだ。ただそれはひっそりと溜めこまれ、溢れた時にあらわになる。

亘が異変に気付いたのは、二限目の自習の監視にあたっていた最中のことだった。二年二組の教室で、黙って机に向かう生徒たちの中、ぼんやり窓の外を見詰めていた亘は、グラウンドにある人影に目を留めたのだ。

「……？」

どうやら男子生徒のようだった。時間的に、遅刻をしてきたということか。彼は真っ直ぐずんずんと校舎に向かって歩いてきていた。その姿に、亘はもちろん、まさか、と息をのんだ。何せこんな日のこんな時間に、遅刻をしてくる男子生徒といえば鈴井遥太以外思い浮かばなかったからだ。ただし、生徒までは若干距離があったため、はっきり遥太だと確認までは出来なかったのだが——。

それで亘は生徒に気付かれないよう、何げなく一番後ろの窓際あたりに陣取り、外の様子をうかがいはじめた。校舎から、もうひとり人影が飛び出してきたのはその直後のことだ。

「――!」

飛び出してきたのは結衣だった。それで亘は思わず窓に手をつき、彼女の様子を注視してしまった。

何やっとんじゃ? アイツはっ。生徒ほっぽらかして、いったい何をやらかしとるんよっ!?

男子生徒に駆け寄った結衣は、彼の腕を掴み何か言っているようだった。生徒は結衣の攻撃に、ぐらぐらと上体を揺らしていたほどだから、結衣もだいぶ興奮しているのだろう。力の入れ方が尋常ではない。

気の毒に、男子生徒――。亘はそんなことを思いながら、生徒の姿に目を凝らす。そうしてやっと、彼は遥太に違いないと確信するに至った。あのやたらと小さな頭。長い手足。遠目にもなんとなくわかる整った顔立ち。間違いない。

鞄も炊飯器も手にしていない彼は、うるさそうに結衣の手を振り払おうとしていた。しかし結衣は彼の腕を離さず、その場に引き止めやはり何か言い続ける。その様子から察するに、明らかに遥太のほうが劣勢に思われた。

「あ……」

しかし、思わぬところで形勢は逆転した。遥太は摑まれていたのと逆の手で、結衣の眼鏡をむんずと摑み、そのままポイッと校門のほうに向け放り投げてしまったのだ。彼のフォームは美しく、眼鏡は綺麗に弧を描きずいぶんと遠くまで飛んでいく。受けて結衣は大口を開け、ポカンと飛んでいく眼鏡のほうを振り返る。遥太が駆け出したのはその段だ。彼は結衣の手をするりと抜け、勢いよく校舎のほうへと駆け出した。

「……！」

いっぽうの結衣は、失った眼鏡を捜そうとして、ひどいへっぴり腰で校門のほうへ向かいはじめた。両手で空を切りながら、少しずつ足を踏み出す姿は、控えめに言ってよぼよぼだった。結衣の視力はごく低いのだ。

だから亘は仕方なく教室を抜け出し、結衣の携帯を急ぎ鳴らしたのだった。状況を摑むには、それしかないと思ってそうした。

電話に出た結衣は開口一番言ってのけた。「はい。どちらさま？」どうやら結衣には、液晶の文字すら見えていない模様。それで亘は、声が響かぬよう小声で告げたのだった。「俺や……！　亘や……！　お前、こんな時に、校庭なんかで何やっとるんよ？」

すると結衣は、「あっ！　亘くん！」とどこか安堵したような声をあげ、続いてやや意味不明なことを言いだした。「大変なの！　緊急事態！　鈴井くんが、実力行使に出るって！」受けて亘は「はあ？」と顔をしかめる。何せ事態がまるでのみ込めなかったのだ。

「どういう意味よ？　それ……」

かくして結衣は矢継ぎ早に、昨日の放課後から現在までのことを、まくしたてるように説明してみせたのだった。

「実は私、昨日の夜鈴井くんの家に行って！　もし君が猫缶の犯人ならそんなことはもうやめなさいって話したの！　猫を缶詰に閉じ込めてそれでストレス発散しとるんなら別の方法を私と一緒に考えようって！」

おかげで亘はとりあえず舌打ちしてしまった。ったく、コイツは！　猫缶からは手を引けって、昨日言ったばっかりやろが！　そんな思いが過ったからだ。しかし結衣とて、嫌や、と即答していたわけだから、忠告の無視は有言実行の範疇《はんちゅう》とも言えた。だから亘はイラつきつつも「それで？」と彼女の話を促したのだ。「それの、何がどうなって、実力行使とかいう話になったんよ？」

なんでも結衣の話によると、彼女からの進言を受けた鈴井遥太は、意外なほどあっさりと「別にいいですけど」と言って返したのだそうだ。そしてその代わりにと、交換条件を提示してきた。

「昨日山田さんが見せてくれた地域コミュニティーサイトってあったやろ？　例の写真が載っとった……。あのサイトに、その写真を載せた人のメールアドレスを特定してくれたら、猫缶のこと考えてもいいって言ってくれたの」

そんな結衣の説明に、亘は思わず返してしまう。「はあ？　んなこと言ったたって、あれは匿名のサイトやろ？　メールアドレスなんてわかるわけ……」ただしその言葉は、結衣によってあっさりと遮られた。「え？　わかるよ。ていうかあのサイト、作りがガバガバやったで簡単にわかった」

だから亘としては、驚きと拍子《ひょうし》抜《ぬ》けが相まって、「え？　あ、そうなの？」と返すよりなかった。「へーえ、そうなんや……。そんな簡単にわかるもんなんや。へーえ……」ただし結衣は、そんな亘の反応など、もちろん気にする様子もなく話を続けた。

「そやで私、あの子にそのアドレス教えてしまったの。これで猫缶やめてくれるんならって思ったし。あの子もあんな写真ネットに貼られてよっぽど傷ついとるんやろうと思ったで。写真載せた犯人くらい調べてあげてもいいかなって思って。でもあの子、そのあとしばらくしてまた別のこと要求してきて……」

結衣のその言葉に、亘は嫌なものを感じながら訊ねる。「別のことって、なんよ？」受けて結衣は、ため息交じりの声で答えたのだった。

「あの子、そのメールアドレスから個人を特定したみたいなんや。それで今度はそのアドレスにウイルス送れって言ってきて」

「は？　ウイルスって、なんで……？」

「だから、このメアドの持ち主は人間のクズで、パソコンの中にはひどい写真がいっぱいあるはずだから、とりあえずウイルスかなんか送って、そのパソコンのことギッタギタに壊しちゃってください、ってあの子言ってきたんやって」

もちろん亘は、はあ？　そんなこと出来るわけ――、と口にしそうになったのだが、しかし相手が相手だと気付き、咄嗟に言葉をのみ込んだ。すると結衣は、やはりあっさり言ってのけたのだった。

「でもそんなことしたらさすがに悪いに？　いくら人間のクズのパソコンといえどタダじゃないんやし。パソコン代請求されても私そんなにお金ないし？　そやでそんなことはやりたくないって言ったんやけど……」

だから亘は結衣の言い草を聞きつつ、コイツ、マジでウイルスなんか作れるんや――、とにわかに引いてしまったのだが、しかし現状気にするべきはそこではないと、自らをたしなめその感想を頭の隅へと追いやった。そうして結衣の話の内容をまとめて察し告げたのだ。

「――つまり、そんなことやりたくねぇってお前が断ったら、それなら実力行使に出るって、鈴井遥太が言ってきたってことか？」

そう問うた亘に、結衣は感心したような声で言ってきた。

「うん！　うんうん！　そうなの！　さすが亘くん！　そういうことなの！　さっきそういうメールがきたの！　どうしよう？　亘くん。私、パソコン壊してやるべきやった？　でも今からウイルス作るのは時間的に難しいっていうか……」

だから亘は、「いや、もうそういう問題じゃねぇやろ」と返し、「とりあえずお前は、早く眼鏡見つけて、さっさと教室に戻れ！」と告げたのだった。「お前と鈴井のやり取り、教室からもろ見えやったで。下手したら、自習抜け出しとるの先生らにバレるかもしれんで……」

亘の目の前を、足早に人影が通り過ぎていったのはその瞬間だった。

「あ――？」

人影は鈴井遥太だった。彼は二年生の教室が並ぶ三階の廊下を、どういうつもりかスタスタ歩いていたのである。それで亘は、慌てて彼を呼び止めた。

「お、おいっ！　ちょっと待った！　鈴井遥太！」

すると遥太は、そこでようやく人の存在に気付いたらしく、少し驚いた様子で立ち止まると、怪訝そうに亘のほうを振り返ってみせた。

「ああ、久住先生。何やってんですか？　こんなとこで」

それはこっちのセリフやわ、ともちろん亘は思ったが、しかしその言葉は口にはせず、ひとまず彼の制止にかかった。

「お前こそ、どうしたんよ？　こっちは二年の教室やぞ？　お前のクラスは二階……」

亘の携帯から、結衣の声が聞こえてきたのはその瞬間だ。「亘くんっ⁉　もしもーし⁉　どうしたのっ？　なんかあった⁉」

ほとんど叫び声のような彼女の声は、亘の耳にはもちろん、遥太の耳にもしっかり届いたように見受けられた。何せ彼は亘の携帯をじとっと見詰めつつ、若干うんざりした様子で訊いてきたのだ。

「……久住先生、室中先生から色々聞いちゃってる感じですか？」

それで亘は、携帯の通話終了ボタンをタップしつつ、乾いた笑いで返してみせた。「ああ……。まあ、一応それなりに……?」すると遥太もフッと笑い、「ホント仲いいですよねぇ、おたくら。付き合っちゃえばいいのに」などと軽口を叩いた。そうして笑顔のまま亘へと一歩近づいて、「ま、伝わってんなら話が早いや。悪く思わないでくださいね?」と呟いたのだ。

彼の左拳《ひだりこぶし》が亘のみぞおちに繰り出されたのはそのタイミングで、亘は「ガッハッ!」と息だけ吐き出すような音をもらし、そのまま膝から崩れてしまった。

「――俺、急いでるんで。ちょっとここでおとなしくしといてください」

翳《かげ》りない美しい笑顔を浮かべ、鈴井遥太はそう告げてきた。そうしてくるりと亘に背を向け、またスタスタと歩き出したのだ。

もちろん亘は、彼を呼び止めようとした。しかしみぞおちにパンチを喰らったダメージは存外大きく、うまく息が吸えないまま、亘はその場にうずくまる。うずくまって、それでもどうにか彼のほうに腕を伸ばす。

「……ま、て……。す、ずい……」

痛みをこらえながら顔をあげると、鈴井遥太が二年一組の教室へと入って行くのがわかった。なんで二年一組……? そんなことを思いながら、亘は腹を押さえつつ、どうにかこうにか立ち上がる。あのクラスに、写真貼りつけた犯人が、おるってことか?

遥太が入っていった教室から、「キャーッ!」と悲鳴があがったのはその段だ。そしてほぼ同時に、ガタガタッと机や椅子が倒れるような音も廊下に響いた。

「……！」

明らかに異常事態が発生しているとしか思えないその物音に、みぞおちの痛みがにわかに凪《な》ぐ。

「――す、ずいっ！」

腹から、そんな声も出た。それで亘は廊下を蹴り、急ぎ二年一組の教室へと向かったのだ。

亘が教室へと駆け込んだ時、生徒たちはみな席を立ち、教室の前方と後方に固まっていた。そんな中、遥太は教室のほぼ中央で、ひとりの男子生徒の胸ぐらを摑み仁王立《におうだ》ちしていた。

「……！」

華奢な彼は、しかし自分より少し体格のいい男子生徒を、軽々と片手で持ち上げてしまっていた。なんなんや？　コイツ？　そう思わずにはいられなかった。さっきのパンチもやし、前に脅された時も思ったけど――。なんでそんなヤワな見てくれのクセに、そんな荒々しい男なんよ？

目を見張る亘の前で、遥太はやはり軽々といった様子で、ポイッと男子生徒を床に放り投げる。瞬間、再び教室には悲鳴があがる。「キャー！」しかし遥太は涼しい表情を浮かべたまま、床にへたり込んだ男子生徒を見おろし、特に声を荒らげるでもなくごく淡々と告げたのだった。

「なんでこんなことされてるか、わかってるよね？」

受けて男子生徒は、恐怖に引きつったような表情でうんうんと頷いてみせる。すると遥太はフッと微笑み、「よしよし」と彼の頭を撫ではじめた。「わかってるんだったら、話が早いや」そうしてそのまま、生徒の髪を摑んでみせたのだ。

男子生徒は、ひゅっと息を吸い込むような悲鳴をあげる。しかし遥太は、特に動じる様子もなく、笑みを浮かべたまま彼の顔をのぞき込む。まるで彼が恐怖におののいているのを、どこか楽しんでさえいるようだ。

美しい顔立ちが、その異様さをなおのこと際立たせている。細くしなやかな指は、少年の髪をぎりぎりと摑みあげる。少年の顔は、恐怖に歪んでいく。

「──やめろやっ！　このオカマ野郎っ！」

そう叫んだのは、前方の一団の中にいた男子生徒だった。周りの生徒たちより上背がある彼は、声をあげたことに相当緊張もしていたのだろう。顔は紅潮し、わずかに唇も震わせていた。

だが遥太のほうは、平静を保ったままだった。彼は男子生徒の髪を摑みつつ、顔だけ前方に向け「へ？」とどこかとぼけたような声をあげてみせたのだ。「何それ？　オカマって？」

受けて今度は後方から声が飛んだ。「オメェのことやろっ！」やはり背の高い男子生徒が、意を決したように言いだしたのだ。「みんな知っとるんやぞっ!?　オメェが東京でしとったこと!」するとすぐに、あちこちから声が飛びはじめた。「そやぞ!」「知っとるんやぞ!」「そやで止めろや!」「そうや!」「出て行けや!　このオカマ野郎!」

その声に、亘は思わず、やめろ、と叫びそうになる。今はオカマとか関係ねぇやろ——。しかし、そう口にしようとしたとたん、みぞおちがまたギュッと痛んで、勢い背中を丸めてしまう。

「……ぐ」

先ほど遥太は、ちょっとおとなしくしてて、などと言っていたが、どうやらあの攻撃は、ちょっとどころではなかったようだ。身動きが取れない亘は、腰を曲げたまま黙って歯を食いしばる。食いしばって、不甲斐《ふがい》ない自分に猛烈なイラ立ちを覚える。何を、やっとるんよ、俺は——。

遥太が、「あー、はいはい」と笑って応えたのはその段だった。彼はおかしそうに顔を歪めながら、「あの写真のことね」と肩を揺らしはじめた。そうして前方の生徒と後方の生徒、その両方に顔を向けたのだ。「なるほど。この感じだと、みんな見たんだね?　好きだよねぇ?　みんなそういうの」

そうしてその美しい顔でもって、毒を吐き捨てるように言った。

「——でも、残念でしたー。あの写真は、俺の写真じゃないんです」

言いながら彼は、目の前の男子生徒に視線を戻し、どこか蔑《さげす》むように告げる。

「あれは、俺の母親なの。よく似てるって、うちの叔母にも言われるんだけどさ。そんなに似てる？　みんなで寄ってたかって、オカマ野郎って口を揃えてみせるくらい似てるのかなぁ？　俺にはよくわかんないんだけど——」

遥太のその言葉に、それまで彼を睨みつけていた生徒たちの表情がふっと変わる。戸惑ったような、どこか慌てたような、なんともバツの悪そうな表情だ。それはまるで、被害者が加害者に転じた瞬間のようでもあった。

「………」

そしてそのことを、遥太も肌で感じたのだろう。彼はおかしそうな笑い声をあげると、生徒たちをぐるりと見渡し言い継いだ。

「やだなー。そんなあからさまに、悪いこと言っちゃったなぁ、みたいな顔しないでよ。いいんだよ？　俺は別に気にしてないし。実際、ホントに似てるらしいしねぇ。みんなが勘違いするのも、無理ないっていうか？」

ひどく美しいその顔で、彼は毒をまき散らしているようだった。

「ただ、血の繋がりって怖いなー、とは思うよねぇ。俺、母親の顔なんて覚えてもないんだよ？　それなのに顔のほうは、どんどん母親に似ていくっていうんだもん。たまんないよねぇ？　鏡見るたび、うんざりするくらいだよ」

その言葉に、教室は水を打ったように静まり返る。当たり前といえば当たり前の話だった。彼が口にした彼の人生は、生徒たちにとって、どう反応していいのかわからない類いのものだったのだろう。

亘だって、同じだった。ちゃんと言葉を失くしていた。なんと言っていいのかも、正直なところわからなかった。血の繋がりが怖いと感じる人生が、いったいどんなものであるのか——。

だからもう、そこからは遥太の独壇場だった。彼は目の前の男子生徒に視線を戻し、笑顔のまま話を続けたのだ。

「でもさぁ。俺って、そんな母親の息子だからさぁ。やっぱけっこうどうかしてるところもあるんだよねぇ。キレると何するかわかんないっていうか？　自分でも抑えが利かないっていうか……？」

そうして遥太は、少年の頭をグイッと引き寄せ、ややドスのきいた声で言ってのけた。

「——だからさ、お前、パソコンの写真全部処分しろよ」

何かに憑かれたような、残酷な笑みを浮かべて——。

「そうしなかったら、パソコンの代わりに、お前の頭カチ割ることに……」

廊下のほうから、「ほら！　教室に戻れ！」という声が聞こえてきたのはその段だった。おそらく騒ぎを聞きつけた教師陣が、やっと駆けつけたのだろう。「ほらほら！　野次馬は邪魔や！」「教室戻れ！」「戻らんと反省文やぞ！」

その声に、遥太は面倒くさそうに顔をしかめる。そうして少年から手を離し、宙を仰ぎ呟いた。

「あーあ、時間切れかぁ」

遥太がふらり窓のほうへと足を踏み出したのは、その直後のことだ。彼は髪をかきむしるようにして、ふらふら窓辺へと向かって行く。

「は……？」

おかげで亘は呆然と目を見開いてしまった。何せ彼の進行方向は、どう考えても間違っていたからだ。この場合、彼が向かうのは教室の戸口であり、窓ではない。窓であるはずがない。何せそれは、出口ではないのだ。

そう、間違ってもそれは、出口ではない。

それで亘は、痛むみぞおちをおして、思わず声をあげてしまった。

「――鈴井っ⁉」

しかし彼はそれを無視して、さっさと窓際へと向かって行く。だから亘はさらに叫んでしまう。

「ちょっと待てや！　鈴井っ！　ここは……！」

ここは三階やぞっ！　そう叫ぼうとするやいなや、後方から村正先生と生活指導が飛び込んできて、亘は彼らに押しのけられる形で黒板にぶつかってしまう。「うぐっ……」遥太が教室の窓枠に足をかけたのはその瞬間だ。

「鈴井⁉」

「お前⁉　降りろ！　鈴井っ！」

村正先生らが叫ぶも、遥太は上方の窓枠に手をかけ、転落防止の手すり部分を右足でひょいとまたいでしまう。そして残りの左足も、当然のように持ち上げる。窓の外は綺麗な秋晴れで、遥太は青い空を背景に、高々数センチしか足場がないであろう窓枠の外に立ってみせる。

「あ……」

吹いてくる風に、遥太のくせ毛が揺れる。まるで、空に身を委ねようとしているかのようなその様子を前に、亘は咄嗟に思ってしまう。まさかコイツ——。まさか、死ぬ気じゃ——。

それとほぼ同時に、クロエの言葉が脳裏を過ったのは、偶然だったのか必然だったのか判然としない。判然としないが、彼の言葉がぼんやり耳元で聞こえた気がした。

(俺な、どんどん似てくるんや。親父に——)

みぞおちが、ひどく痛んだ。気が遠くなりそうなほどだった。それなのに、クロエの声は響き続けた。

(まったく、嫌になるけどよ)亘の腹の中を、ギリギリと絞りあげるようにして、彼は言った。

(蛙の子は、蛙ってことなんやろなぁ)

「——だからって、人生投げんなや!」

あまりの大声に驚いたが、それは自分の声だった。そしてその声は、空に臨んでいた遥太にも届いたようだった。それまで教室に背を向けていた彼は、フッと後ろを振り返ったのだ。

だからか、たまらず亘は言ってしまった。

「早まるな！」

人の人生を自分が変えようなんて、傲慢が過ぎるというものだ。おこがましいにも程がある。そんなことは、亘にだって重々わかっていた。わかっていたが、それでも思ってしまうのだから、もう仕方がなかった。

「戻ってくれ！　頼むで……！」

失って欲しくなかった。たった五センチで変わる人生の、手段や余地のようなものを。生きてさえいれば、それは失われない。たとえどんなやり方で人生を凌《しの》ごうと、生きてさえいれば、それは決して失われないのだ。たとえ猫を缶に詰めようと、あるいは残酷に殺めようと、それでも生きてさえいれば——。

生きて欲しかった。

それがどんなに残酷な願いでも、お前には、生きていて欲しかった。

「頼む！　戻れ！」

瞬間、遥太が小さく微笑んだように見えた。それは少し照れくさそうな笑顔で、コイツもこんなふうに笑えるんやな、と思わず目をしばたたいてしまうような、なんとも少年くさい笑顔だった。ただし遥太は、そんな笑みを浮かべたまま、トンと窓枠を蹴って空へと飛び出してしまったのだが――。

「――鈴井……っ！」

叫びながら、亘は床を蹴って窓へと駆け出す。生徒たちを押しのけ、机に飛び乗り、青空に吸い込まれていく遥太に手を伸ばす。

冷静さが戻ったのは、窓枠に足をかけ、そのまま宙に向かってダイブした瞬間だ。あれ？　俺、これヤバくね？　かつて経験したことのない浮遊感の中、亘ははたとそう思い至ってしまった。落ちるよな？　これ……。

しかし、後悔先に立たずとはよく言ったもので、すんだことを後から悔《く》やんでも、当然取り返しはつかないのだった。

「あ……っ？」

だがそれでも思わずにはいられなかった。やっぱ、今回の帰郷は呪われとったな。なんせもう、次回はないかもしれん状況やし――。

空が青かった。

人生最後の景色としては、まあ悪くもないような気がしていた。

四品目

焼きそば

人生は五センチで変わる。亘はそのことを改めて実感した。

目を覚ましたら、自宅のベッドの上だった。ベッド際には涙目の結衣。どういうつもりなのか、亘の左手を強く握りしめている。そしてそんな結衣の背後には、双子と三ノ瀬さん、山田さんが神妙な面持ちで控えていた。おかげで亘は、薄く開けた目をゆっくり閉じてしまったほどだ。何？　この、臨終みたいな感じ……。俺、死んだの？

そうして逡巡すること数十秒、意を決した亘は、そろっともう一度目を開けてみた。

「……？」

すると結衣たちは、たちまち大袈裟《おおげさ》に反応してみせたのである。結衣は、「亘くんっ⁉　亘くんっ⁉　ああよかった！　亘くんっ！」と握った手をぐいぐいやりながら、ひたすらに叫んでいたし、双子もすぐさま部屋のドアを開け、「お母さーん！　お兄ちゃん、目ぇ覚ましたー！」などと、重傷者が奇跡の生還を果たしたかのごとく声をあげた。「なんか助かったみたいー！」「意識もちゃんとあるっぽいでー！」

そうして亘は、ゆるりと思い出したのだった。校舎三階の教室の窓から、鈴井遥太を追いかけて無謀にもダイブしたことを。得も知れぬ浮遊感の中、死を覚悟したこともすぐに思い出した。

ただしそんな決死の覚悟は、すぐに間の抜けた命乞《いのちご》いへと変貌《へんぼう》を遂げてしまったのだった。彼が飛びたったのは、確かに三階の窓ではあったものの、しかしその下にあっていたのは校庭ではなく、別棟に続く渡り廊下の屋根だったのだ。つまり落下距離は一階分しかなく、死を覚悟するには、あまりに落下距離が短過ぎた。

これじゃ、死ねんな……。落下しながら、亘はそんなふうに思ったような気がする。つーか、これで死ぬとか、嫌過ぎるわっ！　かくして彼は空中で、体をひねったり腕や足をじたばたさせたりと、相当な悪あがきをおこなった。時間にしたら高々一、二秒のことだっただろうが、しかし彼の人生の中で、一、二を争う集中力を発揮させた自負が亘にはあった。

結果、彼は無事渡り廊下の屋根へと着地。記憶は若干曖昧だが、どうにか足から着地することが出来たらしい。しかし、あと数センチ姿勢がずれていたら、頭なり首なり腰なりの、打ったら危険部位あたりでもって、着地していた可能性も大いにあった。そういう意味においても、やはり五センチと、亘としては思わずにいられなかったし、ヘンに覚悟を決めて、目を閉じていなくてよかったと、胸を撫でおろさずにはいられなかった。目ぇ閉じとったら、下が渡り廊下やって気付けんかったでな。不幸中の幸いやで、まったく――。

落下時の状態、並びに怪我の具合について、亘に説明してくれたのは母だった。息子の教育実習先から連絡を受け、わけがわからないまま病院へと駆けつけたらしい母は、やはりわけがわからないまま医師の説明を受け、キツネにつままれたような気分でもって、不肖の息子を自宅に連れ帰ったのだそうだ。

「だってアンタ、教育実習中の息子が、教室の窓から飛び降りたって言われてみ？　本当にもうな、わけがわからんで？」

医師の診断によれば、亘の症状は軽い脳震盪《のうしんとう》と、捻挫《ねんざ》と打撲。「あとは、寝不足と少々の二日酔いもあるんでしょうなぁ」と処置台で横になっている亘に対し、医師はしかつめらしく告げたそうだ。「実に、よく寝とらはります」おかげで母は、穴があったら入りたい気分にさいなまれたという。

「それと、みぞおちのあたりにも痣《あざ》があったらしいけど。アンタ、なんか覚えあるけな？」

そんな母の説明に対し、亘は遥太の一撃のせいだと理解したが、しかし、話せば話がややこしくなるという思いもあり、取り急ぎうやむやにすることにした。「さあ？　なんやろうな？　落ちた時、膝で腹のあたりでも蹴ったんじゃね？」

ちなみにその鈴井遥太はといえば、亘とは異なり華麗に渡り廊下に無事着地。そして自分よりわずかに遅れて落下してきた亘の始末を見かね、ちゃんと保健室まで運んでくれたのだそうだ。

「鈴井くん、あんな華奢なのに、久住くんのこと軽々とお姫様抱っこしてな？」

「そうそう！　見とった女子、みんなズッキューンってなっとったよな？」

キャピキャピと言ってくる三ノ瀬さんと山田さんに、亘は無我の笑顔で返すしかなかった。「そう。そら、よかったわ」そしてあの状況で、ズッキューンとなれる女子たちの、切り替えの早さにもひそかに思いを馳せていた。

ちなみに女子のハートを射貫いた遥太は、颯爽《さっそう》と渡り廊下を駆け抜け保健室へと移動。そこに亘を置くだけ置くと、自らはさっさと逃げ果《おお》せてしまったとのこと。教師陣は追いかけたらしいが、彼の逃げ足の速さは凄《すさ》まじく、窓を飛び越えフェンスを乗り越え、檻《おり》から放たれた野生動物のごとく、裏山に紛れ込んでしまったんだとか。

「けど、例の写真の真相がわかったこともあって、校内はもう鈴井先輩同情論一色やけどな」そんな楓の説明に、葵も深く頷いていた。「うん。むしろ悪く言っとった子たちとか、吊《つ》るし上げくらっとったくらいやし」

無論亘も、遥太が事実を告白したあの教室で、空気が一瞬にして変わったことを実感してはいた。いたがしかし、それよりも大きなうねりでもって、校内世論は一気に傾いたようだ。現状では、遥太だけにひどい処分が下るのは不公平ではないか、という意見が大多数を占めているらしい。

「でも鈴井先輩本人の説明がないことには、処分も下せんって、先生らも困っとったわ」

双子はそう語っていたが、しかしのちに見舞いに来てくれた村正先生により、鈴井遥太の処分について、大よそ見通しが付いたとの報告を受けた。

聞けば鈴井遥太、放課後にひょんとひとりで学校にやって来て、あっさり謝罪してみせたのだそうだ。

「なんや、ネットに母親の写真を載せられとったのに気付いて、カッとしてついやってしまったって言ってな。けど、家で頭冷やしたら我に返ったんやと。それで、ひどいことしてしまったと、平身低頭で詫びてきたわ」

そして暴行を受けた男子生徒も、その謝罪をすぐに受け入れたとのこと。くだんの写真を、少年がネットの掲示板に載せたのは事実だったため、保護者もそう強くは出てこなかったようだ。

「しかもアイツ、あんだけ暴《あば》れ回ったクセに、人に怪我はさせとらんし、器物の破損もなかったんやわ。まあ、えらい上手に暴れてみせたっちゅうかなぁ」

だからせいぜい、停学程度の処分ですむだろうと村正先生は語った。

「事情が事情やしな。母親の写真があんなふうにバラまかれたら、そら冷静にもしとれんやろうっていうのが、こっち側の見解やわ」

そんな説明に、双子のみならず、三ノ瀬さんと山田さんも安堵の息をもらしていた。

「よかった！　ありがとうございます、先生！」「ホント！　退学とかいう話が出たら、嘆願書集めようって、みんなで話しとったとこやったんです！」「私たちも、実習中にそういう生徒が出たら、一生引きずるって話してたとこだったんです。ね？」「うん。寛大な処分でホッとしました」

受けて村正先生も、いつもの飄々とした笑顔で返していた。

「そうか、そうか――。じゃあみんな、今度は自分の心配やな？　久住の双子は、自習中に教室から抜け出して野次馬しとった反省文をノートに五ページ。実習生たちは、明後日《あさって》の研究授業対策を明日やってやるで、朝イチで指導案用意して会議室に集合や」

おかげでにわかに現実に引き戻され、三ノ瀬さんと山田さんとは、慌てて帰り支度をはじめたほどだ。「そうやった！　指導案作らんと！」「じゃあ、私たち、これで失礼します！」そして双子も、ブーブー言いながら双子の部屋へと戻っていった。「野次馬しとったの、うちらだけじゃないのにー」

いっぽう結衣はどういうつもりか、亘の家で指導案を作ると言いだした。「亘くん、頭は打ってないけど脳震盪は起こしたわけやし。心配やで私もうしばらく亘くんのこと見とく」そう言い張る彼女に、帰るよう説得するのも面倒で、亘は彼女の滞在を許可してしまった。村正先生が、「そうやな、それがええわ」と勧めたというのもある。「確かに室中は、久住に教えるくらいのつもりで、指導案を作ってみるとええかもしれん」そうして先生は、亘に謎の目配せをして、ポンポンと肩を叩いてきたのだった「久住の指導案はあらかた出来とるんやし、友だちなんやで、ちゃんと見てやれ。な？」

そうして亘と結衣は、揃って指導案を作ることになったわけだが、結衣はそんな中であっても、鈴井遥太のことも、猫缶のことも口に出してこなかった。

おそらく自身の行動が、遥太の暴走を誘発したという自覚があったのだろう。彼女にしてはめずらしく、亘がややつっけんどんに、「その説明じゃわけわからんわ」だとか、「何を言っとるんかさっぱりや」だとか、「そこではしょっとる計算はねぇの？」などと言うのを、目をぱちくりさせながらもおとなしく聞き入れ、自らの指導案にじゃんじゃん赤字を入れていた。

無論時おり、「やっぱり亘くん、頭打ったんじゃないの？」などという無礼な発言もかましてきたが、しかしそれは単なる彼女の本心だったと思われる。何せ彼女は、ずいぶんと心配そうに言ってきたのだ。「この公式、高一の秋に習ったやつやで？」だから亘としても、大真面目に返すよりなかった。「いいか、結衣——。俺は頭を打ってねぇし、この程度の人間に教える気概がねぇと、教師の仕事はさすがに無理やで？」

だから亘としては、今日はもう鈴井遥太の話も、猫缶の話題ものぼらないのだろうなと思っていた。あるいはもしかしたら、このまま何事もなかったていで、実習生活残り二日間を、平穏無事に過ごすことになるのかもしれないとすら考えていた。

「………」

何せ結衣は、暴走モードからセーフティモードにきっかり切り替わってしまったようだったからだ。そして彼女がおとなしくしているのであれば、亘も積極的に猫缶に関わるつもりはなかった。

こんな状態であれば、事件を解決するのは到底無理だろう。時間だってない。猫たちには申し訳ないが、頑張って自力で生き抜いてくれとしか言いようがない。結衣の指導案を見てやりながら、亘はそんなふうに思いはじめてもいた。

悪いな、猫たち。でも、許してくれ。もし缶に入れられた時は、大声で鳴いて叫んでくれ。そうすりゃ、誰かが気付いてくれるかもしれんで――。

しかしそんなことを思った矢先、猫缶のほうが、自ら亘たちのほうへと近づいてきた。押してダメなら引いてみろ、とはこういうことを言うのかと、亘はひそかに感じ入ってしまったほどだ。

ふたりが久住家を訪ねてきたのは、亘が結衣に「お前、そろそろ帰れば？」と言いだした頃合いだ。「もう指導案の大枠は出来たやろ？　細かいところは、担当の先生に訊けばええんやし……」

そんなことを言っている最中、母が遠慮がちに部屋のドアをノックしてきた。「亘。知り合いだって人が来てるけど」時計の針はすでに九時を回っていた。だから亘は顔をしかめ、「はあ？」と応えたのだ。「こんな時間に？」そして母が返した次の言葉に、思わず戦慄し背すじを伸ばした。「うん。夜分すみませんって、謝ってみえたけど。どうしても話したいことがあるからって、矢島さんて人が――」瞬間、結衣のほうも、目を見開き亘を見詰めてきた。「わ、亘くん。矢島って……」「あ、ああ、わかっとる……」

かくして亘たちが警戒心むき出しで玄関に向かうと、そこには紛うことなき光城館の塾講師、矢島光の姿があった。

「どうも～。こんばんは～。矢島光といいます～。多分おふたりは、僕のことご存じかと思うんですが～」媚《こ》びるような笑顔で彼は言って、玄関のドアの向こうに立つ、もうひとりの腕を引っ張ってみせた。するとあろうことか、今度は彼が姿を現した。

「――す、鈴井……!?」

矢島に腕を引っ張られ、顔を出したのは鈴井遥太その人だった。彼はバツが悪そうな表情でもって玄関をくぐると、「ども」と小さく手をあげてみせたのである。

そんなふたりの登場に、もちろん亘と結衣のふたりは、突っ立ったままポカンと口を開けてしまっていた。何せつい先日まで、こちらが動向を探っていた男がふたり、がん首揃えて自ら姿を現したのだ。

「な……？　どうして……？」

声を詰まらせながら言う亘に、すり手で応えてみせたのは矢島だった。彼はおそらく、彼が出来得る限りの下手に出る勢いでもって、実に盛大にへりくだって告げてきたのだ。

「いや、それが、実はちょっとしたお話がありまして……」

そんな矢島を横目に、遥太はフンと鼻を鳴らしながら矢島の言葉を継ぐ。

「猫缶のことだよ。あの事件、アンタたちも無事に終わらせたいでしょ？」

あからさまに上からの態度でくる遥太を、しかし傍らの矢島は腕でつつく。「もう！　その言い方はないだろ？」小声だが、完全にこちらに聞こえる声で遥太を諭《さと》す。「断られたら、どうすんのさっ？　こういう時はおとなしく頭をさげるの！　いい？」

おかげで亘と結衣は、怪訝に顔を見合わせてしまったのだが――。遥太と矢島も顔を突き合わせ、しばしの間言い合っていた。「ていうかオッサン、なんで講師のクセにパソコン弱いんだよ?」「だから、僕は根っからの文系英語講師だって言ってるだろ? ドゥユーアンダースターン?」「パソコンって外来品じゃないのかよ?」「君の発想は昭和初期だな!」「そらそうだよ。うちのじいちゃん大正生まれだったし」

だから亘は、自ら声をかけたのだった。これ以上ふたりを放置しても、埒が明かないのではないかという思いもあった。

「……あの、それで、話ってなんなんですか?」

するとふたりは、お互い肘や肩でつつき合ったのち、それでも意外や息を合わせて言ってきた。

「折り入って、室中さんにお願いがありまして!」

「……協力、してください。お願いします……」

遥太と矢島のお願いというのは、とあるサイト内掲示板の、某スレッドを消して欲しいというものだった。

亘が渋々招いた彼の自室で、ふたりはしおしお並んで正座をし、事態の説明に取り掛かった。まず発言をはじめたのは遥太だ。

「昼間学校でひと暴《あば》れした時、ネンチャックにはちゃんと言っといたんだよ。例のスレッド消しとけよって。なのにアイツ、全然消す気配がなくてさ。でも、スレッド消せるのは、管理人とスレッド立てた本人だけだし……。けどあのサイト、管理人はほぼ不在状態だし、ネンチャックとも連絡とれなくて、どうしようかなーってなって……」

ネンチャックとは、学校で遥太が摑みかかった、二年一組の男子生徒であるらしい。ネットの掲示板に、あまりにしつこい書き込みをするため、遥太と矢島の間では粘着質の連投師、ネンチャックで通っているんだとか。

「それで、室中先生なら、ちゃちゃっとハッキングかなんかして、スレッド消せるんじゃないかなと思ったんだ。だからまず、室中先生んちのほうに行ったんだけど、久住先生んちに行ってるって言われて。だからまあ、久住先生の具合も心配だったし？　とりあえず、こっちにも来てみたって感じです」

そんな遥太の説明に、だから亘たちは、いったん勘違いしてしまった。何せ彼らが言ってたサイトというのは、遥太の母親の写真が載っていたという、例の地域コミュニティーサイトだったのだ。それで結衣も、あっさり彼らの要求に応じる姿勢を見せた。

「そういうことなら別にいいけど」

つまり彼女は、遥太が削除して欲しいと言っているスレッドを、母親の写真が載せられているそれだと思ってしまっていた。無論、亘も同様だ。何せそれ以外に、遥太がスレッドを消したいと望む理由など思い当たらなかったし、母親のあんな写真を消して欲しいと願うのは、むしろ当然のことのように感じられたからだ。母親のあられもない姿など、普通に考えて世間に晒し続けたくはないだろう。

それで一同は、矢島が持参したノートパソコンでもって、くだんのコミュニティーサイトに接続したのである。結衣が不思議そうな声をあげたのはその段だ。

「……あれ？　鈴井くん、そのスレッドってもう削除されとるみたいよ？」

結衣の言葉に、遥太は「え？　マジで？」と顔をしかめパソコンの画面をのぞき込む。そして、「まだあるじゃん」とすぐに応えた。「ほれ、これ」ただし彼がそう指さしたスレッドを前に、亘も結衣も眉をひそめるしかなかった。

「へ？　これ？」「なんよ？　これ？」「鈴井くん、お母さんの写真が載っとるスレッドを削除したいんじゃなかったの？」

亘と結衣の面妖な表情に、遥太が美しい顔をひきつらせたのはそのタイミングだった。

「あ……っ⁉」

そうして彼は、やっと何かに気付いた様子で、のけぞりながら大きく手を叩いてみせたのである。「なるほどっ！　そういうことか！」そして隣の矢島の腕を叩き、「そうだよ！　矢島のオッサン！　それでネンチャックも勘違いしたんだわ！」などと言いだした。

「確かにアイツ、俺の母親スレッドはすぐ削除したもん！　なるほどなるほど、こりゃ勘違いだね」受けて矢島はムンクの叫びのような表情を浮かべ、「まさか、君……？」と呆れた声をあげてみせた。「どのスレッド消せとか、ちゃんと指示出してなかったのかいっ？　やっぱり君、顔がいいだけのバカだったのかいっ⁉」

そうしてふたりは、しばし言い合いをはじめたのだった。「はあ？　俺がバカとか関係ないじゃん。勘違いしたのはネンチャックなんだし」「君が説明を怠ったから、こういうことになってるんだろ？」「けどアイツ、サイトの中であのスレッド立てたこと、スゲェみんなに怒られてたし」「そんなこと僕は知らないよ！」「俺だって文句書き込んだし？」「だから知らないって！」「だからあのサイトの話すりゃあ、まずそっちのことだと思うと思ったんだもん！」「だもんって！　かわいく言ったって、僕には通用しないからな！」

だから亘は、再び口を挟むしかなかった。つまり彼らのやり取りは、本日二度目の、埒の明かない水掛け論と言えた。

「……あのー。やっぱ話が見えんのですけど？」

すると遥太、矢島の両名は、ハッと我に返った様子で、互いから手を離し姿勢を正してみせたのである。そうしてふたりは、それぞれパソコンの画面を指さし言いだした。

「だから、俺たちが削除して欲しいのは、俺の母親のスレッドじゃなくて、こっちだってことです」

「『猫缶の犯人が幼女かもしれん件について』。我々が削除して欲しいのは、このスレなんですよ」

ふたりの発言を受けて、亘と結衣は顔を見合わせ、互いに首を傾げる。何せふたりとも、事態がうまくのみ込めなかったのだ。「え？」「えーっと？」「猫缶の犯人が？」「幼女って……？」

そんなふたりに対し、遥太と矢島は揃って、お察しします、といった様子のどこか眩しげな表情を浮かべてみせた。

「つまりこれが、連続猫缶放置事件の真相の一端とでも言いますか……」

「要するに、猫缶をあちこちに置いて回ってたのって、その子なんだよ」

結衣がそのスレッドをクリックしてみせたのは、ふたりの発言を受けた直後のことだった。するとパソコン画面には、幼女の写真がすぐに映しだされた。とはいえ、モザイクがかかっていたため、顔まではわからなかったのだが――。しかし彼女が缶のような箱を手に、アーケード街を歩いている様子は確認出来た。まだ、幼稚園児ほどの幼女だった。手にした缶が、若干重そうな様子ですらあった。

「本当に、こんな小っちゃい子が猫缶事件の犯人なの？」

「つーか、無理やろ？　こんな子供に、猫なんて捕まえられるわけねぇし」

パソコン画面を見詰めつつ言う結衣と亘に、鈴井遥太ももっともらしく頷いてみせた。

「ご意見ごもっとも。だからこのスレが立った時も、スレッドを見た連中はネンチャックを盛大に叩いたってわけ。釣りもいい加減にしろって。そんな子供が、猫缶作れるわけねぇやろ。削除せんと、通報するぞって――」

そうして、思い出し怒りのようにまた言いだした。「だからネンチャックも、これを削除しなきゃいけないのはわかってたはずなのにさ。なのになんでうちの母親のほうだけ消すかな？　バカなのかな？　アイツ……」

そんな彼をたしなめたのはもちろん矢島だ。彼は、「話がループするから、それはもういいよ」と遥太を制し言葉を継いだ。「とにかく僕らは、このスレッドを一刻も早く削除して欲しいんです。人目にあまり晒されないうちに、これが真実の断片だと、周囲の人々が気付く前に、ね」

猫缶の真相について、ふたりが語りだしたのは、結衣がすぐにそのスレッドを削除したのちのことだ。

彼らは掲示板から、『猫缶の犯人が幼女かもしれん件について』という文字がなくなったことを確認すると、ホッと安堵したような息をもらし、ようやく事実について説明をはじめたのだった。

口火を切ったのは、遥太だ。

それぞれ話したほうがわかりやすいから、ということで、彼がまず猫缶との出会いについて語りはじめた。

「……あれは、九月の下旬頃だったかなぁ」

昔の記憶を手繰るように、遠い目をして遥太は言った。

「俺、あんま家にいると叔母さんに悪いからさ。なるべく外に出るようにしてるんだけど。でも金ないし、行けるとこって限られてて。けっきょくほとんど図書館で時間つぶしてたんだよね」

そうして彼は、第三の猫缶と遭遇した。駐車場に放置してあったそれを、本を返しに来たという主婦が発見する現場に、どうやら立ち会ってしまったらしい。

「俺、実際自分が猫缶見るまでは、犯人のことスゲェひどいヤツだと思ってたんだ。仔猫なんか缶に詰めて、殺す気かと思ってて。うちの叔母さんも、きっと虐待マニアの仕業だって言ってたし。もう最低だなって感じだったんだけど……」

けれど、缶の中にいた猫を目の当たりにして、その印象は吹き飛んだのだという。

「だってスゲェ毛艶《けづや》もよかったし、元気そうだったし？　しかも缶の中には、小っちゃい、おかかのおにぎりなんかが入っててさ。多分エサだと思うんだけど。なんか、丁寧に作ったって感じの雰囲気だったから、あれー？　って思ったんだよね」

何より遥太が違和感を覚えたのは、猫がひどく人懐っこかった点にあったようだ。その時発見された三毛猫は、缶を見つけた主婦のみならず、遥太の手もすぐにザリザリ舐めてきたんだとか。

「ちゃんとかわいがられてないと、ああいうふうにはならないと思うんだ。だから、猫缶の犯人って、別にひどいヤツでも、虐待マニアでもないんじゃないかなーって思ったっていうか……。むしろ、けっこう優しい良《い》いヤツなんじゃないかなーって、気がしてきて……？」

そうして遥太は、別の危惧《きぐ》を抱きはじめた。もし猫缶の犯人が、自分の想像通り優しい人間だったとしたら、ひどくマズいことになるかもしれない。

「あんな小さい缶に仔猫閉じ込めてたら、下手したらやっぱ死んじゃうかもしれないじゃん？　そうなったらソイツ、立ち直れないかもしれないなって思ったんだよ。かわいがってた猫を自分の不注意で殺すなんて、普通に考えても最悪だろ？」

それで遥太は、猫缶の犯人を独自に捜しはじめたというわけだ。「ま、退屈だったってのもあるけどね。この町、ホンットなんもないし。だから、ちょっと探偵ごっこでもしてみようかなーって、そんな気持ちもあったりして？」

しかも時間は潤沢にあった。彼には学校をサボっても、特に咎《とが》めてくる保護者がいなかったのだ。亘が口を挟んだのはその段だ。

「もしかして、それでお前、炊飯器をぶらさげて回っとったんか？」そんな亘の質問に、遥太ははじめ、「は？」と首を傾げていたが、しかし亘が「だから、聞き込みする時の潤滑油みてぇな感じで……」と水を向けると、ポン、と手を打ち、「そうそうそうそう！　それそれ！」とやや大仰に頷いてみせた。「そのために俺は、炊飯器を持参して、おにぎりを握ってもらってたんでした！　その節は、握ってくれてありがとうございました！」左上をチラッと見ながら彼は言った。だから亘は、ひとり静かに納得したのだった。仕草から鑑みるに、嘘はついていないようだ。

かくして遥太は地道に捜査を続け、ひとりの男にたどり着いた。それが、光城館塾講師、矢島光だったというわけだ。

「矢島さんって、この町の人たちにスッゲェ評判悪くて。けっこう色んな人に、どうせアイツが犯人やろって言われてたんだよね」

遥太のそんな物言いに、矢島は胸を押さえながら頬をぴくぴくさせる。「ちょ……。そういう嫌なこと、爽《さわ》やかに率直に言わないでくれる？　心臓に悪い……」受けて遥太は、ハハッと笑いながら矢島の背中をバシバシ叩いた。「仕方ないじゃん。ホントのことなんだし。現実受けとめろって。人生そこから！」

しかしそんな犯人候補の矢島と接触した遥太は、すぐに彼は犯人ではないと悟ったんだとか。

「だってこんなオッサンに、猫缶に入ってたみたいな優しいおにぎりなんて、絶対握れないと思ってさ。だから、当てが外れたなーって感じだったんだ」

矢島が手を挙げてみせたのは、遥太がそこまで語った時だ。

「はい！　ここから、矢島行きます」

と唐突に言いだした彼は、どこか誇らしげにその手を膝の上に戻したのち、滔々と話の続きを語りはじめた。

「遥太くんが僕を訪ねてきた頃、僕も僕で、実は猫缶の影に怯えてたんだ。ここだけの話、実は猫缶に詰まってた仔猫たちには、少なからず心当たりがあってね」

そんな矢島の発言に、とぼけた発言をかましたのは結衣だ。「えっ？　じゃあ矢島さんは犯人じゃないんですか？」受けて矢島は、「えっ？　今までの話聞いてなかった？　聞いてたら、話の流れ的に、違うってわかると思うんだけど。僕はむしろ、遥太くんと一緒に犯人を捜してた立場であって――」

それで亘は結衣をたしなめ、取り急ぎ矢島に詫びたのだった。「すみません。コイツ、話の流れとかあんまわからんほうで……」しかし結衣は、首をひねりながらさらに言い募った。「でも矢島さん、猫嫌いなんでしょ？　それなのになんで猫缶の犯人なんか捜すんですか？　別に猫なんて死んでもいいんじゃなかったんですか？」

すると矢島は、イラ立った様子で言いだした。「そうだよ！　猫なんて死んでもいいと思ってたよ！　あんなぐにゃぐにゃした生きもの、僕は大嫌いだからね！　でも、僕のせいで死んだとなれば話は別だ！　それはちょっと……。気分が悪い！」

堂々とそう宣言する矢島に、今度は亘も首をひねったほどだ。「は？　それ、どういう……？」受けて矢島は、少しバツが悪そうに応えてみせた。

「確かに僕は、役所に行って、猫を駆除しろって詰め寄ってたよ。でもそれは、衝動的な発言で……。あまり深くは考えてなかったというか……」そうして彼は、ずいぶんと飛躍したたとえ話をはじめたのだった。

「つまり、駆除しろとは言ってたけど、猫たちの死を心底望んでたわけじゃなかったんだ。君らだって、例えば嫌いなヤツが身近にいたとして、あんなヤツ死ね！　って常々思ってたとしても、実際本当にソイツが死んでしまったら、むしろちょっと滅入るだろう？　あんなこと思ってゴメンナサイって、普通は後悔するもんだろう？」

ただし亘としては、それは普通っていうか、むしろ個人差やと思うけど……？　という感想しか抱けなかったのだが――。しかし続いた遥太の口添えにより、矢島という人間をなんとなく理解出来たような気がした。「つまり、矢島さんって人は、周囲の評判はすこぶる悪いけど、根っこの部分はそうドス黒い人間でもないってことだよ。あるいは、単に感情の起伏が激しい小心者っていうか？」

それでも矢島は、猫缶事件が発生するまでは、わりに本気で野良猫など駆逐《くちく》してやると思っていたらしい。

「今思えば、色んなストレスが溜まってて……。猫を憎むことで、それを発散させてたってとこもあったっていうか……。とにかく、気が立ってたんだよね……」

そうして迎えた八月の下旬。夏期講習のため夜の授業がなくなり、帰宅時間が早くなっていた矢島は、アパート近くの神社の祠の床下に、猫の親子を発見してしまった。

「それで、これは捕まえるなり、追っ払うなりしなきゃと思ったんだけど……。仔猫のほうがまだ生まれて間もないみたいで、目も開いてなくてね。母猫も頑として動こうとしないし、こっちが手を出すと、フーッ！　ってすごい勢いで威嚇されちゃって……」

そうして彼はけっきょく、お約束通りというべきか役所に電話を入れた。役所から折り返しの電話が入ったのは翌日のことで、「昨日はありがとうございました。おかげで無事猫が保護できました」という報告を受けたのだそうだ。

「あの時は素早い対応だったから、こっちも悪い気はしなかったんだけどさ。でもよくよく話を聞いてみたら、母猫しか保護してないっていうんだよ。仔猫のほうは、見もしなかったとか言っちゃってさ」

おかげで矢島は、さらに怒り狂うこととなったようだ。「だって結果、仔猫のほうは野に放たれちゃったわけだよ？　しかも猫なんて、半年もしたら成猫になって、またぼこぼこ子供産みはじめるのに――」ちなみに、その時にいた仔猫は、真っ黒なのと茶トラ柄と、サビ模様の計三匹。

そしてそれから一週間もおかず、彼はまた近所の畑の納屋の近くで、猫の親子を発見してしまった。「よくそんな見つけますね」と感心する結衣に、もっともらしく応えてみせたのは遥太だ。「こういうのは、嫌いな人のほうが目ざとく見つけちゃったりするんだよね。人間って、好きなものより嫌いなもののほうが、何かと目につきやすい生き物だからさ」

しかも今度の仔猫は、四、五匹いるように見受けられた。だから矢島は大慌てで、その捕獲に当たろうと努めたらしい。

「役所に頼ったら、また仔猫のほうを取り逃がすことになるかもしれないと思ってね。自力でどうにかしようとしたんだけど、でも今度の母猫は、前のと違って、仔猫たちを置いてすぐに逃げちゃってさ……」

そうして残された小さな仔猫たちを前に、矢島はしばし立ち尽くしたのだという。やはりまだ歩くのも覚束《おぼつか》ないような仔猫だったため、これなら捕まえるのは容易いと思われた。ただし、大の猫嫌いの矢島にとっては、素手で猫を触るなどほぼ不可能に等しかった。だから何か捕獲に役立つ道具はないかと、急ぎ自宅へと戻った。

「でも、家には何もなかったから、けっきょくコンビニで虫取り網を買って畑に戻って……。その時にはもう、仔猫は全部いなくなっててさ。時間にしたら十分程度だったし、あんな小さい猫たちが、揃いも揃って逃げ果せるなんて、どう考えても無理だと思ったけど……。でも、とにかく影も形もなくなっちゃってて……」

それで違和感を覚えていた矢島に、後日猫缶事件の一報が入った。缶に閉じ込められた二匹の猫が、裁判所に置き逃げされたというその知らせに、矢島はやはり得も知れない不気味な意思のようなものを感じたそうだ。

「だから気になって、どういう猫が缶に入れられてたのか人に訊いてみたんだけど。それが、黒猫と茶トラっていう、僕が一番最初に見た仔猫たちと同じ毛色でさ……」

そのため矢島としては、何者かが自分の代わりに、猫缶を作成したのではないかという思いが過ったのだという。

「そりゃそう思っちゃうよ。最近は空前の猫ブームで、猫を愛することが正義みたいに言われがちだけどさ。俺みたいな猫嫌いだって確実にいるわけで。だから猫缶は、そんな猫好き社会に一石を投じようとしてるんじゃないかって、最初は本気で思っていました」

しかし、猫缶は第二、第三と続いていき、矢島はどんどん怖くなっていった。

「だって、やっぱ缶の中に仔猫なんか閉じ込めてたら、間違って死ぬことだってあるかもしれないと思ったし――。第二、第三の猫缶の猫たちの特徴も、僕が納屋で見かけたのとちょっと似てたっていうのもあって……」

矢島が、別に自分は本気で猫が死ねばいいと思っているわけではない、と自覚したのはそのあたりからだそうだ。「むしろ、ちょっと、気が気じゃなくなっていったっていうか……？　俺の代わりに、犯人が猫缶を作ってるんだったら、そんな怖いことはないなって、思うようになっちゃって……」

自分の怒りが、誰かに利用されてしまったような、気味の悪さもあったらしい。

「自分ひとりで考えてるひどいことって、誰にも話さないでいるうちは、自分ひとりの偏った考え方なのかなって、個人の中に留めておけたりもするじゃない？　でも、その思いが、他の誰かの中にもあるって知ったら――。そう思うことを、許されたような気になっちゃうんじゃないかなって、なんとなく感じちゃったんだ……」

やけに悄然《しょうぜん》とした様子で矢島は語った。「例えばどんなにひどい悪意であっても、どんな理不尽な欲望であっても……。誰かに許されたと感じたとたん、暴走しちゃうことがあるんじゃないかなって――」

そしてそれが、矢島が猫缶の犯人を突き止めなくては、と思うに至る動機となった。

「猫缶を作ってるヤツが、僕の怒りも理由にして、猫たちを缶に閉じ込めてるんだとしたら……。僕にも責任の一端が、罪の断片が、あるような気がしちゃってさ……」

かくして猫缶発見のニュースに戦々恐々としていた最中、猫缶の犯人を捜しているという遥太が接触してきた。

「なんかもう、地獄に仏って気分だったよね。犯人の凶行を止めるには、これしかないって思った。それで、遥太くんの猫缶犯探しに協力することにしたんだ」

ただしそこからの捜査は、呆気ないほどあっさり幕を閉じたとのこと。つまり猫缶の犯人が、ものの数日で判明してしまった。

「矢島のオッサンが見つけた仔猫が、猫缶に詰められた仔猫と本当に一致するんなら、犯人はオッサンが仔猫を見つけた現場に居合わせたってことだろ？　つまり、オッサンの近くにいたってことだ」

「それで遥太くんが、しばらく僕を尾行してくれることになってね。もし犯人が僕の近くにいるなら、その人物を見つけることが出来るんじゃないかって——」

そうしてふたりは、すぐにその人物を特定してしまったというわけだ。

「つまりその子も、矢島のオッサンを地道に尾行してたんだよね」

「どうやら僕が、猫をいじめてるように見えて、心配で付け回してたらしくて……」

「もちろん、彼女が心配なのは、オッサンじゃなくて猫のほうな？」

「それで塾帰り、毎日僕のあとをついてきてたんだそうだよ……」

交互に語る遥太と矢島を前に、亘は眉をひそめてしまう。その子、彼女、塾帰り——。その単語から導き出せる人物というのが、亘が思い描いていた猫缶の犯人像とはかけ離れていたからだ。

亘はずっと犯人を、猫嫌いの人でなしだと思っていた。弱い猫を、自分の汚い感情のはけ口にする、弱くて卑怯な人間なのだろうと——。

けれどそれは、ひどい思い違いだったようだ。

鈴井遥太は、美しい顔をわずかに歪ませ、苦いものを口に含んだような笑顔で言った。

「――つまり犯人は、光城館の塾生」

その笑顔は、どこかクロエに似て見えた。

「矢島のオッサンの、生徒だったってわけさ」


猫は、好きでも嫌いでもなかった、とその少女は語ったそうだ。

「好き嫌いは、いけないことやって、お母さんに言われとったんです。そやで私、好きなものも、嫌いなものも、ありません。みんな、みーんなおんなじです。好きでも、嫌いでもない」

中学一年生の彼女は、中学入学と同時に光城館にも入塾した。得意科目は英語と国語。特に英語は、塾でも必ず五番以内の成績を保っていたという。ただしそれ以外、特に目立ったところもなく、静かに授業を受け静かに帰っていくような、そんな生徒であったようだ。

「でも、矢島先生の授業は好きでした」

そう口にした彼女は、「だって」と柔らかく微笑んだという。「先生は、英語の発音がすごく上手だから。学校の先生より、ずっと上手。だから先生の授業は、楽しみでした。正しい英語が、聞けるから――」

彼女が言うことには、矢島の発音は、彼女の母親が時おり口にする英語と、発音が似通っていたらしい。例えば、「コーヒー」は「カーフィ」で、「ウォーター」は「ワラー」、

「ゲットイット」は「ゲリット」等々。

　塾のクラスの同級生たちは、矢島の発音を聞いてクスクス笑っていたそうだが、しかし彼女は、笑う同級生たちのほうが、絶対におかしいと思っていた。彼女の母親は海外留学経験者で、だから英語に関しては一家言あったようだ。そして彼女は、母の言葉を信じていた。

「だって、通じる発音は、矢島先生の発音のほうなんです。だから、正しい発音が出来る先生のほうが正しい。笑う子たちが、間違っとる。あの子たちは、正しいことが、わかってない」

　あとは、矢島が無愛想《ぶあいそう》なのもよかったのだという。他の塾講師たちは、お気に入りの生徒を作りがちだったが、矢島はひたすらに孤軍奮闘といった様相で、生徒たちと馴染む気配がまるでなかった。

「矢島先生は、他の子にも私にも冷たくて楽でした。先生の授業は、ざわざわした気持ちに、ならずにすんだから」

　だからあの日も、少女は矢島を安心して追いかけてしまったのだという。彼が神社の祠の下に、猫の親子を見つけてしまった日だ。

　少女のほうも塾帰りだった。道の先に矢島の姿を見つけた彼女は、授業の質問をしようと、矢島のあとをついて行った。そして声をかけようとする直前に、ひどい怒鳴《どな》り声をあげる矢島の姿を目撃してしまった。

「猫がどうとか、言っとるのはわかりました。でも、あんな先生を、見るのは初めてで……。怖くて、声がかけられんくなって……」

そうして矢島が帰ったのち、祠の下に猫の親子がいることに気が付いた。それで理解したのだそうだ。ああ、先生は、この猫たちのことを、怒っとったんや。

「先生がいなくなって少しした頃、すぐに何人かの人が来て。何をするんやろうと思っとったら、大きい網を取り出したんです。多分、猫を捕まえる用の、網やったんやと思うんですけど……」

母猫が祠の下から飛び出してきたのは、彼らが網を手に祠に近づきはじめてすぐのことだったそうだ。かくして彼らは母猫を追いはじめ、祠の下には仔猫だけが残された。

「……それで祠から、仔猫の、鳴き声が聞こえてきて――」

猫は好きでも嫌いでもなかったが、それでもその泣き声に、彼女は引かれるようにして祠の下をのぞき込んだ。

「ニーニー、ニーニー、聞こえてきて……」

そこには、懸命に鳴き声をあげる三匹の仔猫の姿があった。黒いのと、茶トラ柄と、サビ模様の三匹。まだ目も開いていない様子の彼らは、ひたすらに鳴き声をあげながら、覚束ない足取りで、それでもどうにか歩こうとしてた。

「薄暗い中で、それでも、一生懸命で……」

母猫を探しているのだと、少女にはすぐにわかったそうだ。仔猫はよろよろと、少女に向かって進んでくる。だから彼女は、手を伸ばしてしまったのだという。

「猫は、好きでも嫌いでも、ありませんでした……。でも、あんなふうに鳴く子たちは、ほっとけんかった」

そうして初めて触れた仔猫は、小さくて柔らかで温かで、だから彼女は、信じられないと思ったそうだ。

「だって、こんなにもかわいい子を、置いていくなんて——。なんて、なんてひどい母猫なんやろうって……」

小さな三つの命を手にした彼女は、だから心に決めたのだという。

「私が守るって、思ったんです。この子たちのこと、私が、育てるって……。だって、捨てられた子だって、幸せになっていいはずやし……」

そうして家に帰った彼女は、しかし父親に言い捨てられた。「うちでは飼えん。捨ててきなさい」ここ一年ばかり、ずっと優しかった父親が、久方ぶりに見せた不機嫌な表情だった。「うちには、猫の世話を出来る人間がおらんのやで、飼うのは無理や」

だから彼女は、仔猫たちをクローゼットに隠すことにした。学校は夏休み中だったから、塾だけサボって仔猫たちの世話に明け暮れた。それはとても、幸せな日々だったという。薄暗いクローゼットの中で、彼女は仔猫たちの母親になった。

「……でも、ちょっと目を離したすきに、サビちゃんが、部屋を抜け出してしまって——」

サビ猫を見つけたのは、家事の手伝いに来てくれていた祖母だった。彼女は家の中にいた仔猫に驚き、すぐに捕まえ保健所に届けた。そのことは少女にとって、嵐《あらし》のような衝撃を与えたらしい。

「……守るって決めたのに、守れんくて……」

そう語った時、彼女は青ざめ、わずかに唇を震わせていたという。

「保健所の猫は、殺されるんでしょう？　ガスを嗅がされて死ぬんやって、男子が言ってたの、聞いたことがあるんです。いっぺんにまとめて、何匹も殺すって。あっという間に、ぐにゃんとした塊《かたまり》みたいになってまうって——。あの子も、そんなふうに、殺されたんやって……。思ったら、私、私……」

彼女が缶に仔猫を入れるようになったのは、それからだそうだ。これなら、逃げださない。これなら、見つからない。これなら、大丈夫。これなら、守れる。私の、大切な仔猫たち——。

猫を缶に入れている間は、安心して外出も出来た。だから彼女は、塾帰りの矢島の尾行をはじめた。学校も塾も休んでいた彼女は、しかし矢島の尾行だけはやめなかった。

「だって先生、猫を見つけてしまうんやもん」

彼女は矢島を見詰め、困ったような笑顔を浮かべたそうだ。まるでイタズラをした子供を、見とがめる母親のように。

「先生が見つけんかったら、母猫やって、あのまま子供と一緒に、おってくれたのかもしれんのに。先生、見つけてしまうんやもん。そやで、私、見張っとったんですよ」

つまり、矢島が納屋で見失ってしまった子猫たちも、彼女がすべて家に持ち帰っていたということだ。

「でも、缶が、なくなっていくんです。気付くと、なくなっとる。缶に入れておけば、守れると思ったのに。私が、守るって、決めたのに。私は、絶対に、この子たちを、捨てたりせんて――」

小さな薄暗いクローゼットの中で、残った仔猫たちを抱えながら、彼女は遥太らにそう告げたのだという。

「そう、思っとったんですけど……」

仔猫たちは、彼女の膝の上でおとなしく丸まっていたそうだ。

「……私、間違っとったんですか?」

少女の母親は、もともと地元の人間ではなかったのだという。

父親が大学進学のため移り住んだ東京で、彼らは出会い恋に落ち、長い春の末結婚した。そのふたりがこの町に越してきたのは、少女が生まれる少し前のことだ。食品工場を経営する父の両親が望む形で、この町での暮らしをはじめることとなった。

そうして父は親の会社に入り、跡取りとして忙しい日々を送りはじめ、母親も母親で、知り合いのいないこの町の中、ひとり子育てに奮闘しはじめた。

最初の頃は母親も、自然豊かなこの町を気に入り、どうにか馴染もうともしていたようだ。夫が勤める会社にも顔を出し、差し入れをし手伝いをし、よき妻よき嫁よき母として、それは頑張っていたという。

しかし長い月日の中で、少しずつ何かがひずみだした。環境の違いなのか、人間関係なのか、言葉の違いか、文化の差か、それともそのすべてだったのか——。

いつからか彼女は、「もう限界」とこぼすようになり、どんどん言葉少なになっていった。夫が妻の異変に気付き、病院に行くことを勧めた頃には、もうほとんど何も話さない、笑いもしなければ怒りもしない、感情が抜け落ちたような状態だったという。

夫婦の間で離婚調停がはじまったのは、少女が小学六年生にあがってすぐのことだ。十余年の結婚生活を経た、それが夫の選択であり、妻の選択でもあった。

そして半年の調停を重ね、夫婦は離婚をするに至った。だから少女の母親が、家を出ていったのは一年前で、以降少女は、父と妹の三人で暮らしていた。

とはいえ、近所に住む父方の祖母が、毎日家の手伝いに来てくれたため、生活自体に不自由はなかったようなのだが——。

「……なるほど。つまりその子は、自分と仔猫を重ね合わせてた。ってとこなのかな?」

神の言葉に、亘は息をつくようにして応える。

「さあ?　それは、本人じゃないからわかりませんけど。下手したら本人にだって、ようわからんくらいのもんかもしれんし……」

すると神は右手を振りあげ、目の前の鉄板にふぁさっと鰹節を振った。「なるほど。ま、それもそうか」

本日のほたる食堂のメニューは焼きそばだった。現在亘の目の前では、まさに今焼き上げられたばかりといった様子の焼きそばが、飴色のソースをたっぷりと含みジュウジュウ音をたてている。その上で踊っているのは鰹節。白い湯気の中、うねうねとどこか楽しげだ。その焼きそばを、神は二本のヘラでクレーンのごとくすくう。すると鉄板のソースがまた音をたて、甘酸っぱいような濃厚な香りと熱気が、勢い亘の顔の周りを包む。

それにしても、まったく節操のない屋台だと亘は思う。カレーに餃子に焼きおにぎり、挙げ句はラーメン、今日は焼きそばときた。以前神は、「俺が作れるものを、気分次第で作る屋さん」などと屋台について吹いていたが、それにしても程があるのではないか。皿に盛りつけられた焼きそばを前に、亘は唾をのみつつうなる。こう毎回メニューを変えられると、今日はまあええわ、みたいな感じにならんやろ。新しい料理やったら、試したくなるのが人の性《さが》やし――。

つまり亘は、今日も今日とて、ちゃんと料理を注文してしまっていたのである。結衣を彼女の家まで送った、帰り道でのことだ。

遥太、並びに矢島の要請を受け、『猫缶の犯人が幼女かもしれん件について』なるスレッドを無事削除した亘たちは、その後、少女とその家族について再び話し合った。そしてけっきょく全員一致という形で、やはりネンチャックのパソコンから、幼女画像をどうにか消去すべきだろうという結論にたどり着いたのだ。

ただし方法については、また後日再び話し合おうということで、その日の議論はとりあえず終了。そうして解散と相成ったわけだが、時計の針はすでに十一時を回っており、亘は母から「結衣ちゃんを送ってきなさい」と強く命じられた。「鈴井くんはともかく、もうひとりヘンな男の人が一緒やし。心配やで、な？」

無論亘としては、俺、今日転落事故に遭った身なんやけど？　という思いもあったのだが、母の背後に双子や父も控えており、反論するのも億劫《おっくう》になってのみ込んだ。「あー、はいはい、わかりました。行ってきまーす」

だからその帰り道、ほたる食堂を見つけたのはもう十二時にほど近い頃合いだった。町は完全に静まり返り、まるで世界が終わったかのような静寂に包まれていた。そんな闇の中に、ほたるの光は灯っていたのだ。亘の足がそちらに向いたのも、道理といえば道理だろう。

神だって言っていた。「蛍の光は、シグナルだからな」焼きそばづくりに取り掛かってすぐのことだ。「あれは、仲間を呼ぶ光なんだ。俺はここだぞー、こっちにおいでー、ってな。だからうちは、ほたる食堂っつーわけだ」

もちろん亘は、「俺、神さんの仲間のつもりはないですけどね」と返したのだが、しかし連日店に通っておいて、それも虚《むな》しい言い訳のように感じられた。闇の中に、光が見えればホッとする。ささやかな光であれば、なおのこと――。

皿に盛られた湯気の立つ焼きそば、神は亘に差し出してくる。「はい、お待ち」だから亘は手を合わせ、反射的に言ってしまう。「はい、いただきます」そうして亘は、熱々の焼きそばをずるずるしながら、猫缶事件の顚末《てんまつ》を、最後まで神に語ってみせたのだった。

「けっきょく、猫缶をあちこちに置いて回ってたのは、その子の妹だったみたいです。姉のおかしな行動に、唯一気付いてあげられたのが、妹だったってことでもありますけど……」

少女の妹はまだ保育園の年長組で、だから姉の異変に気付いていても、どうしていいのかわからないまま、しばらく途方に暮れていたようだ。

小さな缶に、仔猫を押し込める姉。そのたび仔猫は、悲鳴のような鳴き声をあげる。けれど姉は、「大丈夫やよ」と言い張って、妹に微笑みかけていたのだそうだ。「私が、守るで。私は、この子らを、捨てたりせんで……」

猫缶をあちこちに置いて回ったのは、仔猫を助けるためだった。そして、姉を助けるためでもあった。

「猫缶を置いた場所は、母親によく連れて行かれとった場所みたいなんです。そこに行くと、お母さんがちょっと笑ったり、元気になったりしとったでって……。だからそこに猫を置いていけば、誰かが助けてくれるって思ったらしいですわ。そこはお母さんを、助けてくれた場所やったでって――」

口をはふはふさせながら亘が言うと、神はするりとベンチに向かい、そこでお座りをしていたハチ割れに手のひらを向けた。受けてハチ割れは、ふんふん、と神の手の匂いをかぐやいなや、すぐさまがっつくように彼の手を舐めはじめる。おそらく鰹節の残骸《ざんがい》あたりが付着していたのだろう。神は無心で手を舐めるハチ割れに目を落としながら、少々感慨深げに口を開く。

「……その場所が、裁判所に病院、図書館と、駅のベンチだったわけか――」

「裁判所は離婚調停で、病院は病気で通っとったそうです。図書館や駅のベンチは……。わかるような、わからんような感じですけど……」

「ちょっと、切なくなるような場所ばっかりだな」

「ですね。きっと必死で、色々凌《しの》いではったんやと思います」

そして亘は、ハチ割れに手を舐めさせ続けている神のほうに顔を向け、それとなく告げてみたのだった。

「ちなみにその妹、この店にも来とったそうですよ。保育園の友だちが、助けてもらっとるお店やで。お姉ちゃんのことも助けてくれるんじゃないかって――。思って猫缶置いてったらしいです」

するとと神は、ハハッと笑い、「そうだったんだ？　どの子だろうなぁ？　いっぱい来てるから、見当もつかないなぁ」などと空を仰いだ。だから亘はさらに重ねたのだ。「とか言って、実はバッチリ見当がついとって、それで猫缶事件解決させようとして、結衣や俺をけしかけたんやないでしょうね？」

疑いの眼差しを向ける亘を前に、しかし神は悪びれる様子もなくまた笑う。「そんなわけないじゃん」そうして亘の傍らに腰を下ろすと、彼の肩を軽く叩きながら言ってきた。「俺は単なる、屋台屋さんだよ?」

そんな神の手を、亘はぺしっと払いながら返す。「猫に舐められた手で触ってこんでください」受けて神もさらに笑う。「猫飼いのクセに、細かいこと言うなって」「だから触んなって」「だから言うなって!」「だから……!」

亘が言葉を止めたのは、そうして神の腕を掴んだ瞬間だった。その格好になって、その距離になって、亘は初めて彼の首元に薄ら傷痕《きずあと》があることに気が付いた。それは作務衣の襟元から、耳のあたりに向かい伸びている。

「——」

それで一瞬黙り込んだ亘の視線を、神が気取ったかどうかは定かではない。しかし彼は亘を見詰めたまま微笑み、そのままスッとベンチを立ったのだった。立って、屋台の中へと再び静かに戻っていった。

カウンターの前に立った神は、「消毒すりゃいいんだろ、消毒すりゃ」と除菌シートでがしがし手を拭きはじめた。そうしてまた、自然と猫缶の話に話題を戻したのだ。「でもまあ、なんにせよ、そーんな聡明《そうめい》な妹さんがついてるんだったら、その女の子とやらもきっと大丈夫だよ」

だから亘も、戻された話のほうに乗っかることにした。

「そうですか？　そんな単純な話かなぁ？」

何せ人には、多かれ少なかれ傷がある。そしてその傷が、本人によって語られないのであるならば、無理に訊くこともないだろうと思ったからだ。

「鈴井や矢島さんの話を聞く限り、その女の子、だいぶヤバそうでしたよ？　妹だって、まだ小さいし。そんな子に、ついてもらっとってもって感じやし。親にも、そう期待は出来ん気がするっていうか……」

マイナス要素をあげつらう亘を前に、しかし神はあっけらかんとしたまま返してくる。

「そう？　そう心配することないと思うけどな。別に命を取られたわけじゃないんだし。そのうちどうにかなっていくって」

それで亘は、思わず呆れ顔を浮かべてしまった。「なんつーか、めっちゃ雑な意見ですね」だが神も動じなかった。「そうかな？」むしろ大袈裟に目を見開き、言い放ってみせたほどだ。「むしろ、亘っちが考え過ぎなだけなんじゃねぇの？」

だから亘は、顔をしかめ焼きそばを頬張ったのだった。「まあ、別にいいですけど……」そう返しながら、しかし内心では、別にいいなどとは思っていなかった。

簡単に、どうにかなるわけがない。そんな思いに、とらわれていたと言ってもいい。少女は十三歳。十三年かけて培《つちか》ってきたものを、そう容易く変えられるわけがない。たといびつな形であっても、彼女の思いや思考や感覚は、十三年間、彼女を守り助け続けてきたものなのだ。他人が、それはちょっとズレているからね、とたしなめたところで、彼女がそれらを、簡単に手放せるとは思えない――。

そんなことを考えながら、むつむつ焼きそばを咀嚼していくと、やはりクロエの顔が脳裏を過ってしまった。

「…………」

こういったことを考える時は、決まって亘の頭はそうなってしまう。どうしたって、彼のことを思い出してしまう。

家族関係は連鎖していく。それは亘が、大学で取ったいくつかの授業で感じたことだった。虐待の連鎖、育児放棄、機能不全家族、等々。なんじゃ、そりゃ？ と亘が眉をひそめる名称や事柄が、教職や単なる一般教養の教科書内に散見して、途方もないような心持ちになった。どういうことなんよ？ なんでそんな親が？ なんで、そんな人間が？ なんでそれで、家族なんて――？

それらの授業を取ったのは、多分クロエに対する引っかかりがあったからだと亘は自覚している。何かを学べば、何かがわかってくるのではないかという、淡い期待があったのも事実だ。どうしてクロエが、あんなふうに猫を扱ったのかだって、少しは見えてくるのではないかと、どこか安直に考えてすらいた。

けれど、学んでいけばいくほど、亘は無力感にさいなまれるばかりだった。

教科書の中には、たくさんのクロエがいるようだった。どうしようもない渦の中に、のみ込まれている子供たち。そこをどうにか生き抜いて、やっと大人になったとしても、今度は責められる立場に回ってしまう。いつまでそんなふうにしてるんだ？　道も術《すべ》も用意されないまま、簡単にそう言い捨てられる。そんなところ、さっさと早く抜け出してくればいいのに。いったいいつまで、甘えているつもりなんだ？

サンプルケースを目にするたびに、亘は息をのみ言葉を失った。あの頃、自分のすぐ傍にいたはずのクロエは、本当はずっと、ずっと遠くに、ひとりポツンといたのではないかと思いさえした。

自分に何が出来るだろう？　そんな思いが、頭をかすめることもあった。俺に、いったい何が出来た？　けれどそんな時は、すぐにもうひとりの自分が、冷や水を浴びせてくるのだった。

いい気になんなや、アホが——。彼は、いつもそう吐き捨てた。お前に、何かなんて、出来るわけがないやろ？　あの時も、あの時も、あの時も——。お前は、何も気付かんかった。何も、わからんままやった。そんなお前に、何かなんて出来るはずがない。驕《おご》んなや、アホが——。

彼の言いぶんはもっともだった。何せ亘は、本当に気付けなかったのだ。何も。挙げ句、最後は逃げ出した。彼に、寄り添うこともしなかった。

とはいえ、幼かった頃の自分を、そこまで責める気にもなれないのだが、それでもあの時、亘が逃げだしたことに変わりはなく、クロエの手を、放してしまったことに違いはなかった。

だから、言ってしまったというのもある。

「……でも、やっぱり俺は、難しいんじゃないかなって思いますよ」

渦の中から抜け出すことは、そのうちどうにかなっていくこととは、やはりどう考えたってほど遠い。

「あの女の子が、ただ普通に、普通を生きていくためには、普通じゃないほどの努力や運が、必要な気がする」

すると神は、カウンターに両手をつけて、亘の顔をのぞき込むようにして言ってきた。

「……亘っちは、そう思うんだ?」

亘っちは、の部分を彼は強く発音した。だから亘は息をつき、「ええ」とはっきり頷いた。「思いますね。俺はそう思います」

何しろそれは、漠然とした思いではなかったのだ。むしろほとんど、確信と言ってもよかった。人生のある時期に、普通が与えられなかったということは、人生に長い影を落とす。いつまでも、いつまでも、つきまとう濃い影を——。

亘の返答を前に、神は少し思案顔をしてみせた。はっきりとした物言いに、もしかしたら若干感じるところがあったのかもしれない。それでも彼は、すぐに茶化すような笑顔を浮かべ、亘を指さし言ってきた。「なんか亘っちって、ヘビーなこと言うよねー。もしかして蛇年? ヘビーなだけに」しかもお寒い親父ギャグときた。

それで亘が冷たい視線を送ってやると、彼もさすがに反省したらしく、少し咳払いしつつ言い足した。

「……けどさ、世の中そんなお先真っ暗な話ばっかじゃないって。不幸で満載のパンドラの箱の中にだって、最後には希望が入ってるってのが定説なんだし。うちの店の常連にだって、けっこうな過去を抱えた人もいるけど、あんがいケロッと生きてたりするぜ?」

そうして彼は、何か名案でも思い付いたかのようにパチンと指を鳴らし、さらにたたみかけてきたのだった。

「そーれーにー、あの炊飯器！　アイツだって、けっこうな家庭の事情抱えてるみたいだったけど、めちゃくちゃケロッとしてんじゃん。むしろケロッケロじゃん」

その意見には、亘も思わず、「ああ……」と小さく頷いてしまう。「それは、まあ、そうかもしれませんけど……」

何せ鈴井遥太という男は、神の言う通り、確かにケロリの骨頂だったのだ。

亘としては、遥太のこれまでの言動、そして何よりその見た目から、彼をそれなりに複雑、かつ繊細な部分を多分に抱えた男のように思ってきた。しかしその考えは、無残《むざん》にもあっさり打ち砕《くだ》かれてしまった。

猫缶事件に関する話し合いでの最中のことだ。どうやら亘と結衣のふたりを、自分の味方側だと認識したらしい遥太は、実に鷹揚《おうよう》にその素顔を見せてきたのである。

「やっぱ、ウイルスじゃね?　とりあえずネンチャックのパソコンに、ウイルスぶち込めばいいんだよ。だってパソコンが壊れれば、画像も消えるんだし……。え?　クラウドって何？　うっそ、画像が雲の中にあんの？　スゲェな。じゃあ、その雲ごとぶっ壊しちゃえば？　は？　世界から画像が消えたら？　んなもん、目の前の景色を見てろって話じゃん。画像がないからなんだっつーんだよ？」

　彼はそんな安直な発想と言動でもって、時おり結衣すら翻弄してみせていた。教え子の凶行について落ち込む矢島にも、彼は繊細とはほど遠いような意見を述べ続けた。

「まあ、気にすんなって。子供なんて、誰しも小動物殺して大人になっていくわけだし。あー、はいはい、そうね、あの子は確かに殺してはなかったけど――。でも、そういうこともあるって話よ。へ？　俺？　もちろん殺したよ？　蛇とか蛙とか鴨《かも》とかウサギとか。貴重なタンパク源だったからさ。は？　焼いて食えば大丈夫だって。あ、けどマムシの心臓は、じいちゃん生で食ってた。なんか、元気になるらしいよ？」

　そうしてくだんの少女についても、神に似た発想でもって、あっさり言い切ってしまっていた。

「大丈夫だろー。あんなお姉ちゃん思いの妹ちゃんがいるんだからさー。あの子の人生だって、そう捨てたもんじゃないって。親父さんだって、俺らが意見したらそこそこ反省してたみたいだし。カウンセリングにだって、通わせるって言ってたじゃん。だから大丈夫だよ。きっとどうにかなっていくって。多分、なんとなくだけど……、俺はそう思うね！」

　根拠のほどは、学食のコーヒーより薄かったが――。しかし遥太は堂々とそう宣言してみせたのだった。

それでも亘たちが遥太に言い返さなかったのは、彼自身がとりあえず、ちゃんと大丈夫そうだったからだろう。何せ遥太は、例の母親の一件を、ほとんど引きずっていないようだったのだ。結衣がネット上にある彼の母の写真を、さらに消去しようかと提案した際のことだ。「うまくフィルターかければ、画像が出てこんようにすることも出来るかもしれんけど」そう告げた結衣に、彼はあっさり返してみせた。「んー、別にいいわ。あの画像、あちこちに貼られてるみたいだから。削除したところで、イタチごっこになるだけだと思うし。俺も、あんま気にしてないし」

その発言には、亘も少々度肝を抜かれ、「マジで気にしてねぇの？」と目をしばたたいてしまったのだが、遥太は実に屈託なく、「うん」と頷いてみせたのだった。「特にこれと言って実害もないし？」だから亘は、いや、あったやろ？　実害――、と目をむいたのだが、しかし遥太はそのあたりもさして気にしていないようだった。

「まあ、言いたい奴は、なんだかんだ理由つけて、揚げ足取ってくるのが世の常だからさ。写真があろうがなかろうが、どうせ何かしら言ってくんだって」

そんな遥太に、率直に問うたのもやはり結衣だ。疑問に思ったことは素直に訊く。彼女のそんな特性がそこでもやはり発揮された。「――本当に嫌じゃないの？　鈴井くん。お母さんのあんな写真がずっとネット上に残っとって……」

しかし遥太は、わりにすんなり答えたのだった。「んー？　そりゃ、嬉しくもないけど、そこまで気にもならないかなぁ？」特に強がる様子もなく、かといって斜に構えたふうでもなく、遥太はごく当たり前のように語ってみせた。

「そもそも俺、母親と会ったこともないし、ピンとこないっつーのもあるんだろうけどさ。まあ、そういう人だったのねーって感じで……」

では二年一組の教室での発言はなんだったのかと亘が問うと、遥太は目を輝かせ、「あれ、名演技だったっしょ？」などとのたまいはじめた。「ネンチャックを脅すためには、あのくらいキレた男を演じなきゃってことで、矢島さんと練習しといたんだよ。セリフもふたりで考えてさ」つまり、血の繋がりが怖いなどという発言は、漫画から拝借した、いわゆる受け売りでしかなかったらしい。

おかげで亘は、しばし絶句してしまったのだが――。しかし当の遥太のほうは、まったく悪びれた様子もなく言い継いだのだった。

「だって母親がヘンだからって、俺までヘンとかそれこそヘンじゃん？　顔は似てるかもしんないけど、しょせん似て非なる人間なんだし」そうして彼は、少し得意げに言いだしたのだった。「でも、迫真の演技だったでしょ？　こう見えて俺、実は東京で何度かスカウトされてんだよね。君、役者にならない？　みたいな？　やっぱ、見る人が見たらわかるのかね？　俺からにじみ出る、演技力的な何かが……」

いや、どう見てもそれ、顔だけのスカウトやけどな？　そんなことを思いながら、だから亘も笑ってしまった。

つーかコイツは、クロエとは、正反対の仕上がりなんやな――。そしてそのことに、ホンの少しだけ救われたような気がしていた。そら、そうか。クロエとコイツは、別の人間なんやもんな。

そのことを思い出した亘は、少しだけ笑ってしまった。

「……確かに、ケロッとしとるのも、おるにはおるか」

もちろん、心の奥底のほうには、どんな葛藤《かっとう》があるのかは知れないが――。

「鈴井遥太は、えげつないほどケロッケロですもんね」

気付けばいつの間にか、ハチ割れが亘の傍らでちょこんとお座りをしていた。それで亘が額のあたりをこちょこちょと撫でてやると、ハチ割れはルルルと小さく鳴いて、亘の腿《もも》のあたりに頭をこすりつけてきた。だから亘は彼を抱き上げ、ひょいと膝の上に乗せて話を続けたのだった。

「……コイツを缶に閉じ込めた女の子も、いつかあんなふうに、ケロッとしてくれたらなぁって、一応俺も、思ってはおるんですよ？」

ハチ割れは、亘の膝の上でルルルと喉を鳴らし続けている。つい先日、パニック状態で缶から飛び出してきたのが嘘のように、うっとりと目を閉じ亘に撫でられ続けている。ルルル、ルルルルル……。

「難しいような気はするけど……。でも、そうなってくれたら、本当にいいとは思っとるんです」

それは亘の、ほとんど祈りに似た思いだった。

どうか、いつか、幸せに――。

それが無理でも、たまには笑える時がありますように。そういう時が、少しずつでも、増えていってくれますように。

「……まあ、思うことくらいしか、俺には出来んのですけど」

自嘲気味に亘が笑って言うと、神は少し眉毛をあげてみせたのち、フッと笑って言いだした。

「いいんじゃないの？　思うだけでも。それだけで、救われるヤツはいると思うし」相変わらず実に雑で、かつ、あっけらかんとした物言いだった。「お前はダメだって言われてるより、きっと大丈夫だよって言われてたほうが、なんとなく大丈夫な気がしてくるってもんじゃゃん？　俺は、そう思うけど？」

だから亘は、また笑って言ってしまった。「……そういう考え方の人ばっかやったら、世界はわりかし平和でしょうね」若干の皮肉を込めたつもりだったが、しかしそちらは微塵も通じなかった模様。神は得意げな表情を浮かべ、亘を指さし告げてきた。「だろ？真似してもいいぜ？」

そうして彼はヘラでもって、鉄板の四隅《よすみ》を上機嫌で掃除しはじめたのだった。カチャカチャ鳴る鉄板を前に、まるで歌でも歌うかのような無駄口を叩きながら。

「大体さ、人生なんてあっちゅう間に変わってくもんだしな？　前にも俺、言ったじゃん？　朝起きたら記憶が全部なくなってたって。そういうことだって起こり得るわけだから、くよくよしてたって仕方ないんだよ。過去を悔やもうにも、過去がなくなっちまうこともありゃあ、案じるなり夢見るなりしてたはずの未来が、すっからかんに思い出せなくなることだってあるんだからさ」

だから亘は鼻で笑い、「まーたその話ですか？」と膝の上のハチ割れの前脚をとり、茶化すように言ってやった。「本当にこのおじちゃんは、ヘンなことばっかり言う人でちゅね～？」受けて神は目をむいて、「えっ？　亘っち信じてないの？」などと言いだす。「かー！　だから最近の若いモンは……。いいか？　亘っち。人生には、思わぬ落とし穴があってだな。俺だってまさか、あんなふうに記憶がなくなるなんて、記憶がなくなる前は多分思ってなかったっていうか？」しかもなかなかにしつこいおじちゃんだ。

それで亘は、ハチ割れの喉元をこちょこちょやりつつ、彼の戯言《たわごと》を聞き流したのだった。「あー、はいはい。肝に銘じときまーす」「何？　その言い方。絶対銘じてないじゃん」「多少は銘じとるって」「本当かな～？　あやしいな～」「つーか、あやしいのはむしろ神さんの話ですよ？」「ほら！　やっぱ信じてない！　いいか、亘っち。くどいようだが、人生なんて一寸先は闇でだな。たった五センチでも、変わっちまうことがあるんだから――」

亘が、ふとハチ割れを撫でる手を止めたのはその瞬間だ。「たった五センチ」その言葉に、はっきりと引っかかりを覚えたのだ。

「え……？　ちょっと、神さん？　今、なんて……？」

思わずそう口にした亘に、神もキョトンとした表情で返す。

「へ？　何？　俺、なんか変なこと言った？」

それで亘は、思わず前のめりになって訊いたのだった。

「いや、言ったでしょ？　言いましたよね？　たった五センチがどうとかって――」

すると神はパッと笑顔を浮かべ、「ああ、言った言った。何？　やっと亘っちの心に響いた感じ？」などとのたまいはじめた。「そうなのだよ、亘くん。人生は、たった五センチで変わり得るものであってだね……」

亘が立ちあがり、神の腕を摑んだのはその段だ。

「なんで、その言葉を知っとるんですかっ？」

声を荒らげた亘に対し、神はだいぶ怪訝そうに首を傾げ、「んあ？」と間の抜けた声をあげる。「なんでって……」

パンドラの箱の中には、最後に希望が入っているのが定説だ、と彼は言った。そしてその言葉通り、思いがけないことを告げてきた。

「――知り合いの、口グセだからだけど？」

次の日の放課後、亘は部活指導を休ませてもらった。

どうしてもの急用が出来てしまったと告げた亘に、村正先生は、「ふうん？」とやや不思議そうな表情を浮かべながら、しかし笑顔で返してくれた。

「ええで？　お前がそんな顔するなんて、めずらしいでな」そう言われた自分が、いったいどんな顔だったのか、亘にはよくわからなかったが、しかしやはり、いつもとは様子が違っていたことは自覚出来た。

結衣も誘った。彼女を誘わないなんてことは、この場合あり得なかった。亘の誘いを受けた結衣は、しばらく埴輪《はにわ》のような顔になっていた。だから亘は、埴輪の腕を取り告げたのだった。

「——行こう。お前も、行くべきやと思うで」

向かった先は、中華飯店のあった繁華街だ。昔々小学生の頃、結衣とよく一緒に歩いたこの路地を、成人した今、また彼女と並んで歩いているのが不思議だった。何せもう、そんな日はこないだろうと思っていたのだ。この実習に来るまでは、結衣と口を利くことだって、もうないとすら思っていた。神の言う通り、人生一寸先は闇というヤツだ。何が起こるかわからないし、闇の先には、また光が待ち構えているかもしれない。

街並みは、いくらか変わってしまっていた。見知らぬ看板がいくらもあったし、初めて見るような店のドアも多くあった。

それでも、大まかな街のつくり自体はかわっていなかったのだろう。店の出退店はあっても、ビルそのものはほとんど建て替えられてもいないようで、建物の間から見える空は、昔と同じように切り取られた空のままだった。

中華飯店の正面に立ったのは、もしかしたら初めてだったかもしれない。何しろ亘は、裏路地専門だったのだ。それは結衣も同様で、店の前に立った彼らは、しばしその場に立ち尽くしてしまっていた。

「前から見ると、こんな感じやったんやな」

「うん。なんか新鮮やな」

赤いビニールの庇《ひさし》の上に、赤い大きな看板が掲げられた店だった。看板には白い文字で「中華料理来々軒《らいらいけん》」と書かれている。庇の下に連なりぶらさがった黄色い提灯《ちょうちん》が印象的な店構えだ。店の脇にはガラスケースが付けられていて、中には食品サンプルが並んでいる。中身はずいぶんと古ぼけていて、薄ら埃《ほこり》がかかってしまっていたが——。しかし店そのものは、古き良き中華飯店という風情であった。なんとなく、うまいラーメンが出てきそうだ。

店のドアが開いたのは、亘たちがそうして店の様子をうかがっていた最中のことだった。自動ドアではないそのドアは、神宗吾の手動によって開けられた。

「やっぱお前らか。ガラス越しに人影が見えたから、そうじゃないかと思ったんだ」

店の中から姿を現した彼は、笑顔でそう言って店内を振り返り、すぐに続けた。「おじさーん、おばさーん。来たよー、例の子たちー」

中華飯店は、神の定宿だった。彼は夏の終わり頃から、ずっと店の二階に宿泊していたらしい。そしてすいてる時間に店の厨房《ちゅうぼう》を借りて、夜は屋台を引いていたんだとか。つまり焼きおにぎりのタレのアイディアをくれたり、ラーメンの作り方を教えてくれたりしていたのは、中華飯店のご主人たちだったというわけだ。

そのことは、ゆうべのうちに聞いていた。「今俺が泊まってんのは、店の常連客に紹介してもらった宿なんだ」神はそう言いながらハチ割れを抱き、妙に愉快そうに眉をあげてみせた。「前に、話したことあっただろ？　常連さんでこの町出身の人がいるって。その人に、屋台遠征の話してみたら、だったらいい宿あるよーって言われてさ」

だから亘は、ひそかに納得してしまったのだった。なるほどなぁ。料理の下ごしらえ、どこでやっとるんやろうと思っとったけど——。ここでなら、そら大概の料理が仕込めるわな……。

初めて足を踏み入れた中華飯店の店内は、外観よりもずっと小綺麗《こぎれい》な印象を受けた。店そのものは小ぢんまりとしていて、テーブル席が左右にふたつずつ並んでいるのと、カウンター席が五席ばかりある程度。カウンターの向こうには厨房が見えて、その先には勝手口もチラリとではあるが目に出来る。かつて亘たちが裏路地から、いつも見ていた勝手口だ。ドアが開いている時などは、厨房の様子もわずかながらに見えた記憶がある。

だからだろう。目の前に立った老夫婦に、亘はわずかながら見覚えがあった。結衣のほうははっきりと覚えていたようで、彼らを前にするなり、「お久しぶりです！」とすぐに挨拶をはじめた。「九年半ぶりくらいですね。お元気でしたか？」

すると彼らも目を細くして、「あんたたちこそ……」「まあ、大きゅうなったなぁ……」

と揃って声をあげたのだった。

彼らは中華飯店の店主とその奥さんだった。子供時代、裏路地でクロエと遊んでいた際、何度か声をかけられた記憶はあったが、しかし彼らのほうは、ちゃんと亘たちを覚えてくれているようだった。「亘くんに、結衣ちゃんやろ？　零士くんに、よう聞かされたで……」

ふたりはもちろん、クロエのこともよく覚えていた。子供がいなかった彼らは、二階に住む黒江家の子供たちのことを、昔から気にかけていたようだ。

「あの家は、色々と大変やったでな……。子供たちも苦労しとって……。難しいところもあったけど、ようけ頑張っとったわ……」

そう語ったご主人に、だから亘はひそかに声を詰まらせてしまった。

「――――」

ああ、そうやったのか……。そんなふうに、ひそかに納得もしていた。

こういう人が、おってくれたんやな。

あの頃の、クロエの傍には……。

だから、クロエは――。

エプロンからはがきを取り出し、亘たちに渡してくれたのは奥さんのほうだ。彼女は顔をほころばせ、亘らが受け取ったはがきをどこか眩しそうに見詰めていた。

「時々、送られてくるの。差し出し人の名前は、ないままなんやけどな……」

奥さんの言葉通り、そこには差出人の名前も住所も書かれていなかった、ただ消印が、新宿北《しんじゅくきた》や四谷《よつや》、新宿馬場下《ばばした》だったため、そのあたりで投函《とうかん》されたのであろうことは見当がついた。

はがきの内容は、どれもごく簡素だった。短い言葉が、一、二言記されている程度。（元気ですか？　俺は元気です）（この前の台風、大丈夫やった？）（そろそろ雪が降りそうですね。風邪、ひかんようにな）（こっちは桜が咲きました。そっちは、梅が咲いたくらい？）

どのはがきにも、たっぷりの余白をもって、そんな文字だけが記されていた。それを見て、結衣は小さく笑い声をあげた。

「——見て、亘くん……」

その声は、はっきりと震えていた。

「クロエ……。大人になっても、字が汚い……」

泣き出しそうな笑顔で結衣は言った。亘が彼女の笑顔を見たのは、多分、それが初めてだった。

だから亘も文字に目を落とし、小さく笑って返したのだ。

「そやな……」

それは子供の頃よく見ていた、クロエの悪筆そのものだった。

「……アイツ、字ィ汚いの、直らんままやったんやな」

ほたる食堂の常連客だという、この町出身のその男は、よく神に言っていたそうだ。

「知ってる？　神さん。人生なんて、五センチで変わるんだぜ？」

酔って機嫌がよくなると、決まってはじめる話らしい。

「ガキの頃、友だちによくそう言われたんだ。人生五センチ。それだけで、良くも悪くも変わっちまうもんなんだって」

クロエがそんな言葉を覚えていたなんて、思いもしなかった。

「だから俺、それを信じて人生変えてみたわけよ。ほんの五センチ分――。それでもけっこう危ない橋だったけど、どうにかこうにかやり切って……。おかげで地元じゃ、俺は死んだってことになってるらしいけどね？　けどまあ、どの道あのままじゃ先は見えてたし……」

パンドラの箱の、最後に残るのは希望。

「――あの言葉に、俺は救われたんだ」

神が聞かせてくれたことは、確かに希望に違いなかった。


教育実習最終日、亘の研究授業は四限目に行われた。

研究授業というのは、授業内容の向上のため、授業そのものを多数の人間に公開し、意見や指導をもらう授業のことを言う。

教育実習生たちにとっては、実習の総まとめのようなもので、二週間の実習の成果を校長以下、教頭、学年主任、あとは同じ教科の先生たちに、見ていただく機会をさしている。いわば実習のファイナルステージといったところか。

しかも授業には、同期の実習生たちも見学の側に回る。おかげでその授業風景は、一見父兄参観と見紛うほどギャラリーが多く、授業を行う実習生に多大な緊張を強《し》いる。

今回の実習生も同様で、一限目に研究授業をおこなった山田さんも、続く二限目におこなった三ノ瀬さんも、その雰囲気にのまれたらしくガッチガチだった。授業中、無言のまま固まることは数回。言葉を嚙んだり、言い間違いをしたのも相当数。おかげで授業終了後は、ほとんど魂が抜けた状態になっていた。

ただし三限目だった結衣は、そもそも緊張しないタイプのせいか、指導案通りに淡々と授業を進め、しかも亘が思っていたよりずっとまともに教鞭《きょうべん》をとってみせた。授業後の彼女曰《いわ》く、「こないだ亘くんに教えてみたおかげで、わからんっていうことがどういうことなのかなんとなくわかってきた気がするんや」とのこと。「開眼したっていうか……。すごい世界やなぁ？　わからんて――」目を輝かせ言う彼女を前に、亘としては、若干バカにされているような気もしたが、しかし結衣本人は亘に感謝しきりといった様子だったので、まあ悪気はないのだろうと黙っておいた。教員志望の彼女にとって、わからない世界がわかりはじめたのは、確かに大きな進歩であったのかもしれない。

そして亘はといえば、実にそつなく研究授業をこなすことが出来てしまった。実習前から指導案の下書きを、しつこくシミュレーションしておいた成果か、あるいは授業内容の予行演習を繰り返しおこなっていた賜物《たまもの》か。さほど緊張することもなく、むしろ若干楽しげに授業を進めることが出来たほどだ。

途中、うっかりチョークを落としてしまった際、生徒から、「だからって、人生投げんなや〜」というヤジが飛び、教室が笑いに包まれもしたが、しかし亘が「安心してください。踏ん張りますよ」という古いギャグで応酬すると、さらに大きな笑いが起こったので、そのミスは帳消しになったものと彼自身自負している。こういう時は、笑わせたもん勝ちだ。かくして亘の研究授業は、生徒たちとギャラリーの拍手でもって、無事幕を閉じたのだった。

授業終了後には、村正先生からお褒めの言葉もいただいたほどだ。

「ちょっと自分の世界に入り過ぎて、生徒が見えてなかった箇所もあったけど。それでも概ねよかったで？　ほどほどに緊張感もあって、アットホームな雰囲気もあって」

無論、その言葉が発せられる前には、重箱の隅をつつくような指摘や指導がなされたわけだが――。しかしそちらについては、「こういうのは、お約束やでな」と、一応言うだけ言いましたよ、という言葉でもって、わりに早く切り上げてもらえた。

「しかしまあ、本当によかったわ。お前ここんとこ、学校外での活動が忙しそうやってで、このままやとまずい授業になるんやないかと思って正直気を揉んどったんやけど……。よう立て直してきたわ。うん、立派立派」

穏やかに穏やかでない発言をする村正先生に、だから亘は苦笑いを浮かべ、肩をすくめるよりなかった。
「やっぱり、バレてました？」すると村正先生は、眉をあげて笑ってみせた。「当たり前やろ？　あんなんやわ。ひどいクマこさえて登校してきたり、二日酔いやった日もあったやろ？　あんなん
じゃ、こっちだってそら察するに決まっとるわ」それで亘は素直に詫びたのだった。「ですよね……。どうも、すみませんでした。あと、見逃してくださって、ありがとうござい
ました……」
そんな亘を前に、しかし村正先生は上機嫌だった。「ええんやで～。実習に支障は出と
らんかったし。むしろ二日酔いの日なんて、こっちもびっくりの、熱血教師ぶりを見せて
もらったくらいやでな～」
おかげで亘は、またも引きつった笑みを浮かべるしかなかったのだが――。
聞けば村正先生、教室の窓から飛び降りた教師を見るのは初めての体験だったんだと
か。「お前は教師と生徒のはざまやけど。それでも、教える立場のほうが飛び降りたのは
斬新《ざんしん》やったわ。しかも綺麗に飛んでみせたしなぁ？　あれは、本当に面白かったわ」ある
いはちょっと、からかわれていたのかもしれない。「教員志望じゃないお前が、実習生の
中で一番の熱血教師みたいやったな」
そうして最後に、村正先生は訊いてきたのだった。
「――それで、どうやった？」
どこか見透かすような目で、楽しげに。

「この二週間の教育実習。この町に戻ってきた、意味や理由はあったと思うか？」

その翌日、亘はもう駅にいた。もちろん、東京に戻るためだ。約二週間前、東京から帰ってきた時と同じ服装で、同じバッグを肩から下げて、駅の待合室のベンチに腰をかけていた。

二週間前と違っていることがあるとすれば、隣に結衣がいることだろう。彼女はどこから聞きつけたのか――おそらく母か双子が喋ったのだろうが――、朝っぱらから久住家を訪れ、「亘くん、本当にもう帰るの？　明日日曜なのに？　大学休みなのに？　本当に今日帰ってまうの？」と亘にしつこく言い募ってきたのである。

だから結衣は、駅でも延々とブツブツ言っていた。「なんでこっちに帰ってくる時はギリギリやったのに東京に戻る時はそんな急ぐの？　もっとゆっくりしていけばいいのに。本当に帰るの？　絶対帰る？　東京ってそんないいとこ？　こっちにおるよりそんなにいいの？」つーか、お前は俺のなんなんよ？　と、いっそ問いただしてやりたいほどのしつこさだった。

とはいえ、この二週間で彼女のマイペースには若干慣れてきていたため、完全聞き流しの態勢をとれるようにはなっていたのだが――。「はーん」「ふーん」「そやなぁ」「まあなぁ」「そやけどなぁ」「でも帰るしかないんやわー。バイトもあるしー」そしてそんな中、まばらに人が行き交う待合室の入り口に、彼の姿を亘は見つけた。

何せ彼は目立つのだ。おそろしいほどの、美形であるが故に——。

「あ……」

「——鈴井？」

少しだけ息を切らした様子で、鈴井遥太は立っていた。クセ毛がすっかりぼさぼさだ。いつも陶器のように白く透き通っている頬も、少し赤みがかっている。ついでに言えば鼻の頭も薄らピンクだ。

「……どうしたんよ？　お前……」

亘がそう声をかけると、遥太はパッと明るい笑顔になって、当たり前のように亘たちのほうへと向かってきた。そして亘の前に立つと、ズボンのポケットをごそごそやりながら言いだした。

「帰るんなら帰るで、ひと言あってもよくね？　双子ちゃんに聞かなかったら、あやうく見送れないところだったじゃん」

そんな遥太の発言に、亘は若干面喰らい、「え？　あ、ああ、すまん」とぎこちなく返す。「つーかお前。俺を、見送りに来たの……？」

すると遥太はポケットの中から、手のひらサイズの箱を取り出し、「ん！」と亘に差し出してきた。

「双子ちゃんから、お兄ちゃんのみぞおちに、痣が出来てたって話も聞いたんだ。それ、俺がやったヤツでしょ？　だから、まあ、一応……」

彼が差し出してきたのは、市販の湿布薬の箱だった。それで亘はそれを受け取り、「あ、ああ……」とやはり少し戸惑い気味に返したのだ。「わざわざ、サンキュ」

すると遥太はニッと笑って、少し照れくさそうにわしわし頭をかきはじめた。「まさか、痣になるなんて思ってもなくてさ。俺も腕が鈍《にぶ》ったもんだよ。昔はそんなヘマしなかったのに」

そんな遥太に、目を丸くして食いついたのはもちろん結衣だ。「鈴井くん、そんな喧嘩して回る子やったの？」受けて遥太は、「うん」とあっさり応える。「まあ大体、裏山にいた鹿とか瓜坊《うりぼう》が相手だったけど……」おかげで亘は、内心目をむいてしまう。鹿や瓜坊と喧嘩って――。お前は坂田金時《さかたのきんとき》か？

しかし遥太と結衣の両名は、眉をひそめる亘になど気付きもせず、ずいぶんと馴染んだ様子で話し続けたのだった。「鹿っ？　鈴井くん、鹿と喧嘩しとったのっ⁉」「うん。アイツら畑荒らしに来るからさ」「瓜坊ともっ？」「うん。さすがに大人になったのとは、素手で戦うの無理だから。子供のうちに人間のおそろしさを、思いっきり叩き込んどくっていうか？」「すごーい、鈴井くん！　あと私思うんやけどさ」「何？」「鹿や瓜坊も、毛皮の下には痣が出来とったんやない？」「――あ」

遥太が「そろそろ、俺行くわ」と言いだしたのは、亘の乗る電車が間もなく到着するというアナウンスが入ってすぐのことだ。「あとはおふたりで、残りの時間をお過ごしください」

そんな遥太の物言いに、亘はもちろん、結衣も「へ?」とキョトンとしていたが、しかし遥太はニヤニヤしながら、わかっていますよ、といったていで目を細くして頷いてみせていた。どうやら何かを、激しく勘違いしている模様。そして去り際に、まるで今思い出したかのように告げてきた。

「あ! そういやさ、久住センセ」

ただし言いだしたなり、言葉を詰まらせ口をもごもごさせはじめたのだが——。「んーっと……。んー、なんていうか……。その……」そうして彼はまた頭をわしゃわしゃかきながら、若干まごついた様子で口にした。

「——この間は、ありがとうございました」

だいぶ照れ臭そうに、目を泳がせるようにしながら彼は続けた。

「俺が、窓から飛び降りようとした時、センセ、止めようとしたじゃん? まあ、どうせ窓の下は渡り廊下だったから、飛び降りたところで普通に着地するだけの話だったんだけど。でもセンセは、下がグラウンドだと思ってたんでしょ?」

その問いに、亘も少したどたどしく応える。

「え? ああ……。まあ……」

すると遥太は、やはり気恥ずかしそうに言ったのだった。

「……ちょっと、嬉しかったです」

とはいえ、その目はチラチラと右上を向いていたのだが——。そうして彼は、目線をそのままに続けたのだ。

「久住センセ、意外と、いい先生になると思いますよ？　だから、採用試験頑張ってくださいね」

そこまで言うと遥太は、言うべきことはすべて言い切ったという、満足げな笑みを浮かべ、「じゃ！　健闘を祈ってまーす！」とおどけた様子で敬礼してみせたのだ。「またいつか！」そしてそのままクルリと亘たちに背を向けて、そそくさと待合室を出て行ってしまった。

そんな遥太の後ろ姿を見送りつつ、亘は思わずこぼしてしまう。「なんやったんや？　アイツ？」すると結衣が、当然のように言ってきた。「何って、お礼とお別れを言いに来たんやないの？」だから亘は、鼻で笑ってしまったのだった。「はあ？　お礼？　アレが？」

何しろ亘としては、釈然としないお礼だったのだ。人は嘘をつく時に、右側に視線を向ける傾向にある。そして先ほど亘に礼を言った遥太は、確実にその視線を、右側へと向けていた。

「そんな気もねぇのに、わざわざ嘘までついて礼を？　なんで……？」

結衣が目をしばたたきはじめたのはその時だ。彼女は亘の言葉を受けて、しばし目をぱちぱちやりながら、何かを思い出すように宙を仰いだ。そして三秒ほどののち、カッと目を見開き言いだしたのだ。「違うよ！　亘くん！」

あまりの大声に、亘は思わずのけぞってしまったのだが――。そんな亘に、結衣は迫るように言い募ってきた。

「違う違う違う！　確かにあの子、さっき右上のほう見て話しとったけど！　でも、あの子は左利きやで違うの！　逆になるんだよ、亘くん！」

結衣のその説明に、亘はポカンと口を開けてしまう。「は？」何せにわかには、意味が理解出来なかったのだ。「何？　左利きは、逆って……？」

すると結衣は、重ねて説いてみせたのだった。「右利きの人と左利きの人では、頭の使いかたがちょっと違っとって――。だから逆になるの！　左利きの人が嘘をつく時は、左のほうに視線を送りがちになる。つまり右利きの人とは逆で……」

亘が結衣の説明を理解したのはその段だ。それで思わず言ってしまった。「え？　じゃあアイツ、さっきの、嘘じゃなくて本気で……？」瞬間、とたんにくすぐったいような気分になる。「俺が、いい先生になるって、言いに……？」

ただし、そんな照れ臭いような気分は、わりにすぐに吹き飛んでしまった。何せ今までのあれやこれやも、同時に思い出してしまったのだ。

あれ……？　でも俺、今までも鈴井の嘘を、見破ったつもりになったことがあったような……？

そうしてそのまま、遥太がいたこの二週間ばかりの日々に、にわかに思いを馳せたのだった。

なんやったっけ？　アイツが、右上見ながら言ったこと……。俺が、コイツ嘘つきやがってって、思ったこと——。

「……ん、ん？」

亘がまず思い出したのは、遥太にしゃもじで脅された、あの一件のことだった。彼にクロエの名前を告げられた亘は、やや冷静さを欠いて遥太を問いただしたはずだ。（なんでお前、クロエのこと知っとるっ？）

すると遥太は、一瞬何かを考えた様子で、視線を右上に泳がせた。泳がせて、応えたのだ。（いわゆる、特殊能力ってヤツ？）

「——は？」

よみがえった記憶を前に、思わず声を漏らす亘の脳裏に、さらに遥太の言葉が続く。（信じる信じないは、アンタの勝手だけど。俺、ちょっとだけ人の過去や思念みたいなものが、読めちゃうタイプなんだよねぇ）

「……へ？」

電車のアナウンスが流れはじめたのはその瞬間だった。「ただいまより、十時四十三分発、名古屋行き特急の乗車を開始いたします。ご乗車のお客様は——」

待合室のベンチに座っていた人たちが、にわかに立ち上がり改札のほうへと向かいはじめる。「亘くんも、乗るんやろ？」結衣が屈託なく言ってくる。「自由席やろ？　早くせんと席なくなるで？」受けて亘は呆然としたまま、ただ反射的に言葉を返す。「え？　ああ。うん……」

特殊、能力……？　亘は人の波にのまれるように、心ここにあらずといった気分で、ふわふわと改札に進んでいく。人の思念が、読めちゃう――？

半ば呆然としながら、亘は切符を駅員に差し出す。駅員は無表情なまま、切符にハンコをぽんと押す。かくして亘は、ホームへと雪崩れ込んでいく。

発車のベルが鳴りはじめる。改札の向こうでは、結衣が大きく手を振っている。

「亘くーん！　また電話するねー！」

亘は電車に乗り込んで、半ば呆然としたまま反射的に手を振り返す。振り返しながら、頭の中は完全に混乱していた。

って、なんじゃや？　そりゃ――？

＊　＊

神宗吾には過去がない。

どこで生まれ、どこで育ち、誰に育てられたのかも彼は知らない。何が好きで、何が嫌いだったのかもわからない。誰を愛し、誰を憎んでいたのかもさっぱりだ。喜びも悲しみも見当たらない。胸をしめつけるような後悔や、ほのかに手のひらが温かくなるような、淡い憧憬《しょうけい》のようなものも皆無。

のっぺらぼうみたいな人生だな、と神は思っている。見詰めても見詰めても、本当のところが見えてこない。お前は誰だ？　鏡を見るたび、いつも思う。お前はいったい何者で、何をどうしてそうなった？

答えは、見つかっていない。

だから彼は今も、自分が何者であるのか、探るようにして暮らしている。目を閉じたまま、暗い暗い闇の中に、ただひたひたと手を伸ばすように。

神が岐阜に行こうと決めたのは、うだるような暑さの続く、八月のとある日のことだった。

「あぢぃー。よくあんたら、このクソ暑い中、屋台で酒なんかのんでられるなぁ」

アスファルトのすき間から、昼間の熱がにじんでくるようなビル街の片隅。歩道の窪地《くぼち》となっているその場所で、神はほたる食堂を出店していた。店にいたのは常連客のミルキーとえーちゃん。常連過ぎる常連でもある彼らは、すでに神の給仕もなしで、勝手に酒をのみはじめていた。それで神も、ついあられもない物言いをしてしまったのだ。

「俺はもう、ダメだよぉ……。暑くて暑くて、溶けそうだ……。避暑地行きたい。避暑地、避暑地。北海道、軽井沢《かるいざわ》、清里《きよさと》、アラスカ……」

うなる神に、「じゃあ、おひとつ占ってあげるわーん」と言いだしたのはうわばみのミルキーで、彼女はしとどに酔い突っ伏していたえーちゃんを横目に、胸元からタロットカードを取り出してみせた。そうして神にカードをシャッフルさせると、ブツブツ何やら呟いたのち、ぺろぺろぺろっとカードを三枚ほど引いたのだ。

「うん。いいんじゃなーい？　神ちゃん、旅立ちは吉と出てるわ。方角は西ね。来月にも行っちゃうといい」

そう言ってウィンクするミルキーを前に、来月って、来月はもう九月じゃん……、と神は汗をぬぐいつつ思ったのだが、しかしよくよく考えれば、九月も残暑は厳しそうだし、それも悪くはないのかなと思い至った。何より、ミルキーの占いはよく当たる。年齢も職業も経歴も、完全不詳の謎のおばさんだが、しかし占いの腕だけは確かなのだ。

「ああ、そう……。西の避暑地、ねぇ……」

するとその段で、えーちゃんがむっくり起きあがり言いだした。

「俺の地元、超いいよ！　八月でもね、夜はもう、普通に寒いから！　東京から見りゃあ、一応西だし。空気も水もうまいし！　なんつったって、風光明媚《ふうこうめいび》！　あの山にのみ込まれてく感じは、都会じゃまず味わえないっつーか……」

それで神は、「またえーちゃんの地元自慢がはじまるわー」と彼の話を流そうとしたのだが、ミルキーが「待って」と、それを制した。いつの間にかえーちゃんにカードをシャッフルさせていた彼女は、さらなる予言を続けたのである。

「──いいわ、神ちゃん。むしろこれは行ってみるべき。運命が動き出すって、あたしのカードが叫んでるもの」

えーちゃんが、「それって、恋じゃね？」と声をあげたのは次の瞬間で、彼は後に店にやって来た常連たちと共に、「この秋、神ちゃんが恋をする！」と大いに盛り上がってみせた。「いいなぁ、神ちゃん。運命の恋だって？」「ひゅーひゅー、だからって向こうに骨を埋めんなよ！」「ちゃんとこっちに帰ってこいよ！　神ちゃん！」

そう散々はやし立てられやって来たこの町で、彼が運命を感じた相手といえば、現在彼の目の前に座っている美少年、鈴井遥太しかいないというこの現実――。

神は本日のメニューであるおでんを、ゆっくりと器によそいながら、ミルキーの予言に思いを馳せる。まあミルキーだって、別に恋とは言ってなかったもんなぁ。ただ、運命がどうとかって、言ってただけで……。

そうして遥太にチラッと目をやり、うーん、とひそかに逡巡する。そりゃまあ確かに美形だけど、だからって気持ちは特にたかぶらんしなぁ。ドキドキしたり、ムズムズしたりもしないし。ってことは、やっぱ……。俺、恋はしてない、よな……？

過去を知らない彼は、恋というものもまだ知らない。もちろん年齢を鑑みて、かつて誰かを好きになったことくらい、おそらくあるだろうとは思っている。ただ、誰を好きになったのか、どんなふうに好きになったのか、相手は女だったのか男だったのか、そんなあたりもまったく記憶になく、だから少しだけ、期待を寄せてもいたのだった。もしかしたら、今回の屋台遠征で、自分の恋愛傾向のようなものが、少なからずわかるやもしれない、と。

しかし、目の前に座る鈴井遥太に、神はやはりピクリともしないのだった。だから恋を知らない彼も、多分これは違うと思い至った。これは恋じゃない。けれど、ミルキーの見立てを信じるのなら、やはり運命には違いない。

日曜の夜だった。いつも通り、町のあちこちを徘徊《はいかい》しながら料理を振る舞ってきた神は、本日最後の出店場所をこの川辺の駐車場に選び、店の明かりを灯していた。平日であれば、部活生ホイホイとなる場所だ。その場所に、鈴井遥太はひょいと顔を出したのである。

「――どうも。お久しぶりです。今日も金ないんすけど、いいっすか？」

聞けば遥太、結衣の家から帰る途中だったのだという。なんでも彼らは今日一日、揃ってパソコンに向かい続けていたらしい。

「これで猫缶事件も、やっと解決した感じです。結衣ちゃんがいてくれて、マジで助かりました」

伸びをしながら言う遥太に、神はおでんの器を差し出しつつ訊ねる。「画像の削除が、どうとかって言ってた件のこと？」

するとき遥太は、お辞儀をするような格好で器を受け取り頷いた。「そうです。犯人の妹ちゃんの写真を、ネットにあげてた野郎がいたんですけど。そいつのパソコンから、無事妹ちゃんの写真削除することが出来たんで。これで彼女たちが疑われることは、もうなくなったはずです。つまり猫缶連続放置事件は、犯人不詳のまま終了。そのうち町の人たちも、話題にも出さなくなるんじゃないっすかね」

そうして彼は、カウンターに置かれた箸立てに手を伸ばし、割り箸を一本抜き出し言い継いだ。

「なので……。そろそろ神さんと、ふたりでゆっくり話でもと思って。今日は顔出してみた感じなんすよね」

いただきますのポーズを取りながら、遥太はいたずらっぽい笑みを浮かべてみせる。

「俺、ずっと神さんと、ちゃんと話がしたかったんです」

そんな遥太を前に、神はひそかに心をはやらせる。そうか。やっぱりコイツも——。そんな思いを抱きながら、思わず前のめりになって言って返す。

「奇遇だな。俺もずっと、同じ気持ちだったよ」

そう。神は、ずっと遥太と話がしたかった。初めて会った日から、もうずっとだ。

「——もう一度、あの秘密の話をしないか？　他人が作ってくれた料理を、食えなくなった男の話を」

遥太が初めてほたる食堂の暖簾をくぐったのは、神がこの町に来て間もなくのことだ。

えーちゃんの言う通り、夜はすっかり涼しくなるこの町を、神はすぐに気に入った。空気も水も、確かにちゃんとおいしかった。食材も豊富で、無人の販売所に足を運べば、新鮮なものがほどよく安く買えてしまう。山にのまれる感じというのは、イマイチよくわからないままだったが、しかし緑の圧の凄まじさは日々感じていた。なんつーか、マイナスイオン浴びまくりって感じだよな。

宿も快適だった。えーちゃんの知り合いだという老夫婦は親切で、中華飯店の厨房を貸してくれるだけでなく、地元の食材や、地方料理なんかも教えてくれた。

神は知らないことを知るのが好きだ。知らない場所に、知らない料理。そんなものにふれる中で、かつての自分の感覚が、ふいによみがえることがある。夫婦の仕事ぶりや、寄り添う感じなんかに、胸の奥のほうがじんときたのも、初めての感触で興味深かった。

おかげで神は、この度の遠征にすっかり満足していた。えーちゃんの地元自慢様々だったな、と思ってもいたし、ミルキーの占いにも感じ入っていた。確かにこれは、旅立って吉だったわ。あの人、言うこともやることも出鱈目《でたらめ》だけど、占いの結果だけは正しいんだよなぁ。

だから彼女が口にした、「運命」なるものにも、敏感になっていたはずだ。屋台にうら若き女性客が訪れれば、もしやこれが？　と思ったし、うら若くない場合であっても、はたまた男性の登場であっても、もしやこれがまさかまさかの？　と身構えてもいた。そしてそんな中、まさかの美少年、鈴井遥太が颯爽と登場したというわけだ。神と遥太の、ある種の運命の出会いとも言える。

空が暗くなりはじめた夕刻のことだった。店の前でしばし逡巡した様子の少年は、若干よろけた様子で暖簾から顔をのぞかせた。そうして現れた鈴井遥太に、神は内心たじろいだのをよく覚えている。透き通るような白い肌。柔らかそうな栗色のクセ毛。切れ長のうるんだ大きな瞳《ひとみ》。スッと通った小さな鼻に、淡い珊瑚《さんご》のような色の薄い唇。よくまあこんな美形が、こんな田舎町に――、と息をのんだのだ。

ただし、見目麗しいのは外見だけで、喋り出せばまあ普通の少年ではあった。十八歳という年齢でありながら、タダ食いしたさに自分を子供と称してしまうあたりにも、外見とは異なる図太さが感じられた。

俺が言ってる子供ってのは、せいぜい中学生くらいまでなんだがなぁ……。そんなことを思いつつも、しかし神は遥太を席につかせた。

十八でも、金がないなら仕方がないか、と思ったというのもある。何より神には、人にものを食わせたいというヘキがあるのだ。どういう心の仕組みなのか、彼自身まだ正確に理解はしていないのだが、しかし腹が減っている人を前にすると、何か食わせねば、という思いが込み上げてきてしまう。

同情心とは、明らかに違う。どちらかといえば、使命感に近い。彼の知らない昔の彼が、勢い焚《た》きつけてくるようでもある。食わせろ、食わせろ。いいから早く、食わせてやれ――。

そしてそんなヘキがあるからこそ、彼は屋台の仕事を選んだとも言えた。あとは、どういうわけか、やたら料理がうまかった。自分の過去はわからないが、調理器具と食材を手にしたら、あれよあれよという間に、料理が何品か完成してしまった。それで路傍に、自分の店を出そうと思い立ったのだ。というより、記憶のない自分に出来ることなど、そのくらいしか思いつかなかったと言ったほうが正確か。

しかしその時の自分の決断は、やはり相当に正しかったのではないか、と神は思いはじめていた。何せ遥太と出会えたのだ。この屋台を、開いていたおかげで——。

あの日、タダ飯の対価として、秘密を教えろと告げた神に、遥太はさして迷う様子もなく言ってきた。

「これは、知り合いの話なんですけど……」

そしてそんな前置きをしたのち、「他人が作ってくれた料理を、食えなくなった男」の話をはじめたのである。

「子供の頃、山で遭難して、そこで三日間ほど過ごしたことがあるらしいんです。彼はたったひとり、空腹と寒さに耐えて、どうにか命を繋ごうとした。火をおこして、虫や蛇を捕まえて焼いて食べた。でも、火力が弱かったんでしょうねェ。蛇が生焼けで、当たってまあゲロゲロ吐いちゃって……」

遥太の話は詳細だった。知り合いの話と言いながら、妙に感情がこもってもいた。

「おかげで救助隊に発見された頃には、脱水症状を起こしかけてたらしいんですよ。必要な水分まで、思いっきり吐いちゃってたんでしょうねぇ。もったいない」

だが、とにもかくにも救助隊は男を発見してくれた。そしてすぐに、水とおにぎりを渡してくれたらしい。それで男は、脱水状態にあったにもかかわらず、空腹に耐えかねおにぎりを貪《むさぼ》り食ってしまった。

「——で、その直後にまた吐いたんだそうです」

しみじみ語った遥太に、だから神はごく冷静に告げた。「そりゃそうだろうな」何せ遥太が語ったその男は、脱水症状にあったのだ。「そんな状態で食べたら、普通は胃が受け付けないに決まってる」

すると遥太は、おかしそうにふふっと笑ったのだった。「ですよね？　普通は、そう思いますよね？」そうして彼は、人差し指を自らのこめかみにあてがい言いだした。

「でも違うんです。彼が吐いてしまったのは、おにぎりを握った女の人の思いが、頭に入りこんできたからだったんです」

神が目を見開いたのは、その瞬間だった。思いが、頭に入りこんできた——？　しかし遥太は、神の表情の変化に気付くことなく、笑顔のまま話を続けた。

「人の感情って、綺麗な時もあるけど、そうじゃない時もあるから。そういう時に、作られてしまったおにぎりだったんでしょうね。彼はどす黒いものを口にしてしまったみたいになって、もうゲロゲロいくしかなかったらしいですよ。口の中が汚物でまみれたような、ひどい体験だったそうです」

言いながら遥太は、手にした割り箸で、目の前のお好み焼きの表面を撫ではじめていた。まるでどこか、食べるのを躊躇っているかのように。

「そしてそれ以来、彼は人の作った料理が食べられなくなった。食べると多かれ少なかれ、作ってくれた人の過去や思念が入ってくるから厳しいんだそうです。まあ、入ってくるのが、優しい気持ちや、幸せな記憶だったりすれば、大丈夫だそうですけど……。とにかく遭難以降、そんな妙な力がついちゃったらしくて。それで食べられなくなっちゃった、と。それが、俺の知ってる、とっておきの秘密の話です」

おどけた様子で語る遥太を見詰めながら、神はやはり言葉を失ったままだった。何せひどく驚いていたのだ。

本当に、そんなことが……？　そう思って、お好み焼きを箸で撫で続ける遥太を凝視してしまっていた。こんなことが、起こるなんて——。

遥太が首を傾げたのはその段だった。神の様子に気付いたらしい彼は、苦笑いを浮かべ肩をすくめたのだ。

「なんですか？　その顔。せっかく人が秘密を話したってのに。その様子だと、まるで信じられないって感じじゃないですか—」

しかし神は、即座に返した。

「そんなことない！」

強く言ってしまったのは、むしろ一片の疑いもなく、彼の言葉を信じられたからだろう。

「——信じるさ。信じるよ。その話……」

むしろ、信じるよりなかった。何せ神も、同じだったのだ。だから、ほとんど迫るように言ってしまった。

「信じるから、その男と会わせてくれないか？　いや……。その男が誰なのか、教えてくれるだけでもいい。あんたには、迷惑をかけないようにするから――」

自分にしてはめずらしく、ひどく切迫した物言いをしているなと神は思っていた。客観的に考えて、ここでこんな食いつきを見せるのは、不可解な反応だということも認識ずみだった。しかしそれでも、言うしかなかった。

「頼む。どうしても、その男のことが知りたいんだ――」

いっぽう遥太は、そんな神の態度に驚いたのか、ポカンとした表情でもって、しばらく神を見上げていた。そうしてそののち、必死な神の眼差しをするりとかわしてみせたのだ。

「どうしようかなぁ？」彼は手にしていた箸でお好み焼きをとり、思わせぶりに神を見詰めると、そのままパクリとお好み焼きを頬張った。そして咀嚼すること十数秒。「んっ！　うまっ！」などと言ってのけ、新たなるお好み焼きを口に運びはじめた。その上で、意味深にゆるゆる言葉を継いだのだ。「別に、教えてもいいんですけどねぇ。でも、俺にも立場ってもんがあるし？　そう簡単に、いいですよー、とは言えないっていうか……」

かくしてお好み焼きを平らげた遥太は、「ごちそうさまでした」と満ちたりたような美しい笑顔を浮かべ、ひらりと席を立ったのだった。神が「さっきの話は？」と身を乗り出しても、「まあまあまあ」などと余裕の笑みで再びかわしてみせた。「そんなすぐ、結論は出せませんよ。もう少し、待ってくださいって」

とどのつまりが、高々十八歳の小僧相手に、おあずけを食らったということだった。遥太が再びほたる食堂に現れたのは、実にそれから一ヵ月もの時間が経過した十月上旬のことだ。

もちろん神は、すぐに彼に詰め寄った。何せ、待ちに待った遥太の来訪だったのだ。「どうだ？　あの話、考えてくれたか？」しかし当の遥太のほうは、「え？　あの話って……？」などと怪訝そうに返してきた。「ていうか、今それどころじゃないんで、ちょっと黙っててもらえます？」おかげで神は、遥太に摑みかかりそうになった。それどころじゃないってなんだよっ？　こっちはお前を、ずっと待ってたってのに……！

ただし、その時のほたる食堂には、部活帰りの高校生や、タダ飯を食べに来た子供らが多く来店しており、神も神で遥太にばかり構ってはいられなかったのだが——。そうして神が慌ただしく高校生たちの接客をしている間に、遥太は小カレーだけさっさと食べて、神に一瞥をくれることもなく帰ってしまった。神にとっては、実に解《げ》せない二度目のおあずけでもあった。

神が強硬手段に出ようと思い至ったのは、そののちのことだ。そっちがそういう態度なら、俺だっていつまでもおとなしく待っちゃいないからな。そんな思いでもって、すぐに画策してみせたのだ。

運のいいことに、遥太の身辺を調査したいという女、室中結衣も目の前にいた。遥太を猫缶事件の犯人と疑っている様子の彼女は、積極性もあり猪突猛進《ちょとつもうしん》な面もあり、遥太を調べあげるには、うってつけの人材のように感じられた。それで神は、彼女をそそのかして、鈴井遥太追跡の飛び道具に仕立てあげた。神が彼女にしゃもじを渡したのは、つまりそんな理由もあった。

もちろん途中で、ちょっとやり過ぎたかな？　という思いも過った。結衣のボーイフレンドらしき久住亘だって、幾度となく怒らせてしまった。

ただし結果としては、彼らにとっても悪くないところに落ち着いたはずだと、神としては理解している。彼らがえーちゃんの同級生だったのは意外だったが、しかしミルキーが言うところのこれも運命だとするのなら、まあそういう巡り合わせだったんだろうなと思いもした。

そういやミルキー、あの時えーちゃんにもカード切らせてたもんな。そう考えると、ミルキーって、ちょっと本当にすごいな。いや、すごいっていうより、もはや怖いくらいなんだけど……。

何せ神のほうの運命も、やはり動きはじめているとしか思えなかったのだ。猫缶、炊飯器、おにぎり占い。遥太に関する情報を得るごとに、少しずつ神は理解していくよりなかった。ああ、なるほど、そういうことか――。

それはまるで、神経衰弱のラストターンのようでもあった。カードをめくればめくるほど、推理と事実が符合していく。

そしてその推理の結果を、やっと遥太にぶつけられる日がきた。だから神は、ほとんど独壇場のように切り出していったのだった。

「あんた、炊飯器王子なんて呼ばれてるらしいじゃないか。今日は、持ってきてないみたいだけど。いっつもぶら下げてるって評判だったぜ？　確か前にうちに来た時も、白い炊飯器抱えてたもんな？」

そんな神の問いかけに、遥太は黙ったままただ神を見詰めていた。その沈黙が、拒絶を意味しているのか、あるいは興味は示しているのか、それとも口の中に卵が入っているから、単に返事のしようがないだけなのか、そのあたりは判然としなかったが、しかし神は遥太の返事を待たずに問いを重ねた。

「あんたと同じ学校の生徒に聞いたんだ。ついでに王子の特技もな。あんた、人におにぎり握らせて、占いなんてしてやってたんだって？　しかもそれがよく当たるって、みんな口を揃えて言ってたよ。まるで、特別な力でもあるみたいだって――」

じりじり追い詰めるように語る神に、しかし遥太はひょんと咀嚼を続けたままだった。興味深く神の話を聞いているようでもあるし、何言ってんだ？　このオッサン、と見詰め返しているようでもある。そんな遥太に、神はさらにたたみ掛けていく。

「だから俺は、ふと気付いたってわけだ。他人が作ってくれた料理を、食えなくなった男。あれは、あんた自身の話なんじゃないかってな」

核心を突いた神の物言いに、それでも遥太は動じた様子がなかった。卵を無事食べ終えたらしい彼は、続いて大根を口に入れればふはふやりだす。だが神は、そんな遥太の態度に怯まず、自分のペースで語り続けた。

「――あんたはその妙な力で、猫缶の犯人を捜してた。違うか？」

それはほとんど、とどめの一撃に等しかった。神としては、そう理解していた。何せ彼には確信があったのだ。彼は人におにぎりを握らせて、それを食べることで、犯人捜しをしていたのだ、と。そうして人の思念を読んでいけば、疑わしい人間や、疑われている人間たちを、容易くあぶり出していけるはず――。

ごく断定的な神の言葉に、しかし遥太はまだ表情を変えなかった。ただはふはふ言いながら、頬張った大根を咀嚼しのみ込み、ふう、と満足そうな笑顔を浮かべてみせる始末。それで神は、さらに言葉を重ねようとしたのだが、しかしそれより一瞬早く、遥太のほうが、どうということもなさげに口を開いた。

「……違わなかったら、どうだっていうんですか？」

それは飄々とした物言いだった。特に敵意を見せるでもない、かといって怯えたふうでもない、ひどくフラットな口ぶりともいえた。

「おかしな男を見つけたって、SNSで拡散でもするつもり？　それとも、見世物小屋にでも売りつけちゃうとか？」

だから神は、やはり強く言ってしまった。

「するわけないだろっ。そんなことっ」

何せ彼は、やっと見つけたのだ。

自分の、仲間のような人間を——。

遥太はおでんを食べる手を止め、じっと神を見詰めていた。だから神も、彼を見詰めたまま言葉を続けた。

「……ただ俺は、教えて欲しかったんだ。俺の料理から、見えてくるもののことを」

神の告白に、遥太は不思議そうに瞬きをする。これは完全に、何言ってんだ？　このオッサン、の表情だと思われた。それでも神は言葉を続けた。

「俺には、記憶がないんだ。ある朝起きたらそうなってた。だからあんたみたいな人に会ったら、訊いてみたいとずっと思ってたんだ。俺の作った料理を食べて、いったい何が見えてくるのか。俺の過去に、何があったのか——」

遥太が、「ああ」と頷いたのはその段だ。彼は納得の表情でもって神を見詰め、「なるほどねぇ」と呟きながら、目の前のおでんの器をピシッと指さしてみせた。「どうりで、うまかったわけだ」

そんな遥太の物言いに、神はギュッと眉根を寄せる。彼の言葉の意味が、イマイチ汲《く》み取れなかったからだ。

しかし遥太は、そんな神の怪訝な顔になど目もくれず、再びおでんに箸を伸ばしはじめた。今度は出汁《だし》のよく染《し》みた茶色いちくわ。彼はそのちくわをパクリと頬張り、しみじみと頷いてみせた。そうして、ぽつりぽつりと語りだした。

「……初めてあなたのお好み焼きを食べた時、すごく不思議だったんですよね。普通においしいだけだったから、これはどういうことなんだろうと思って……」

だから神は、ひそかに息をのんでいた。普通においしいだけという彼の言葉が、いったい何を意図しているのか判然とせず、若干緊張してしまっていたのだ。

しかしいっぽうの遥太はといえば、相変わらず飄々としたまま、ジャガイモ、牛すじと、次々に具材を口へと運び続けた。

「もしかしたら、体調でも悪いのかなぁって、思ったりもしてたんです。でも、こないだのカレーも、やっぱ普通においしくて……。だから俺としては、これは俺のせいじゃないかもなーって、なんとなく思いはじめてもいたんですけど……」

そうして遥太は、器のおでんを平らげて、しかつめらしく言い継いだのだった。

「なるほど。過去がない人の料理って、こういう感じになるんですね」

だから神は、緊張の面持ちで訊ねた。

「こういう、感じっていうのは……？」

すると遥太は、満足げな笑みを浮かべ言い放った。

「ただうまいだけで、なーんにも入ってきません！　思念も過去も、まったくなーんにも！」

その後、ふたりの間にしばしの沈黙が続いたのは言うまでもない。沈黙を破ったのは無論遥太のほうで、彼は呆然としたままの神に向かい、「もしもーし？　大丈夫ですかー?」などと切り出し、笑いながらその場に立ち上がると、カウンターに乗り出し神の腕をバンバン叩いた。「そんな落ち込まないでくださいよ。別にいいじゃないですか。過去のひとつやふたつわかんなくたって」

だから神は遥太の手を払い、勢い言い返したのだった。「ひとつふたつじゃないんだよ！　全部が全部わかんないんだよ！」しかし遥太は笑顔のまま、「いいじゃないですかー」とやはりのん気に言ってきた。「おかげで俺は久しぶりに、純粋にうまい料理が食えたわけだし」

そうして神の作務衣の袖を摑み、しみじみ告げてきたのである。

「俺としては、けっこう感謝してるんですよ？　普通にうまい料理なんてホント久々だったし。他人が作った料理って、別に悪い感情が入ってなくても、純粋にうまいって思えなくなるっていうか……」

だから神は、「知ってるよ」と憮然《ぶぜん》と返したのだった。「そこにあるのが純粋な善意でも、それを感じながら食うってのは、それなりにしんどい作業だからな。人の気持ちを食うってのは、まあそういうことなわけだし……」

遥太が目を丸くしたのはその段だ。「えっ？　えっ？　え――?」目を見開いた彼は、そのまま神の作務衣をぐいぐい引っ張り、「え――?」と混乱しきった様子でしばし声をあげ続けた。そうしてそののち、やっと頭が回りだした様子で叫びだしたのだ。

「って、え――っ？　なんでっ？　なんでその感じがわかるのっ？　そんなの、俺にしかわかんないことなのに！」

　それで神は遥太の手を振り払い、「残念ながら、俺にもわかるんだよ」と告げたのだった。「まあ俺の場合は、どうしてこんな能力が身についてんだか、そのあたりもさっぱり覚えちゃいないけどな」

　運命が動き出す。ミルキーはそう言った。

　目の前の美少年も、あ然とした様子で呟いていた。

「……何これ？　運命？」

　神宗吾には過去がない。

　わかってるのはその名前と、料理の腕が確かなこと、あとは人にメシを食わさねばと思う使命感や、他人の料理を口にすると、その思念が見えてしまうという特性——。その特性が、彼を呼んだのかもしれないと、神はぼんやりと思っていた。

　こっちに来いと仲間を誘う、小さな蛍の光のように。

本書は書き下ろしです。

〈著者紹介〉

大沼紀子（おおぬま・のりこ）

1975年、岐阜県生まれ。2005年に「ゆくとし　くるとし」で第９回坊っちゃん文学賞大賞を受賞しデビュー。ドラマ化もされた「真夜中のパン屋さん」シリーズで注目を集める。他の著作に『ばら色タイムカプセル』『てのひらの父』『空ちゃんの幸せな食卓』（すべてポプラ社）がある。

路地裏《ろじうら》のほたる食堂《しょくどう》

2016年11月16日　第１刷発行　　定価はカバーに表示してあります
2025年 4 月 7 日　第４刷発行

著者……………………大沼紀子《おおぬまのりこ》

発行者……………………篠木和久
発行所……………………株式会社 講談社
〒112-8001 東京都文京区音羽2-12-21
編集03-5395-3510
販売03-5395-5817
業務03-5395-3615

KODANSHA

本文データ制作…………講談社デジタル製作
印刷……………………株式会社ＫＰＳプロダクツ
製本……………………株式会社国宝社
カバー印刷………………株式会社新藤慶昌堂
装丁フォーマット………ムシカゴグラフィクス
本文フォーマット………next door design

ISBN978-4-06-294046-7　N.D.C.913　335p　15cm